古典文獻研究輯刊

二三編

曾永義 主編

第 **14** 冊

宋人前身傳說研究

黃惟亭 著

國家圖書館出版品預行編目資料

宋人前身傳說研究／黃惟亭 著 -- 初版 -- 新北市：花木蘭文
化事業有限公司，2021〔民 110 〕
目 4+204 面；19×26 公分
（古典文學研究輯刊 二三編；第 14 冊）
ISBN 978-986-518-353-0（精裝）
1. 傳說 2. 宋代
820.8 110000429

ISBN-978-986-518-353-0

9 789865 183530

古典文學研究輯刊
二三編 第十四冊 ISBN：978-986-518-353-0

宋人前身傳說研究

作　　者	黃惟亭
主　　編	曾永義
總 編 輯	杜潔祥
副總編輯	楊嘉樂
編　　輯	許郁翎、張雅淋　美術編輯　陳逸婷
出　　版	花木蘭文化事業有限公司
發 行 人	高小娟
聯絡地址	235 新北市中和區中安街七二號十三樓
	電話：02-2923-1455 ／傳真：02-2923-1452
網　　址	http://www.huamulan.tw 信箱 service@huamulans.com
印　　刷	普羅文化出版廣告事業
初　　版	2021 年 3 月
全書字數	168373 字
定　　價	二三編 31 冊（精裝）台幣 82,000 元

宋人前身傳說研究

黃惟亭　著

作者簡介

黃惟亭，1994 年生，嘉義人，國立嘉義大學中國文學研究所碩士。

提　要

　　本研究為「宋人前身傳說研究」，首先，針對關於「前身」相關的「天授」、「轉世」與「謫仙」等觀念進行整理與析論；其次，以宋代文獻所記載宋代帝王后妃、文臣武將之前身傳說為討論對象，共四十七位，六十五種前身傳說，依照宋代人物的身分類型，以及前身傳說類型之不同而分別章次，分析宋人與其前身之間的關聯性和意義，探討前身傳說的表現筆法，以及其中所蘊含的意義；最後，以宋代人物的前身傳說為基礎，延伸探究宋代既有的宋人前身傳說，於後代敘事作品中的發展情形。

第一章 緒 論

第一節 研究動機與目的

中國傳統對於具有非凡成就的人物,在傳述其事蹟時,往往會將其身分賦予神秘的色彩,進而塑造、凸顯其不凡的特質,撰述的內容多以人物的出生或容貌為主。縱觀中國文學,可溯源自中國傳統感生神話[註1],即為魯迅所謂:「傳說之所道,或為神性之人,或為古英雄,其奇才異能神勇為凡人所不及,而由於天授,或有天相者,簡狄吞燕卵而生商,劉媼得交龍而孕季,皆其例也。」[註2]人們藉由神異的出生來凸顯出人物的非凡性。

佛教傳入中國時,帶來「輪迴轉世」的觀念,以及後來道教發展出的「謫仙」傳說,使中國原有的天授觀產生變化,並且不斷地被運用於後世的歷史人物身上,讓中國歷史人物的傳說更加豐富多彩。李豐楙〈道教謫仙傳說與唐人小說〉一文即探討道教「謫仙」系統的形成與觀念,並探究出「謫仙」觀在唐代小說中呈現民間化、通俗化的現象[註3]。孫遜〈佛道「轉世」、「謫世」觀念與中國古代小說結構〉則為探討佛道二教「轉世」與「謫世」觀念對於中國古代小說結構的影響,並說明「『謫世』原本指天上神仙直接謫降至人世,

---

[註1] 感生神話:指感天(自然現象)而生的神話,參見徐志平《中國古代神話選注》第三單元「感生神話」,臺北,里仁書局,2006 年 8 月,頁 101~127。
[註2] 魯迅《中國小說史略》,北京:人民文學出版社,1952 年 2 月,頁 23。
[註3] 李豐楙〈道教謫仙傳說與唐人小說〉,《誤入與謫降:六朝隋唐道教文學論集》,臺北:臺灣學生書局,1996 年,頁 247~285。

開始從空中而來，最後復凌空而去。後這種『謫世』說又糅合進了佛教的『轉世』說，演變為上界仙人重新托生于人世的模式。」〔註4〕由此可見佛教「轉世」對道教「謫世」的影響。

漢代至魏晉南北朝為轉世、謫世模式文學作品的初創期，如：漢代王充《論衡・道虛篇》〔註5〕項曼都故事，反應漢代的神仙思想；晉朝葛洪《神仙傳・壺公》：「我仙人也，昔處天曹，以公事不勤見責，因謫人間耳。卿可教，故得見我。」〔註6〕敘述壺公本為仙人，因罪謫降人間，解釋其在人間具隱身壺中的特殊能力之因；晉朝裴啟《裴子語林》：「張衡之初死，蔡邕母胎孕，此二人才貌相類，時人云：『邕是衡之後身。』」〔註7〕藉由張衡之與蔡邕二人的死亡、出生與長相而解釋蔡邕為張衡之轉世。唐代為轉世、謫世模式文學作品的成熟期，如袁郊《甘澤謠》〈圓觀〉中「三生石上舊精魂」〔註8〕藉由轉世的模式展現出主角情感超越時空的綿延。《太平廣記》中收錄數十篇與關於唐代轉世與謫世故事有關的篇章，然而以此模式敘述唐代君臣身世的情況尚不多見，筆者僅見玄宗、貴妃、李林甫、馬周、賈耽、李愬及李白等帝王后妃、王侯將軍、藝文名士被賦予了「謫仙」的神秘色彩，藉以解釋其「稟賦穎異」的原因，視「謫仙」稱號為美譽。〔註9〕宋代的宋人前身傳說多以當世帝王后妃、文臣武將等人物為主要敘事對象，數量相當豐富，針對其身世背景、出生由來，運用了「轉世」或「謫世」的模式來宣揚與記錄人物的不凡成就與特質。

宋代的轉世與謫仙模式故事，據周師西波〈宋人前身傳說與佛道之關係〉探討宋代文獻中宋人前身傳說與佛道二教之間的關係。文中評論宋代轉世與

〔註4〕孫遜〈佛道「轉世」、「謫世」觀念與中國古代小說結構〉，《想像力的世界二十世紀「道教與古代文學」論叢》，哈爾濱：黑龍江人民出版社，2006年6月，頁580〜591。

〔註5〕漢・王充《論衡・道虛篇》，蕭登福校注《新編論衡》，臺北：臺灣古籍，2000年，頁697。

〔註6〕晉・葛洪《神仙傳・壺公》，《太平廣記》卷十二，北京：中華書局，1961年9月，頁80〜82。

〔註7〕晉・裴啟《裴子語林》，《太平御覽》卷三百六十，人事部一「孕」，北京：中華書局，1960年2月，葉十上，頁1660。

〔註8〕唐・袁郊《甘澤謠》〈圓觀〉，《唐人傳奇小說》，高雄：復文圖書出版社，2003年，頁258〜259。

〔註9〕參見李豐楙〈道教謫仙傳說與唐人小說〉，《誤入與謫降：六朝隋唐道教文學論集》，臺北：臺灣學生書局，1996年，頁247〜285。

謫仙模式故事別於前朝之獨特處為：「普遍附著於當世知名人物的身世傳說之中，且屢見於宋人的筆記載錄。」〔註10〕。筆者更深入、廣泛蒐集宋代關於宋人前身傳說文獻後，發掘數量更多的宋代宋人前身對象文獻，如：《宋史》卷四百六十二〈林靈素傳〉記載宋徽宗前身為長生大帝君、宗曉《樂邦遺稿》卷下「秦太師留題雁蕩靈峰寺」載秦檜前身為雁蕩靈峰寺僧人、曾敏行《獨醒雜志》卷十記載岳飛前身為豬精。且宋人前身傳說對象並非僅止一種，如：宋仁宗的前身傳說對象有四：赤腳仙人、東嶽真君、南岳真人與燧人氏等。

　　宋代以後的敘事作品中，仍可見宋代人物的前身傳說故事，如：明代馮夢龍《喻世明言》中的〈明悟禪師趕五戒〉〔註11〕單篇小說，故事中的主角五戒禪師與明悟禪師為師兄弟的關係，五戒禪師因為破色戒而羞慚坐化，明悟禪師欲守護和點化師兄而隨之坐化圓寂，兩人便轉世為宋代的蘇軾與佛印二人。其中運用到蘇軾前身為五戒禪師的故事，於宋代筆記中早有相關的記載，如：惠洪《冷齋夜話》卷七〔註12〕、何薳《春渚紀聞》卷一〔註13〕、沈作喆《寓簡》卷五〔註14〕以及陳善《捫蝨新話》卷十五〔註15〕，皆有記載關於蘇軾的前身為五戒禪師的傳說，明顯可見宋代的宋人前身傳說對於後代敘

〔註10〕周師西波〈宋人前身傳說與佛道之關係〉，東亞文獻與文學中的佛教世界國際學術研討會，四川大學中國俗文化研究主辦，2016年10月28～30日。

〔註11〕馮夢龍編著《喻世明言》，臺北：臺灣古籍出版社，2003年。

〔註12〕惠洪《冷齋夜話》卷七載：「蘇子由初謫高安，時雲庵居洞山，時時相過。聰禪師者蜀人，居聖壽寺。一夕，雲庵夢同子由、聰出城迓五祖戒禪師。……坡曰：『軾年八九歲時，嘗夢其身是僧，往來陝右。又先妣方孕時，夢一僧來託宿，記其頎然而眇一目。』雲庵驚曰：『戒，陝右人，而失一目，暮年棄五祖游高安，終于大愚。』逆數蓋五十年，而東坡時年四十九矣。後東坡復以書抵雲庵，其略曰：『戒和尚不識人嫌，強顏復出，真可笑矣！既法契，可痛加磨礪，使還舊規，不勝幸甚！』自是常衣納衣。」，《全宋筆記》，第二編，冊9，朱易安等人主編，鄭州：大象出版社出版，2006年1月，頁64。

〔註13〕何薳《春渚紀聞》卷一載：「刻石其署言：山谷初與東坡先生同見清老者，清語：坡前身為五祖戒和尚。」，《全宋筆記》三編3，2008年1月，頁178～179。

〔註14〕沈作喆《寓簡》卷五載：「元豐中，東坡謫居黃州，子由亦遷高安。時雲菴師居洞山，嘗夢與子由偕出近郊，云迓五祖戒禪師。覺而異之，遽明以語子由。語未既，而蜀僧聰禪來曰：『我夜夢吾三人同迎戒和尚，此何祥也？』子由大駭歎曰：『世蓋有同夢者耶？』與二士俱行二十餘里而東坡至，然則東坡前身，真戒禪師也。」，《全宋筆記》，第四編，冊5，2008年9月，頁47～48。

〔註15〕陳善《捫蝨新話》卷十五載：「東坡前身亦具戒和尚。坡嘗言在杭州時，嘗遊壽星寺，入門便悟曾到，能言其院後堂垫石處，故詩中有『前生已到』之語。」，《全宋筆記》，第五編，冊10，2012年1月，頁116。

事作品有所影響。〔註16〕

　　目前學術界關於「宋人前身傳說」的研究論文數量不多，其中多以宋代單一知名人物的前身傳說作為研究對象〔註17〕；而較全面地探討「宋人前身傳說」的論文，筆者目前蒐集所得僅有周師西波〈宋人前身傳說與佛道之關係〉的會議論文，可見目前學術界尚未特別關注「宋人前身傳說」這個研究主題。

　　筆者希冀透過本研究之探討，呈現出宋代人物前身傳說更為全面之內容，並且釐清宋代的前身觀念、析論宋人與其前身之間的關聯性；再進而探討宋代的宋人前身傳說於後代敘事作品中的演變，與其對故事內容的影響，使宋人前身傳說於中國文學歷史中的脈絡與展現，更加清晰而具有系統性。

第二節　研究範圍與研究方法

一、研究範圍

　　本研究為「宋人前身傳說研究」即以宋代與宋以後記載關於宋人前世對象的傳說故事為研究對象，「前身」一語之用法，為宋代文獻對於宋人前世對象的說法，如：朱弁《曲洧舊聞》卷三載：「考南庵修行示寂之日，即文惠垂弧之旦，始悟前身是南庵修行僧也。」〔註18〕稱南庵修行僧為陳堯佐的前身；趙彥衛《雲麓漫鈔》卷四載：「道人曰：『自此益得君，謹無復讐。』荊公扣之，曰：『公前身，李王也。』」〔註19〕稱李王為王安石的前身。

　　本研究之研究範圍包含宋代文獻中的宋人前身傳說，宋代人物以帝王后妃、文臣武將為主要研究對象，以及其中所反映的宋代前身觀念，並且延伸探討宋人前身傳說於後代敘事作品的展現及影響。研究材料以宋代文獻為主，其中包含史書、佛道作品、筆記小說等，透過多元的文獻呈現宋代前身傳說

〔註16〕關於蘇軾前身傳說的演變研究論文有：黃守正〈〈明悟禪師趕五戒〉中蘇東坡的前世今生——從傳說、話本到小說的寓意探究〉，《有鳳初鳴年刊》第8期，2012年7月，頁457～474。郭茜〈論東坡轉世故事之流變及其文化意蘊〉，《河南師範大學學報》，哲學社會科學版，第40卷，第6期，2013年11月，頁147～149。

〔註17〕請參見本章第三節「前人相關研究成果述評」。

〔註18〕宋·朱弁《曲洧舊聞》卷三，《全宋筆記》第三編，冊7，頁26。

〔註19〕宋·趙彥衛《雲麓漫鈔》卷四，《全宋筆記》第六編，冊4，頁137。

的樣貌。關於宋代的筆記小說，因大象出版社《全宋筆記》收錄較為齊全〔註20〕，故據此為主要的宋代筆記參考文獻，若大象出版社《全宋筆記》未收錄的宋代筆記，具有本研究所需的宋人前身傳說資料，則據其他版本所刊行的筆記文獻為依據。

二、研究方法

（一）分類法

本論文將宋代文獻中關於宋人前身傳說的資料，以及後代關於宋人前身傳說的敘事作品，依照身分、時代與前身傳說類型三個面向作區分：首先，

〔註20〕《全宋筆記》：朱易安等人主編，鄭州：大象出版社出版，每十冊為一編，僅第十編為十二冊，共一百零二冊，收錄四百七十七種宋人筆記。其編纂、收錄依據為：「以宋人著述的筆記專集為限，未成專集的，散見的單條筆記不在整理之列。……凡題材專一，體係結構緊密的專集，雖亦有逐條敘事者，則已非隨筆之屬，如專門的詩話、語錄、譜錄類的茶經、畫譜、名臣言行錄、官箴等，不在收錄之列。宋人已有把當世筆記分類彙編成冊者，如《類苑》、《類說》之類。後人亦有《宋稗類鈔》、《宋人軼事彙編》等，此種書籍亦不收錄，但可從中輯佚，以補現存版本之缺。本書所收筆記以宋朝人所撰為限，與宋朝同時的遼、西夏、金等少數民族政權所屬作者之筆記不收。本書收錄斷限，凡五代入宋以後有筆記者，則連帶收其入宋前的筆記。宋亡以前有筆記者，連帶收其入元後的筆記。本書按作者世次分編出版，原書不存而由他書輯得者，則編入末編。本書編次，原則上以作者生年先後為準；不知生年的，則參以科舉及第之年；未曾登第的，參以入仕之年；以上皆無考者，則以卒年為準；佚名或無生卒爵里可考者，依筆記反映的與作者同時人的生活年代依次排列。然完全依作者的世次排列，會導致每冊書篇幅大小不一。故按出版要求，對作者的排序作適當調整，以求得每冊書篇幅相對均等。每部筆記均由整理者撰寫一篇有學術價值的點校說明，內容包括作者小傳（凡正史有傳者，則略言之）、成書經過、內容評價、版本情況及源流、所用底本及校勘概況等等。本書的編纂宗旨在於為學術界提供一套收羅齊全，便於查找和使用的宋人筆記資料。故全書不作繁瑣校勘，以是非校為主。筆劃小誤顯係誤刻、誤抄者，徑改之，不出校。其他錯訛，據版本或他書校正，並附簡明校勘記。所用工作底本以常見的通行本為主，以有價值的本子參校。本書采用繁體字豎排，新式標點。原書有標目者，仍沿其舊；無標目者，不再擬定。段落文字過長者，據內容酌情分段。各書視具體情況編制目錄，列於書首。如屬殘佚之書，則廣加搜羅逸文，盡可能從類書或他書中輯佚，補錄於書末，並注明出處。」，《全宋筆記》「編纂說明」第一編，冊1，頁3～4。各編出版日期為一：2003 年 10 月；二：2006 年 1 月；三：2008 年 1 月；四：2008 年 9 月；五：2012 年 1 月；六：2013 年 3 月；七：2015 年 12 月；八：2017 年 7 月；九：2018 年 3 月；十：2018 年 4 月，《全宋筆記》所收錄之書目清單，筆者將其整理呈現於本研究「附錄三」。本文所引《全宋筆記》皆據此版本，僅註明編號、冊號與頁數。

依照身分之不同將宋代人物分為帝王、后妃、文臣、武將四種；其次以時代為依據，將宋代人物所屬朝代不同分為北宋與南宋，以及文獻分為宋代與宋以後的文獻分別探討；最後根據前身傳說的類型分為佛教、道教、歷史人物與動物四種，呈現宋人前身傳說的相同與相異性。

（二）文本分析法

依據分類法所得的宋人前身傳說資料，以及後代關於宋人前身傳說的作品進行文本分析。筆者將運用文本分析法進行三個部分的探討：首先，筆者將針對所得的宋人前身傳說資料進行分析，探討宋人與其前身之間的關聯性。其次，探究前身傳說對於宋人所產生的影響，並探討前身傳說所蘊含的意義與當代的前身觀念風氣。最後，針對後代作品中的宋人前身傳說進行分析，探究宋人前身傳說於後代作品中所呈現的樣貌。

（三）歷史研究法

筆者於分析宋人前身傳說時，將參考宋代與後代的史書、宗教史、地圖為佐證，藉以更貼近作品中當時的風氣，亦可補充文獻中未述及之資料，給予文獻更為恰當的詮釋。

（四）統計法

本研究所蒐集的宋人前身傳說文獻，依宋代人物身分類別統計結果為：帝王七位、后妃二位、文臣三十五位、武將三位，共計四十七位；而據前身傳說類型統計結果為：佛教人物二十四種、道教人物二十一種、歷史人物十三種、動物七種，共計六十五種宋人前身傳說。

（五）歸納法

本研究整理、歸納宋代文獻中關於宋人前身傳說的文獻，以及後代關於宋人前身傳說的敘事作品，並且針對主題，廣泛蒐集兩岸相關文獻及已公開之學術論文、期刊專論與報告等資料，再就其相關內容進行爬梳歸納、整理分析，取得相關論述，作為本論文研究之佐證。研究成果可歸納為三大重點：一為「宋人前身傳說多元的表現模式」，二為「宋人前身傳說內容蘊含之意義」，三為「後代敘事作品承繼與創新之宋人前身傳說」。

三、研究架構

關於本研究之研究架構，首先，筆者針對關於「前身」相關的「天授」、

「轉世」與「謫仙」等觀念進行整理與析論；其次，筆者將以周師西波的論文研究成果為基礎，進而更全面且廣泛地爬梳、整理出宋代文獻中，有關於宋人前身傳說的文獻資料；再者，透過整理所得的宋人前身傳說，依照宋代人物的身分類型之不同而分別章次，依序為「宋代帝王后妃」、「北宋文臣武將」與「南宋文臣武將」，分析宋人與其前身之間的關聯性和意義；最後，以宋代人物的前身傳說為基礎，延伸探究宋代既有的宋人前身傳說，於後代敘事作品中的發展情形。

第三節　前人相關研究成果述評

　　關於宋人前身傳說的相關研究，目前學界的專書與學位論文並無針對此一主題進行研究，而單篇的期刊論文則是多以宋太祖、蘇軾、郭祥正與岳飛等單一人物的前身故事為探討對象，較少全面性地整理、分析宋代人物的前身傳說故事。以下依照本研究相關的主題，將前人研究成果分為兩個大類：一為與「前身」觀念相關的研究論文；二為與「宋人前身傳說」相關的研究論文，並且依照論文時間之先後，整理羅列。

一、關於「前身」觀念的相關研究

　　李豐楙〈道教謫仙傳說與唐人小說〉〔註21〕（1996），此文首先探討道教謫仙觀念於六朝時期的形成；其次針對唐代謫仙小說的情節，分析得出謫仙故事的深層結構與宿緣說；再者探析唐代謫仙小說的類型；最後析論謫仙觀與唐代名士謫降傳說的關係。文中探討的謫仙觀與唐代名士的謫降傳說，與本論文欲探究的宋人前身傳說主題相關，提供筆者對於謫仙觀念的建構與認識，也是本研究第二章第三節「道教之謫仙觀」為謫仙傳說分期的參考依據，提供筆者在論文中探討宋人與其前身關係時，以更開闊的視角去分析、探討宋代當時對於前身說的風氣。

　　孫遜〈佛道「轉世」、「謫世」觀念與中國古代小說結構〉〔註22〕（2006），

〔註21〕李豐楙〈道教謫仙傳說與唐人小說〉，《誤入與謫降：六朝隋唐道教文學論集》，臺北：臺灣學生書局，1996年，頁247～285。

〔註22〕孫遜〈佛道「轉世」、「謫世」觀念與中國古代小說結構〉，《想像力的世界——二十世紀「道教與古代文學」論叢》，哈爾濱：黑龍江人民出版社，2006年6月，頁580～591。

此文首先探討佛教「轉世」觀念於中國古代小說中的結構模式；其次討論道教「謫世」觀念於中國古代小說中的結構模式；最後探析佛道「轉世」、「謫世」觀念，對於中國古代小說結構模式的價值與意義，並析論其所產生的問題。文中作者對於佛道「轉世」、「謫世」觀念的探討，幫助筆者更清楚的認識「轉世」與「謫世」的觀念；其中關於作者提出「轉世」與「謫世」對於中國古代小說的影響，更是引發筆者不僅止於探討宋人前身傳說的共時性，更要深入探究宋人前身傳說對於後代小說影響的歷時性。

施譯涵〈天命、夢兆與婦德實踐──《宋史・高宗憲聖慈烈吳皇后傳》內容試探〉[註23]（2016），此文主要探討宋高宗時期的吳后，史官對於其出身背景，與出生時的夢兆、異象的記載，延伸析論其中所表現的天命思想，與宋代對於女子德行的規範。此篇論文論及吳后和宋代帝王相關的感生神話，與本研究相關，提供筆者於分析宋代前身觀念，以及宋人前身傳說產生之因和意義參考與析論之依據。

二、關於「宋人前身傳說」的相關研究

劉長東〈宋太祖受禪的佛教讖言與宋初政教關係的重建〉[註24]（2002），此文以宋太祖受禪的佛教讖言視角，探討宋初政治與宗教關係重建的原因，文中作者將宋太祖相關的讖言依照產生的時間，分為事發前與事發後。事發前的讖言產生的原因為反映時勢與人心，事發後的讖言為統治階級或有求於統治階級的集團所造，在於說明事件發生的必然性或合法性。此篇論文與本研究相關的部分為宋太祖為定光佛的後身，提供筆者在處理宋代帝王后妃的前身傳說時，加以參考宋代的宗教與政治方面的資料進行佐證與論述，將使本研究更加全面、精確。而此文中對於讖言產生的時間與製造者的分析，亦提供筆者於分析宋人前身傳說產生的原因時，可參考作者之方法深入研究。

林姍妏〈明代短篇小說之「僧轉世」故事研究〉[註25]（2005），此文針對明代短篇小說的僧轉世故事，分析其故事特點與模式，並且探討之間的

[註23] 施譯涵〈天命、夢兆與婦德實踐──《宋史・高宗憲聖慈烈吳皇后傳》內容試探〉，《興大人文學報》，第 56 期，2016 年 3 月，頁 151～176。

[註24] 劉長東〈宋太祖受禪的佛教讖言與宋初政教關係的重建〉《四川大學學報》，哲學社會科學版，總第 123 期，2002 年，第 6 期，頁 81～88。

[註25] 林姍妏〈明代短篇小說之「僧轉世」故事研究〉，《德霖學報》，第 19 期，2005 年 6 月，頁 27～37。

演變與傳承，之後深入探究僧轉世故事中的思想內涵。文中作者探討的明代短篇僧轉世故事有：蘇軾、佛印、史彌遠、崔慎由、胡叔元、張方平、馮京與圓澤之前身故事，與本論文相關的對象有：蘇軾、佛印、史彌遠、張方平與馮京等五人。此文主要探究的對象為明代短篇小說中的僧轉世故事，對於宋人與其前身之間的關聯性較少論述，然而其中作者整理、論述的五位宋人前身傳說故事，提供筆者於探討宋人前身傳說對於後代小說的影響有很大的幫助。

　　李琳〈中國古代英雄誕生故事與民間敘事傳統──以岳飛出身、出生故事為例〉〔註26〕（2006），此文首先針對岳飛相關的出身故事進行整理分析，文中述及關於岳飛轉世的身分有：「猿精」、「豬精」、「張飛」、「大鵬金翅鳥」、「金翅食龍」與「白虎將」等六項；其次針對有關岳飛出生時的神異事蹟進行分析；最後透過岳飛的出身與出生故事，去探討民間化對於中國古代英雄的影響。

　　李華瑞〈宋代筆記小說中的王安石形象〉〔註27〕（2007），文中整理與探討筆記小說、講史小說有關王安石軼聞、趣事的記載與流布，分析創作者對王安石及其變法的態度，以及對王安石個性形象的塑造。文中以「生死讖語」的角度討論王安石前身為秦王、李煜、獾的傳說，分析故事內容所代表的意義，提供筆者對於王安石前身傳說不同的論點參考。

　　朱文廣〈佛教輪回果報觀下岳飛轉世故事的演變〉〔註28〕（2009），文中作者認為佛教輪回果報的思想，影響了岳飛轉世故事在不同時代的變化，並且認為這些轉變是在實現民眾心中對於英雄人物的期望，最後作者提出三點結論：英雄應有不凡的來歷；罹難是由於因果輪迴，而不是善有惡報；最終會享受富貴獲得成正果。作者於文中所運用的文獻材料，以及佛教輪回果報的觀點，提供筆者新的視角與觀點，有助於筆者在研究宋人前身傳說時，可以以佛教的觀點去分析和思考宋人前身傳說。

〔註26〕李琳〈中國古代英雄誕生故事與民間敘事傳統──以岳飛出身、出生故事為例〉，《鄭州大學學報》，哲學社會科學版，第39卷，第5期，2006年9月，頁154～158。

〔註27〕李華瑞〈宋代筆記小說中的王安石形象〉，《中國社會歷史評論》，2007年8月，頁439～456。

〔註28〕朱文廣〈佛教輪回果報觀下岳飛轉世故事的演變〉，《集美大學學報》，哲學社會科學版，第12卷，第1期，2009年1月，頁56～60。

　　周師西波《道教靈驗記考探：經法驗證與宣揚》〔註29〕（2009），書中針對《玄天上帝啟聖錄》中記載有關宋仁宗為赤腳仙人、韓琦為紫府真人以及狄青為真武轉世，三個宋人前身傳說進行分析。而在〈宋人前身傳說與佛道之關係〉〔註30〕（2016），此文針對宋代筆記中，關於宋人前身傳說的文獻，進行較為全面的爬梳與整理；再以宋人的身分將其分為宋代帝王后妃與文臣武將二類進行分析，深入探討宋人與其前身傳說的佛道關係。文中作者對於宋代筆記中關於宋人前身傳說的研究成果，提供筆者相當重要的研究依據。因此，本論文即以此篇論文之研究成果為基礎，欲更全面且廣泛地蒐羅、整理出宋代關於宋人前身傳說的文獻，分析宋人與其前身之間的關係，以及探討宋代前身傳說對於後代小說的影響與流變。

　　張惠珍《蘇東坡故事形象研究》〔註31〕（2010），以筆記、小說與戲劇有關蘇東坡轉世的故事為研究對象，探討蘇東坡、佛印與紅蓮在作品中角色形象的塑造、各故事間情節與形象的差異，並與正史記載作比較。

　　黃守正〈〈明悟禪師趕五戒〉中蘇東坡的前世今生——從傳說、話本到小說的寓意探究〉〔註32〕（2012），文中作者首先以馮夢龍《喻世明言》中〈明悟禪師趕五戒〉這篇小說為出發點，往前追溯蘇軾前身傳說的起源，並且探析其傳說、話本與小說的流變與意義；其次針對〈明悟禪師趕五戒〉的文本進行主題分析，探究出輪迴的證成、友情與道情、色欲難防等三個主題；再者對於宗教文獻中有關蘇東坡前世今生的紀錄進行考察與分析；最後探究〈明悟禪師趕五戒〉的文化寓意，得出「名牌效應」的商業策略與八卦心態兩個結果。此文作者不僅將蘇軾的前身傳說進行詳細的整理分析，更探討了〈明悟禪師趕五戒〉故事所呈現的主題和文化意涵，這些研究成果不僅提供筆者豐富的資料參考，亦啟發筆者對於本研究更深入、廣闊的新思維。

　　楊宏〈郭祥正「謫仙後身」名號由來及內涵〉〔註33〕（2013），文中作者

〔註29〕周師西波《道教靈驗記考探：經法驗證與宣揚》，臺北：文津出版社，2009年6月，第六章第二節，頁184～194。
〔註30〕周師西波〈宋人前身傳說與佛道之關係〉，東亞文獻與文學中的佛教世界國際學術研討會，四川大學中國俗文化研究主辦，2016年10月28～30日。
〔註31〕張惠珍《蘇東坡故事形象研究》，東海大學，中國文學系碩士論文，2010年。
〔註32〕黃守正〈〈明悟禪師趕五戒〉中蘇東坡的前世今生——從傳說、話本到小說的寓意探究〉，《有鳳初鳴年刊》第8期，2012年7月，頁457～474。
〔註33〕楊宏〈郭祥正「謫仙後身」名號由來及內涵〉，《中北大學學報》，社會科學版，第29卷，第2期，2013年，頁67～72。

首先針對李白的謫仙名號進行析論；其次針對郭祥正謫仙後身的名號由來進行探析；最後探討郭祥正對於李白的模仿。此文將郭祥正為李白轉世的故事進行深入的探析，透過郭祥正的前身李白，以及郭祥正本身的分析，可以從中見出二人之異同，最後探討郭祥正對於李白的模仿，更可凸顯出郭祥正的「謫仙後身」或「李白後身」名號，不僅是當時知名人士對於郭祥正的讚譽，更是郭祥正生命的態度與文學作品的展現。

郭茜〈論東坡轉世故事之流變及其文化意蘊〉〔註34〕（2013），文中作者對蘇軾的轉世故事依照時代順序將其分成三個部分探討：宋代東坡轉世故事、明代東坡轉世故事的流變、清代東坡轉世故事。其中對於蘇軾的前身故事，結合了三個時期的佛教背景與思想進行探析，藉此可看出三個時代不同的思潮風氣，更可見不同時代的人們對於東坡轉世故事的情感寄託。

朱剛、趙惠俊〈蘇軾前身故事的真相與改寫〉〔註35〕（2018），文中首先，討論宋代蘇軾前身為五祖戒禪師的故事起源與轉變，其中最早且最詳盡的文獻始於宋代惠洪《冷齋夜話》卷七，後再經由何薳與陳善的遞改使故事更加豐富，並且影響後代敘事作品的創作；其次，探討宋代五祖戒禪師的身分與形象演變；再者，探析小說中五戒禪師形象與五祖師戒禪師的關係；最後，討論惠洪建構蘇軾前身傳說之用意是為證臨濟宗黃龍慧南禪師承雲門宗五祖師戒禪師之心法。

由上述之前人研究成果可見：佛教轉世觀與道教謫世觀，對於中國文學作品的影響，藉由前人對於這些觀念與意義的析論，可供筆者研究宋代的前身思想更加清晰有脈絡。而關於宋人前身傳說的研究，目前學界多以宋代單一人物為研究對象，較為全面的篇章僅有周師西波〈宋人前身傳說與佛道之關係〉一文，然而筆者蒐集所得的宋代人物前身傳說共有四十七位，數量遠超過前述論文的研究對象，故筆者以宋人前身傳說為研究主題，將宋代的宋人前身傳說進行更為全面地爬梳與分析，再以此基礎探究宋人前身傳說於後世敘事作品中的樣貌與意義。

〔註34〕郭茜〈論東坡轉世故事之流變及其文化意蘊〉，《河南師範大學學報》，哲學社會科學版，第 40 卷，第 6 期，2013 年 11 月，頁 147～149。

〔註35〕朱剛、趙惠俊〈蘇軾前身故事的真相與改寫〉，《嶺南學報》第九期，2018 年11 月，頁 123～141。

第二章　前身傳說之觀念發展

　　本章分為三個部分，依序針對中國傳統之天授觀、佛教之轉世觀與道教之謫仙觀進行整理與論述。希冀透過三種觀念的梳理與建立，可使本論文的「前身」主題，更加清晰有脈絡，亦可以觀察、分析這些觀念與思想，對於宋代的宋人前身傳說的影響。

第一節　中國傳統之天授觀

　　中國傳統對於非凡成就的人物，在傳述其事蹟時，往往會將其身分賦予神秘的色彩，進而塑造、凸顯其不凡的特質，撰述的內容多以人物的出生或容貌為主，感生神話即常見地運用「天授」的觀念，敘述這些人物誕生與才能。如《詩經・玄鳥》：

> 天命玄鳥，降而生商，宅殷土芒芒。古帝命武湯，正域彼四方。方命厥后，奄有九有。商之先后，受命不殆，在武丁孫子。武丁孫子，武王靡不勝。龍旂十乘，大糦是承。邦畿千里，維民所止，肇域彼四海。四海來假，來假祁祁。景員維河。殷受命咸宜，百祿是何。
> 〔註1〕

記載簡狄吞燕卵而生契，契為商始祖的故事，頌揚商朝承蒙上天賜予的福氣，蘊含濃厚的天授思想；《史記・高祖本紀》：

> 劉媼嘗息大澤之陂，夢與神遇。是時雷電晦冥，太公往視，則見蛟

〔註1〕屈萬里《詩經詮釋》，臺北：聯經出版事業公司，1983年，頁622。

龍於其上。已而有身，遂產高祖。高祖為人，隆準而龍顏。〔註2〕

描寫劉邦母親夢與神遇，後打雷閃電，天色昏暗，蛟龍於劉母身上，遂感龍而生劉邦，並且描述其長相高鼻而似龍之貌；《魏書·太祖紀第二》：

> 太祖道武皇帝，諱珪，昭成皇帝之嫡孫，獻明皇帝之子也。母曰獻明賀皇后。初因遷徙，遊於雲澤，既而寢息，夢日出室內，寤而見光自牖屬天，歘然有感。以建國三十四年七月七日，生太祖於參合陂北，其夜復有光明。〔註3〕

記述北魏獻明賀皇后夢日出室內，醒後見日光從窗戶連接到天空而受到感應，因此認為太祖拓跋珪為太陽之子，且出生時夜晚復有光明；《拾遺記》「周靈王」：

> 周靈王立二十一年，孔子生於魯襄公之世。夜有二蒼龍自天而下，來附徵在之房，因夢而生夫子。有二神女，擎香露於空中而來，以沐浴徵在。天帝下奏鈞天之樂，列以顏氏之房。空中有聲，言天感生聖子，故降以和樂笙鏞之音，異於俗世也。〔註4〕

記載顏徵在因夢而感誕下孔子，並敘述蒼龍附於房、神女為顏氏沐浴、天上音樂現於世等異象。

上述所舉的帝王的感生神話，即班彪〈王命論〉：

> 昔在帝堯之禪曰：「咨爾舜，天之歷數在爾躬。」舜亦以命禹。暨於稷契，咸佐唐虞，光濟四海，奕世載德。至於湯武，而有天下。雖其遭遇異時，禪代不同，至於應天順人，其揆一焉。是故劉氏承堯之祚，氏族之世，著於春秋。唐據火德，而漢紹之。始起沛澤，則神母夜號，以彰赤帝之符。由是言之，帝王之祚，必有明聖顯懿之德，豐功厚利積累之業，然後精誠通於神明，流澤加於生民。故能為鬼神所福饗，天下所歸往。未見運世無本，功德不紀，而得倔起在此位者也。世俗見高祖興於布衣，不達其故，以為適遭暴亂，得奮其劍，遊說之士，至比天下於逐鹿，幸捷而得之。不知神器有命，不可以智力求。悲夫！此世之所以多亂臣賊子者也。若然者，豈徒闇於天道哉？又不睹之於人事矣！

〔註2〕《史記·高祖本紀》，頁341。

〔註3〕北齊·魏收《魏書·太祖紀第二》，臺北：鼎文書局，1980年，頁19。

〔註4〕東晉·王嘉《拾遺記》卷三「周靈王」，北京：中華書局，1931年6月，頁70。

夫餓饉流隸，飢寒道路，思有短褐之襲，檐石之蓄，所願不過一金，終於轉死溝壑。何則？貧窮亦有命也。況乎天子之貴，四海之富，神明之祚，可得而妄處哉？故雖遭罹厄會，竊其權柄，勇如信布，強如梁籍，成如王莽，然卒潤鑊伏鑕，烹醢分裂，又況么麼不及數子，而欲闚干天位者也。是故駑蹇之乘，不騁千里之塗；鷽鳩之疇，不奮六翮之用；窯桅之材不荷棟梁之任；斗筲之子，不秉帝王之重。易曰：「鼎折足，覆公餗。」不勝其任也。

當秦之末，豪桀共推陳嬰而王之。嬰母止之曰：「自吾為子家婦，而世貧賤，卒富貴，不祥。不如以兵屬人，事成，少受其利。不成，禍有所歸。」嬰從其言，而陳氏以寧。王陵之母，亦見項氏之必亡，而劉氏之將興也。是時，陵為漢將，而母獲於楚。有漢使來，陵母見之，謂曰：「願告吾子，漢王長者，必得天下，子謹事之，無有二心。」遂對漢使伏劍而死，以固勉陵。其後，果定於漢。陵為宰相，封侯。夫以匹婦之明，猶能推事理之致，探禍福之機，全宗祀於無窮，垂冊書於春秋，而況大丈夫之事乎？是故窮達有命，吉凶由人。嬰母知廢，陵母知興，審此二者，帝王之分決矣。

蓋在高祖，其興也有五：一曰帝堯之苗裔，二曰體貌多奇異，三曰神武有徵應，四曰寬明而仁恕，五曰知人善任使。加之以信誠好謀，達於聽受，見善如不及，用人如由己，從諫如順流，趣時如響起。當食吐哺，納子房之策；拔足揮洗，揖酈生之說；悟戍卒之言，斷懷土之情；高四皓之名，割肌膚之愛；舉韓信於行陣，收陳平於亡命。英雄陳力，群策畢舉，此高祖之大略，所以成帝業也。若乃靈瑞符應，又可略聞矣。初劉媼妊高祖，而夢與神遇，震電晦冥，有龍蛇之怪。及長而多靈，有異於眾。是以王武感物而折契，呂公睹形而進女；秦皇東遊以厭其氣，呂后望雲而知所處；始受命則白蛇分，西入關則五星聚。故淮陰留侯謂之天授，非人力也。

歷古今之得失，驗行事之成敗，稽帝王之世運，考五者之所謂，取捨不厭斯位，符瑞不同斯度，而苟昧權利，越次妄據，外不量力，內不知命，則必喪保家之主，失天年之壽，遇折足之凶，伏斧鉞之誅。英雄誠知覺寤，畏若禍戒，超然遠覽，淵然深識，收陵嬰之明分，絕信布之觀覦，距逐鹿之瞽說，審神器之有授，貪不可冀，無

為二母之所笑，則福祚流於子孫，天祿其永終矣。〔註5〕

文中傳達的君權神授的思想，認為帝王與朝代即是順應天命而興衰、更迭，塑造為政者形象的神威性，以及政權的正統性。

由於佛教自魏晉時期普遍發展、影響力提升，因此天授觀與佛教結合，藉由轉世的模式表現與敘寫人物與生俱來的特質，於宋代帝王后妃的前身傳說中相當常見，如：第三章第一節朱弁《曲洧舊聞》卷一〔註6〕載宋太祖前身為定光佛的傳說，記載五代時期，因戰爭民不聊生，使人民內心對於安定、太平的生活產生嚮往，因此有宋太祖為定光佛再世，與其一統天下、平定亂世的結果產生聯想。第三章第二節葉寘《坦齋筆衡》〔註7〕記載元載孔昇大帝奉玉帝之命降生為宋高宗，並且描述其出生時出現滿室紅光的異象。

聖賢的感生神話，則藉描述其非凡的出生，以解釋其特殊才能或表現，源自天賦的延續，如此的觀念與表現技巧亦與佛教轉世觀結合，於宋代文臣武將的前身傳說中相當常見，如：第五章第一節王十朋《梅溪集》前集卷十九「記人說前生事」〔註8〕記載嚴闍梨託生為王十朋傳說，文中透過夢境、生卒日相承、外貌相似、文采相當等，印證二者之間的關聯性。

綜合上述所舉文獻可見，感生神話中的天授觀念與表現技巧，皆深深影響宋代帝王后妃與文臣武將的前身傳說，透過以因夢而孕、出生異象或容貌等不同面向敘寫，凸顯人物非凡的身分，為其增添神祕、傳奇的色彩。

第二節　佛教之轉世觀

轉世，又為轉生，指一個生命死亡後，靈魂依照因果輪迴的規律而投胎成另一個生命，佛教中的「三世」之說，即前世、今世與來世，蘊含因果輪迴的觀念。佛教之輪迴觀念，源於印度人對於生死的傳統觀念，經歷部派佛學、中觀學派的爭議與辨破，最終理論完成建立於瑜伽學派。輪迴（Saṃsāra），又作生死、生死輪迴、生死相續、輪迴轉生、流轉、輪轉，《法華經・方便品》：

〔註5〕漢・班彪〈王命論〉，梁・蕭統《文選》卷五十二，域外漢籍珍本文庫編纂出版委員會編《域外漢籍珍本文庫》，第二輯，集部29，重慶：西南師範大學出版社；北京：人民出版社，2011年，葉一下至九上，頁493～497。

〔註6〕宋・朱弁《曲洧舊聞》卷一，《全宋筆記》，第三編，冊7，頁6。

〔註7〕宋・葉寘《坦齋筆衡》，《全宋筆記》第十編，冊12，頁215。

〔註8〕宋・王十朋《梅溪集》前集卷十九，葉十六上至十八，頁292～293。

「以諸欲因緣，墜墮三惡道。輪迴六趣中，備受諸苦毒。」〔註9〕、《大乘本生心地觀經》卷三：「有情輪迴生六道，猶如車輪無始終。」〔註10〕、《佛說觀佛三昧海經》卷六：「三界眾生，輪迴六趣，如旋火輪。」〔註11〕、《龍舒增廣淨土文》：「要知前世因，今生受者是。要知後世果，今生作者是。」〔註12〕，指眾生由惑業之因而招感三界〔註13〕、六道〔註14〕之生死輪轉，如車輪迴轉，永無止盡。〔註15〕轉世的類型包含兩種，分別為依願、依業轉世，依願轉世即為報恩或報仇而發願轉世；依業轉世即依據累世所積的因果、業力而轉世投胎，佛教轉世的思想，成為前世今生、因果緣起連繫的渠道。

　　現存最早、影響最深遠的輪迴轉世故事為佛教的佛本生故事，記載佛生為釋迦摩尼之前的菩薩前生故事，歷經無數次輪迴轉世，有為動物、人類、神仙、魔怪等，積累無量功德方能擺脫輪迴成佛〔註16〕。中國傳統並無輪迴的思想，直到佛教傳入中國後，輪迴轉世的觀念便於中國文學作品中相當常見，如：梁·釋慧皎《高僧傳》「漢雒陽安清」講述安世高轉世、度人與償對的過程〔註17〕。唐·袁郊《甘澤謠》〈圓觀〉中「三生石上舊精魂」藉由轉世的模式展現出主角情感超越時空的綿延〔註18〕。〈紅線〉以「轉世贖罪」的模式呈現主要人物行為與才能的因果〔註19〕。明·馮夢龍《喻世明言》〈明悟禪

〔註9〕姚秦·鳩摩羅什譯《法華經》卷一（CBETA, T9, no.262, p.8, b12-b13）。

〔註10〕唐·般若譯《大乘本生心地觀經》卷三（CBETA, T3, no.159, p.302, b23）。

〔註11〕東晉·佛陀跋陀羅譯《大乘本生心地觀經》卷六（CBETA, T15, no.643, p.674, b22）。

〔註12〕宋·王日休《龍舒增廣淨土文》卷一（CBETA, T47, no.1970, p.256, b11-b12）。

〔註13〕三界：即欲界、色界、無色界。

〔註14〕六道：又名六趣，分為天上、阿修羅、人間三善道，畜生、餓鬼、地獄三惡道。

〔註15〕參見李潤生《佛家輪迴理論》，香港：利通圖書發行，1999年、侯傳文《佛經的文學性解讀》下編第四章〈輪迴轉生原型母題初探〉，北京：中華書局，2004年，頁217～232、孫遜〈佛道「轉世」、「謫世」觀念與中國古代小說結構〉，《想像力的世界－二十世紀「道教與古代文學」論叢》，哈爾濱：黑龍江人民出版社，2006年6月，頁580～591。

〔註16〕參見侯傳文《佛經的文學性解讀》上編第七章〈佛本生故事概論〉，頁103～121、下編第三章《佛本生經》與故事文學母題〉，頁202～216。

〔註17〕詳見梁·釋慧皎撰、湯用彤校注《高僧傳》卷一〈譯經〉上，北京：中華書局，1992年10月，頁4～6。

〔註18〕唐·袁郊《甘澤謠》〈圓觀〉，《唐人傳奇小說》，高雄：復文圖書出版社，2003年，頁258～259。

〔註19〕唐·袁郊《甘澤謠》〈紅線〉，《唐人傳奇小說》，頁260～263。

師趕五戒〉講述五戒禪師因破淫戒而坐化轉世為蘇軾的故事。〔註20〕

　　宋代的前身傳說，即可見與佛本生故事，以及輪迴轉世模式相近的故事，如：第三章第三節張端義《貴耳集》卷中〔註21〕載宋徽宗文采出眾與被俘虜的原因，即是其前身為南唐後主李煜。第四章第一節彭乘《續墨客揮犀》卷一〔註22〕敘述草堂和尚為報恩而託生為曾公亮，藉此前身傳說以解釋曾公亮顯達成就的原因。何薳《春渚紀聞》卷一〔註23〕記載黃庭堅前身為女子，因前世誠心誦讀《法華經》，今世得以男身轉世。

　　由上述所舉文獻可見，宋代人物前身傳說中的「前身」觀，深受佛教輪迴轉世觀念的影響，故事藉由轉世的模式，傳述宋代人物的前世的對象，並且藉由佛教因果報應的思想，以故事主角的前身對象，解釋其與生俱來的天賦或特殊表現的原因。

第三節　道教之謫仙觀

　　道教的謫仙觀念，李豐楙〈道教謫仙傳說與唐人小說〉〔註24〕與孫遜〈佛道「轉世」、「謫世」觀念與中國古代小說結構〉〔註25〕二文已針對此議題進行深入的探討，傅瀞嬋《晚清狹邪小說中的謫仙、謫凡結構——以《青樓夢》、《繪芳錄》、《花月痕》、《海上塵天影》為主》第二章〈謫仙、謫凡故事的出現與演變〉探討自兩漢至清代的謫仙、謫凡故事〔註26〕，本節將以三位學者的研究成果為基礎，整理與歸納謫仙觀念的定義與謫仙故事的演變。

　　謫仙，即指天界的仙人，因觸犯某種戒律而被謫降至人世，其中也包含

〔註20〕明・馮夢龍《喻世明言》〈明悟禪師趕五戒〉，臺北：桂冠圖書股份有限公司，1984 年 3 月。

〔註21〕張端義《貴耳集》卷中，《全宋筆記》第六編 10，頁 309。

〔註22〕宋・彭乘《續墨客揮犀》卷一，《全宋筆記》第三編，冊 1，頁 78。

〔註23〕宋・何薳《春渚紀聞》卷一，《全宋筆記》第三編，冊 3，頁 178～179。

〔註24〕李豐楙〈道教謫仙傳說與唐人小說〉，《誤入與謫降：六朝隋唐道教文學論集》，臺北：臺灣學生書局，1996 年，頁 247～285。

〔註25〕孫遜〈佛道「轉世」、「謫世」觀念與中國古代小說結構〉，《想像力的世界——二十世紀「道教與古代文學」論叢》，哈爾濱：黑龍江人民出版社，2006 年 6 月，頁 580～591。

〔註26〕傅瀞嬋《晚清狹邪小說中的謫仙、謫凡結構——以《青樓夢》、《繪芳錄》、《花月痕》、《海上塵天影》為主》第二章〈謫仙、謫凡故事的出現與演變〉，國立政治大學中國文學系碩士論文，2003 年，頁 16～44。

仙人因為某種原因，天帝令其下降人間，或本人自願下凡歷劫於人間，歷經塵俗生活與劫難，最後期畢回歸天庭、重返仙班，形式與人間朝政的貶謫方式相近。道教的謫仙觀念建立於仙學體系的完成，以及吸收佛教思想而產生。其蘊含道教中天上與人間的宇宙觀，解釋修道者須接受的倫理道德，強化修真問道的心理，藉以面對在人世間所遭遇的問題，解決罪罰與贖解的思想意識。

　　兩漢至南北朝為謫仙傳說的創發階段，此時期的謫仙思想展現出人間官僚體制所反映的天曹構想、道家處世哲學，與修道者所受的教戒、規範、試煉、考罰等觀念，現存的謫仙傳說共十三則〔註27〕。此時期的謫仙人物，多以特異能力者為主，如：瑕丘仲能死而復生、壺公能隱身壺中、蔡某能呼遣老鼠。主角謫降人間多為卑賤的身分，具有特異能力，不透露謫仙真相，但總在無意中洩露其真實身分，此後便消失於人間。

　　唐代為謫仙傳說發展成型的時期，承續前朝的思想，又融入宿命思想，數量較前朝更為豐富。唐代的宿命思想包含中國的天命觀與佛教的業緣說，將情緣視為仙人重要的規戒與考驗，使故事情感更為豐沛、纏綿，如：《太平廣記》三二〈王賈篇〉與四二〈李仙人篇〉。唐代的謫仙傳說除情緣為主的故事外，亦出現異類變化的類型，即人與物形象互變，如：柳祥《瀟湘錄》的益州老父謫滿後化為白鶴飛去、《會昌解頤錄》〈峽口道士〉道士因罪成虎，需合食一千人方能歸天。此時期的謫仙人物除與兩漢至南北朝時期同在人間為卑賤身分有特異能力外，始興起將「謫仙」稱呼應用於帝王后妃、王侯將軍或是藝文名士身上的風尚，藉以彰顯人物的非凡特質，塑造人物的傳奇性，如〈長恨歌傳〉中楊貴妃、李林甫、馬周、賈耽、李愬及李白等人的謫仙故事。

　　宋代謫仙的傳說較少，僅見白玉蟾〈旌陽許真君傳〉記載許遜為謫降斬蛟的神仙人物。元代度脫劇有「謫仙反本類型」的謫仙故事，以及「超凡入聖類型」的度脫劇，為謫仙故事的新進展，如：〈老莊周一枕夢胡蝶〉講述大羅

〔註27〕漢・王充《論衡・道虛篇》、東晉・葛洪《抱朴子》〈內篇〉中〈袪惑篇〉記載的項曼都傳說；東晉・葛洪《抱朴子》〈內篇〉中〈袪惑篇〉、《神仙傳》卷四的劉安傳說；《列仙傳》的瑕丘仲傳說、北魏・酈道元《水經注》十三〈漯水注〉的班丘仲傳說；《神仙傳》卷五、《後漢書・方術傳》〈費長房傳〉的壺公傳說；《真誥・運象篇》的愕綠華傳說；《魏書・釋老志》成公興傳說；《北齊書・由吾道榮傳》晉陽人某傳說；《南齊書》卷五十四蔡某；《漢武內傳》、南朝・見素子《洞仙傳》「范財」的東方朔傳說。

神仙上清南華至德真君因失儀被謫為凡人，經太白星君與眾仙點化得悟道重返天界。〈月明和尚度柳翠〉將謫仙觀念運用於佛教故事中，講述楊柳枝因染微塵，而獲罪謫降為妓女柳翠，後經由月明尊者化身的月明和尚點化而頓悟，方能回歸南海觀音淨瓶中。

明清時期的謫仙故事以章回小說為代表，如：明・鄧志謨《鐵樹記》衍生宋代白玉蟾〈旌陽許真君傳〉許真君謫降人間的故事。明・吳承恩《西遊記》講述唐三藏、孫悟空、豬悟能、沙悟淨、白龍馬五人皆因罪被貶謫，於人間歷經劫難方能恢復仙職。清・李汝珍《鏡花緣》講述百花仙子因為怠忽職守而被貶謫人間為唐小山的故事。清・曹雪芹《紅樓夢》講述林黛玉為三生石畔的絳珠仙草，賈寶玉為赤霞宮神瑛侍者，二人皆為完成塵緣而被謫降人間。

宋人前身傳說亦常見道教謫仙故事的模式，帝王的部分如：第三章第二節張端義《貴耳集》卷中〔註28〕記載宋真宗潛心求子，因此玉帝遣赤腳大仙降世為仁宗，其中赤腳大仙的微笑，即展現其凡心未泯，觸犯戒律，具有謫世的色彩，然而此前身傳說旨在塑造宋仁宗身分的非凡性。祖琇《隆興編年通論》卷十八〔註29〕載林靈素為迎合徽宗崇尚道教的心理，遂言徽宗前身為長生大帝君，藉此表示忠誠，亦鞏固自己在徽宗心目中的地位與形象。張淏《雲谷雜記》卷三〔註30〕文中將崔府君視為孝宗的前身，即藉此塑造庇護趙宋政權的代表，以鞏固南宋政權的正統性。

文臣武將的部分如：第四章第二節周煇《清波雜志》卷二〔註31〕載狄青前身為真武的傳說，宋代視真武為護國神，因此將狄青與真武連結，彰顯其戰功彪炳、英勇善戰的形象。曾敏行《獨醒雜志》卷一〔註32〕藉由蘇軾為奎宿星官降世，解釋其文采斐然之因。

由上述文獻可見，道教的謫仙思想與故事模式，於宋人前身傳說中產生變異，並非以敘述神仙因為觸犯戒律而被謫降人間歷劫的故事為主，而多是敘寫神仙為保衛宋朝政權與國土，因此下凡至人間，或者並未言神仙降凡之因，僅欲解釋宋人特殊的才能或成就，而彰顯其非凡的身分，營造、附會出宋代君臣多為神仙下凡的美好神聖形象。

〔註28〕宋・張端義《貴耳集》卷中，《全宋筆記》六編10，頁309。
〔註29〕宋・祖琇《隆興編年通論》卷十八（CBETA, X75, no.1512, p.199, a5-a8）。
〔註30〕宋・張淏《雲谷雜記》卷三，《全宋筆記》，第七編，冊1，頁43。
〔註31〕宋・周煇《清波雜志》卷二，《全宋筆記》，第五編，冊9，頁25。
〔註32〕宋・曾敏行《獨醒雜志》卷一，《全宋筆記》，第四編，冊5，頁126。

第三章　宋代帝王后妃之前身傳說

　　本章以宋代帝王后妃的前身傳說為探討對象，分別有宋太祖（927～976）、宋真宗（968～1022）、宋仁宗（1010～1063）、宋徽宗（1082～1135）、宋欽宗（1100～1156）、宋高宗（1107～1187）與宋孝宗（1127～1194）七位帝王，以及明達皇后（？～1113）、明節皇后（1088～1121）二位后妃，共計九位，十七種前身傳說。首先依照九位帝王后妃的前身傳說類型分為三節：第一節，佛教相關之前身傳說；第二節，道教人物相關之前身傳說；第三節，歷史人物相關之前身傳說，分析他們與前身對象之間的關聯性，探討前身傳說所蘊含的意義；第四節，探究宋代帝王后妃前身傳說於後代敘事作品中的展現。

第一節　佛教人物相關之前身傳說

　　宋代文獻宋代帝王后妃的前身傳說，與佛教人物相關者計有：宋太祖、宋欽宗、宋高宗三位，以下分別探討。

一、宋太祖、宋高宗：定光佛

　　宋代文獻中，有二則關於定光佛再世的傳說，皆載於朱弁《曲洧舊聞》中，然分屬於宋太祖與宋高宗的前身傳說。

　　關於宋太祖（927～976）前身為「定光佛」的傳說，據朱弁《曲洧舊聞》卷一載：

> 五代割據，干戈相侵，不勝其苦。有一僧雖佯狂，而言多奇中。嘗謂人曰：「汝等望太平甚切，若要太平，須待定光佛出世始得。」至

太祖一天下，皆以為定光佛後身者，蓋用此僧之語也。〔註1〕
依上述內容可見，此前身傳說產生的原因與背景，與故事中人民所處的時代局勢有密切關係。傳說產生的時間為五代時期，因為戰爭而時局動盪不安、百姓生活困苦，使人民內心對於安定、太平的生活產生嚮往，此時佯狂僧人所言定光佛出世即為太平之時的預言，讓百姓建構起定光佛出世即象徵太平來臨的認知，故具此觀念的百姓，便將宋太祖一統天下、平定亂世的歷史結果與定光佛做結合，因此產生宋太祖為定光佛再世的傳說。

另一則關於定光佛再世的前身傳說同樣出於朱弁《曲洧舊聞》一書，該書卷八載：

> 予書定光佛事，友人姓某者，見而驚喜曰：「異哉！予之外兄趙，蓋宗室也，丙午年春，同居許下，手持數珠，日誦定光佛千聲。予曰：『世人誦名號多矣，未有誦此佛者，豈有說乎？』外兄曰：『吾嘗夢梵僧告予曰：世且亂，定光佛再出世。子有難，能日誦千聲，可以免矣，吾是以受持。』予時獨竊笑之。予俘囚十年，外兄不知所在，今觀公書此事，則再出世之語昭然矣。此予所以驚而又悟外兄之夢為可信也，公其併書之。」予曰：「定光佛初出世，今再出世，流虹之瑞，皆在丁亥年，此又一異也，君其識之。」〔註2〕

文中雖未明言定光佛再世對象為何者，然而我們可從文中友人所述說的內容推測以下三點：第一，依據作者朱弁的生平推算〔註3〕，文中所述「丙午年」應為西元 1126 年，故文中所言之亂世應指「靖康之難」。第二，文末作者言定光佛再世的時間皆為丁亥年，正與宋高宗的誕生年（1107～1187）相符，文中作者言「定光佛初出世，今再出世，流虹之瑞，皆在丁亥年」初出世即指卷一所記載的宋太祖，再出世則應是指宋高宗。第三，文中定光佛再世即為太平之時的觀念，與前述宋太祖前身傳說相同，二則傳說的故事背景皆為動盪的亂世，前者為五代末年，後者則為金滅北宋，因此宋太祖創立宋朝，與宋高宗建立南宋，二者皆屬於動亂時局一統太平的開創者，與定光佛再世的觀念不謀而合。依據以上三點的推論，可知朱弁《曲洧舊聞》卷八中所言定光佛再出世即為宋高宗。

〔註1〕宋・朱弁《曲洧舊聞》卷一，《全宋筆記》，第三編，冊7，頁6。
〔註2〕宋・朱弁《曲洧舊聞》卷八，《全宋筆記》，第三編，冊7，頁72～73。
〔註3〕朱弁生於北宋神宗年間，卒於西元 1144 年。

定光佛，即為燃燈佛（Dipaṁkara），漢譯佛典中被譯為提洹竭、提和竭羅，南傳佛典漢譯為提槃迦羅，意譯為錠光佛、然燈佛、普光佛、燈光如來，為釋迦牟尼前身之儒童授記的過去佛〔註4〕。定光佛的信仰，最早始於南北朝時期，此時期定光佛的宗教祈願內容尚未確立；至隋唐時期，定光佛之宗教祈願內容方以「救世」為主。〔註5〕

定光佛再世的前身傳說，其中蘊含的意義與產生的影響，可從宗教與政治二個角度探討：第一，宗教的角度而言，佛教中將佛法分為正法、像法、末法三時期〔註6〕，末法時代〔註7〕的徵兆正如《佛說法滅盡經》所言：「法欲滅時，女人精進，恒作功德；男子懈慢，不用法語，眼見沙門如視糞土，無有信心。法將殄沒，登爾之時諸天泣淚。水旱不調、五穀不熟，疫氣流行死亡者眾。人民勤苦，縣官計剋，不順道理，皆思樂亂。」〔註8〕世間紛亂，與朱弁《曲洧舊聞》卷一、卷八所敘述的歷史背景，以及中國佛教發展時代演變相近，分別為五代末年後周世宗滅佛、北宋末年徽宗崇道排佛，皆處於政權動盪、戰爭苦民的時代。宋太祖和宋高宗一統天下、平定亂世的歷史事實，與定光佛再世為太平之時的信仰象徵結合，賦予二者救民於水火之中的救世、

〔註4〕佛教三世佛：過去、現在、未來。過去佛為燃燈佛，現在佛為釋迦牟尼佛，未來佛為彌勒佛。

〔註5〕詳參劉長東〈宋太祖受禪的佛教讖言與宋初政教關係的重建〉，《四川大學學報》，哲學社會科學版，2002年，第6期，總第123期，頁81～88。

〔註6〕正像末三時期：據《大乘同性經》卷下、《大乘法苑義林章》卷六等載，三時即：如來滅後，教法住世，依教法修行，即能證果，稱為正法。雖有教法及修行者，多不能證果，稱為像法。教法垂世，人雖有稟教，而不能修行證果，稱為末法。《法華玄論》卷十載正、像之分別有多種說法：1.佛在世為正法，佛滅後為像法。2.未有異部之時代為正法，異部紛紛出現之時代為像法。3.得道者多之時代為正法，得道者少之時代為像法。4.正法未破之時代為正法。正法已破之時代為像法。5.未起惡法為正法，起諸惡法為像法。6.二千年皆屬正法，萬年轉衰微為像法。7.諸菩薩見如來之法無有興滅，常見諸佛，則一萬二千乃至一切時皆是正法，二乘人見佛法有興衰，故有正、像之分別。參見慈怡法師主編《佛光大辭典》「正像末」條：http://buddhaspace.org/dict/fk/data/%25E6%25AD%25A3%25E5%2583%258F%25E6%259C%25AB.html（2020.03.15瀏覽）。

〔註7〕末法時代：指釋尊入滅後，教法住世歷經正法、像法時代，而修行證悟者漸次減少，終於至末法時代，從此一萬年間，則僅殘存教法而已，人雖有稟教，而不能修行證果。參見慈怡法師主編《佛光大辭典》「末法」、「末法思想」條：http://buddhaspace.org/dict/fk/data/%25E6%25AD%25A3%25E5%2583%258F%25E6%259C%25AB.html（2020.03.15瀏覽）。

〔註8〕《佛說法滅盡經》（CBETA, T12, no396, p.1119, a17-a22）。

神妙形象，亦宣揚佛教與定光佛的信仰。第二，政治的角度而言，如此的形象塑造，在北宋與南宋初創時期，能夠達到確立趙宋政權天授的正統性與必然性，展現宗教與政治二者相輔相成的面貌。

二、宋欽宗：喆和尚、天羅王

宋代文獻宋欽宗（1100～1156）的前身傳說有喆和尚與天羅王二種，皆與佛教人物有關，以下將依序探討。

（一）喆和尚

宋代文獻中記載宋欽宗的前身為喆和尚，據袁文《甕牖閒評》卷八載：

> 余自幼聞欽宗乃喆和尚後身，獨未知何所據耳。近觀《國史後補》，見惠恭王皇后初懷姙，夢宣德正門大啟，有兩紅旗，各書一吉字以入，是生欽宗。兩吉字乃喆字也，則知欽宗乃喆和尚後身無疑。其後徽宗立為皇太子，梁師成奏曰：「臣屢令術者考東宮命，不久矣。」正謂欽宗也。是時師成欲改立鄆王，固有為而然。然欽宗在位止一年，遂有北狩之事，術者之言亦信矣夫！喆和尚，徽宗朝人也，既死，米元章為之書行業碑，余嘗見之，真有道德者。復出為帝王而有天下，亦可謂福矣，而在位乃不久，悲夫！〔註9〕

由上述內容可見：作者袁文自幼便聽聞欽宗前身為喆和尚的傳說，然並不知此說出自何處，一日見《國史後補》載惠恭王皇后的夢兆，夢中宣德正門大啟，兩面紅旗各寫著「吉」字，此後欽宗誕世。因此作者將夢中二面紅旗的「吉」字，合寫後為「喆」字的結果，與欽宗前身為喆和尚的傳說作解釋與連結。由袁文記述的內容，可推測得知：當時欽宗為喆和尚轉世的傳說流傳甚廣，然僅是以口頭傳播為主，因此袁文見《國史後補》所載內容時，便覺其為欽宗前身傳說的依據。然而文中所記的《國史後補》，今筆者不見其完整資料，未能比較、探討《國史後補》與袁文《甕牖閒評》二則文獻之異同。

喆和尚，《甕牖閒評》文中記載其為徽宗朝人，釋印光認為喆和尚為真如禪師。〔註10〕據宋代釋惟白《建中靖國續燈錄》卷十四〔註11〕、釋惠洪《禪

〔註9〕宋・袁文（1119～1190）《甕牖閒評》卷八，《全宋筆記》，第四編，冊7，頁215。

〔註10〕釋印光《印光大師說故事》，第六類「自力警策類」，淨土宗文教基金會，2008年2月，頁81。

〔註11〕宋・釋惟白《建中靖國續燈錄》卷十四（CBETA, X78, no.1556, p.726, a13-c12）。

林僧寶傳》卷二十五〔註12〕、釋正受《嘉泰普燈錄》卷四〔註13〕三則文獻皆載真如喆禪師卒於哲宗紹聖二年（1095）十月初八，因此喆和尚並非為真如喆禪師。而筆者未能搜得關於《甕牖閒評》中所述徽宗朝人喆和尚的相關資料，因此無法更進一步分析喆和尚與欽宗二人的關聯性。然就文本記載的內容探討可見：將欽宗塑造為喆和尚轉世的形象，一如作者袁文所言因喆和尚的修持與道德，故得以轉世成為帝王之果，但欽宗在位時間僅一年的時間，因此不禁讓人為喆和尚與欽宗甚為感慨。

（二）天羅王

宋代文獻中記載宋欽宗的前身為天羅王，據《異聞總錄》卷二、《宣和遺事》載：

> 宋欽宗至源昌州，宿城外寺中，殿中佛像皆無，惟石刻二胡婦在焉，鬼火縱橫，散而複合。忽有人攜酒物出現，曰此寺有神明最靈，隔夕報夢曰：「明晚有天羅王，衣青袍，自南方來此宿頓，是以到此祗侯。」帝飲罷，人複引帝入山阜間，有草舍三間。入其門，聞人咭聲，若三十餘人，眾皆驚訝。視神亦石刻一婦，若將軍狀，手執鐵劍，侍者皆婦人。及帝出門，又聞唱咭聲如前，詢問則曰契丹天皇侍女神寺，帝方悟其前身是天羅王也。〔註14〕

> 凡在源昌州居止經年餘，至天眷四年終，召天水郡侯趙某於源昌州南行至燕京。緣是抵鹿州、壽州、易州、平順州，所經行路皆榛荊大路，頗平易行。每州各有同知，間有遺帝衣服者，有饋帝飲食者，在處皆有之。或日，至一路傍，有獻酒食者云：「此地有神，事之最靈。每遇貴人到此，必先於夕前報之。昨夜夢中已得神報，言明日有天羅王自南北而來，衣青袍，從者十七人是。阿父遺來路上只候，某等故以酒食獻。」阿計替並帝受之。帝謂曰：「汝神廟在何處？」民指一山阜間，有屋三間處是也。帝與阿計替共往其祠，入門如問人揖聲，若有三十餘人聲，眾人皆訝之。既至像前，視其神亦石刻，乃一婦人狀，手所執劍則鐵為之；侍從者皆若婦人。帝及眾人，皆

〔註12〕宋・釋惠洪《禪林僧寶傳》卷二十五（CBETA, X79, no.1560, p.0540, a20-b23）。

〔註13〕宋・釋正受《嘉泰普燈錄》卷四，（CBETA, X79, no.1559, p.317, a22）。

〔註14〕宋・佚名《異聞總錄》卷二，王雲五主編《叢書集成初編》，上海：商務印書館，1937年6月，頁22～23。

－25－

拱手稽顙而已。既出門，又聞如三十人唱喏。廟無牌記，其人但稱
將軍而已。阿計替曰：「天羅王者，大王知之乎？」帝謂：「不知為
何意。」阿計替曰：「佛經曾有天羅神。大王之身，必自天宮謫降也。」
帝曰：「何善多難？」阿計替曰：「此定業難逃。」帝笑而行。〔註15〕

上舉二則文獻記載宋欽宗被金朝俘虜後至源昌州，一人言當地神靈前夜託夢
此地明日將有天羅王自南北來，後欽宗入草舍後見石刻像、聞異聲，遂悟前
身為天羅王。

　　天羅王，《宣和遺事》言天羅王即佛經中天羅神，據宋·王鞏《聞見近錄》
載：

全州推官母王氏，朱道誠之妻也，日誦十句觀音心咒。時年四十九，
病篤，家人方治後事，王氏恍然見青衣人曰：「爾平生持觀世音心
咒，但復少十九字，增之當益壽。」王曰：「我不識字，奈何？」青
衣曰：「隨聲誦記之。」乃曰：「天羅神，地羅神，人離難，難離身，
一切災殃化為塵。」久之而醒，疾亦尋愈，後至七十九。其孫浩，
信厚士也，為予道其詳如此。〔註16〕

文中載全州王氏日誦十句的〈觀音心咒〉〔註17〕，王氏病入膏肓時見青衣人謂
其應增誦「天羅神，地羅神，人離難，難離身，一切災殃化為塵。」，此咒文與
現代善書中常見的〈白衣觀音大士靈感神咒〉咒文中「天羅神，地羅神，人離
難，難離身，一切災殃化為塵。」相同，其中「天羅神」或「天羅王」於佛教
經典中皆未見相關記載，應是中國民間流傳為消災解厄、祈求平安的咒語。

　　綜合上述文獻可見，宋欽宗前身為天羅王的傳說，應是為凸顯欽宗身分的
非凡性，而《宣和遺事》載：「大王之身，必自天宮謫降也。」、「此定業難逃。」
以謫仙觀念解釋欽宗被金朝俘虜的遭遇，即是其身為謫仙於人間歷劫的必經過
程，想必欽宗心中亦是盼望自己能如謫仙於苦難之後，尚能回歸原本的身分。

第二節　道教人物相關之前身傳說

　　宋代帝王后妃的前身傳說，與道教人物相關者包括：宋太祖、宋真宗、

〔註15〕宋·佚名《宣和遺事》，王雲五主編《叢書集成初編》，上海：商務印書館，
　　　　1939年12月，頁87。
〔註16〕宋·王鞏《聞見近錄》，《全宋筆記》，第二編，冊6，頁29。
〔註17〕〈觀音心咒〉即〈六字大明咒〉「唵嘛呢唄美吽（Oṃ Maṇi Padme Hūṃ）」。

宋仁宗、宋徽宗、宋孝宗、明達皇后與明節皇后七位。

一、宋太祖：霹靂大仙

宋代《宣和遺事》，書名「宣和」為宋徽宗最後一個年號，被視為《水滸傳》的發展雛型，書中展現出作者愛國情懷及民族認同，批判君王寵信奸臣、道士、娼妓，導致民亂頻繁、外患入侵，最終亡國的結果。〔註18〕其中記載宋太祖為霹靂大仙下降人間的傳說：

> 此上感得火德星君霹靂大仙下界降生。於西京洛陽縣夾馬營趙洪恩宅，生下一箇孩兒。當誕生時分，紅光滿室，紫氣盈軒。趙洪恩喚生下孩兒名做匡胤。〔註19〕

文中敘述宋太祖趙匡胤為霹靂大仙下降人間，描述其出生時的紅光、紫氣滿盈的異象與《宋史‧太祖本紀》記載：「太祖，宣祖仲子也，母杜氏。後唐天成二年，生於洛陽夾馬營，赤光繞室，異香經宿不散，體有金色，三日不變。」〔註20〕相近。亨集中則更詳細地說明霹靂大仙的身分：

> 徽宗使林靈素問：『早來那兩箇奕基是甚人？』神人言曰：『那著紅者，乃南方火德真君霹靂大仙趙太祖也；穿皂者，戶北方水德真君大金太祖元皇帝也。』言罷，神人已去。〔註21〕

說明霹靂大仙即為南方火德真君。《道藏》中關於「南方火德真君」的記載，《太上洞真五星秘授經》中說明其職責與形象：

> 南方火德真君，主長養萬物，燭幽洞微，如世人運炁逢遇，多有災厄疾病之尤，宜弘善以迎之。其真君，戴星冠，躡朱履，衣朱霞壽鶴之衣，手執玉簡，懸七星金劍，垂白玉環珮。宜圖形供養，以異花珍果，淨水名香，燈燭清醴，虔心瞻敬，至心而呪曰：「火星真君，

〔註18〕《宣和遺事》成書的時間，據程海濤《《大宋宣和遺事》研究》第一章〈關於《宣和遺事》的成書〉考據認為「可能出於南宋遺民或身在元朝的南宋人之手，但是成書並刊印則應該是在元代。」，東北師範大學，碩士學位論文，2011年5月，頁3～10。蔣沛綺《李師師之小說形象嬗變研究》，第二章第一節「《大宋宣和遺事》之成書」認為：「應是宋代遺民始作，元人增益而成，屬於始話本與讀本之間的過渡文本型態。」，臺灣師範大學，國文學系教學碩士論文，2017年3月，頁22～28。
〔註19〕宋‧佚名《宣和遺事》，頁4。
〔註20〕《宋史‧太祖本紀》，頁2。
〔註21〕宋‧佚名《宣和遺事》，頁48。

主張諸惡。去邪護真，慎勿交錯。」〔註22〕

《太上洞真五星秘授經》與《宣和遺事》對於南方火德真君的形象描述相近，皆為身著紅色服飾的形象。

綜合上述文獻可見，宋太祖的前身霹靂大仙（南方火德真君）、「紅光滿室」的出生異象，皆與火有關，以戰國時期鄒衍（約前305～前240）依五行運行規律所主張的「五德終始」說〔註23〕，《宋史・太祖本紀》建隆元年：「定國運以火德王，色尚赤，臘用戌。」〔註24〕趙宋政權即承火德。另外，文中所載徽宗時期的神霄派道士林靈素，又與宋代雷法信仰有關〔註25〕。透過此前身傳說，可見宋朝君主為順應天命統治百姓的天授觀，以及宋代道教的信仰風氣。筆者認為：作者雖然不認同徽宗寵信道士的荒誕行為，然而書中又運用道教的神仙鬼怪信仰，使故事豐富奇幻，可見道教信仰於當時已經深入人們的生活，成為思想、創作的元素。

二、宋真宗：來和天尊

宋代文獻中，有宋真宗（968～1022）前身為「來和天尊」的傳說。目前最早見於張師正《括異志》卷一「來和天尊」〔註26〕，畢仲詢《幙府燕閒錄》〔註27〕、李昌齡《太上感應篇》卷二十〔註28〕、江少虞《事實類苑》卷第四十八「楊礪」〔註29〕、李燾《續資治通鑑長編》卷二十九〔註30〕、張端義《貴

〔註22〕《太上洞真五星秘授經》，《道藏》，洞真部本文類，辰字號，冊1，文物出版社、上海書店、天津古籍出版社，1988年3月，頁870。

〔註23〕將金、木、水、火、土五行相生相剋的觀念，解釋朝代興衰更迭受命於天的歷史觀點。

〔註24〕《宋史・太祖本紀》，頁6。

〔註25〕宋代雷法信仰研究請參見：李遠國《神霄雷法：道教神霄派沿革與思想》，第二章〈神霄派形成期──北宋〉、第三章〈神霄派興盛期──南宋〉，四川：四川人民出版社，2003年，頁30～105、李志鴻〈雷法與雷神崇拜〉，《中國道教》，2004年3月，頁32～36、周師西波〈道教冥界組織與雷法信仰系統之關係〉，《中國俗文化研究》，第9期，2014年12月，頁97～108。

〔註26〕宋・張師正《括異志》卷一「來和天尊」，《全宋筆記》，第八編，冊9，頁276。

〔註27〕宋・畢仲詢《幙府燕閒錄》，《全宋筆記》，第十編，冊12，頁96。

〔註28〕宋・李昌齡《太上感應篇》卷二十，《道藏》太清部，廉字號，冊27，頁92。

〔註29〕宋・江少虞《事實類苑》卷四十六，《新雕皇朝類苑》，《域外漢籍珍本文庫》，第二輯，子部，冊9，北京：人民出版社，2011年，據日本東京大學東洋文化研究所藏日本元和七年活字印本影印，葉三上，頁648。

〔註30〕宋・李燾《續資治通鑑長編》卷二十九，北京：中華書局，2004年9月，頁649。

耳集》卷中〔註31〕、趙溍《養疴漫筆》〔註32〕、畢仲詢《幙府燕閒錄》〔註33〕、彭百川《太平治跡統類》卷三〔註34〕中亦載錄此前身傳說。據張師正《括異志》卷一「來和天尊」載：

> 刑部尚書楊公礪為員外郎時，常夢人引導，云：「謁來和天尊。」及見天尊，年甚少，睟穆之姿，若冰玉焉。楊公伏謁，天尊慰藉之甚厚。及覺，莫諭其事。後章聖皇帝育德儲闈，尹正神州，楊公入幕，始謁而歸，語諸子弟曰：「吾適謁皇太子，乃吾頃夢來和天尊之儀狀也。」事在礪本傳。〔註35〕

由上述引文之內容可見四點：第一，宋真宗前身為來和天尊之傳說，源自真宗朝文臣楊礪的夢兆；第二，故事敘述的時間順序為，楊礪入夢，於夢中謁見來和天尊，之後回歸現實世界中拜見為皇太子的宋真宗，方覺所謁見之真宗即為夢中所見的來和天尊，便將此事告訴他的子弟；第三，此前身傳說印證宋真宗即為來和天尊方式，即是透過楊礪所見和話語作為驗證，藉此彰顯出傳說之真實性，使讀者相信此傳說；第四，文末記述「事在礪本傳」，可知此前身傳說於當時載於楊礪的傳記中，張師正《括異志》即是據其傳抄錄而來。在《宋史》卷二八七〈楊礪傳〉亦記載此前身傳說：

> 世宗入朝，礪處僧舍，夢古衣冠者曰：「汝能從乎？」礪隨往，覩宮衛若非人間，殿上王者秉珪南向，總三十餘。礪升謁之，最上者前有按，置簿錄人姓名，礪見己名居首，因請示休咎。王者曰：「我非汝師。」指一人曰：「此來和天尊，異日汝主也，當問之。」其人笑曰：「此去四十年，汝功成，予名亦顯矣。」礪再拜，寤而志之。礪初名勵，以籍作礪，遂改之。至是，受命謁見藩府，歸謂子曰：「吾今見襄王儀貌，即所夢「來和天尊也。」〔註36〕

由上述之引文可見，七則文獻同為記述宋真宗前身為來和天尊的傳說，《太上感應篇》文中有其獨特之處：

〔註31〕宋・張端義《貴耳集》卷中，《全宋筆記》，第六編，冊10，頁309。

〔註32〕宋・趙溍《養疴漫筆》，《全宋筆記》，第八編4，頁113、117。

〔註33〕宋・畢仲詢《幙府燕閒錄》，《全宋筆記》，第十編，冊12，頁96。

〔註34〕宋・彭百川《太平治跡統類》卷三，《文津閣四庫全書》，史部雜史類，第405冊，北京：商務印書館，2006年，葉十二下至十三上，頁75。

〔註35〕宋・張師正《括異志》卷一，「來和天尊」，《全宋筆記》，第八編，冊9，頁276。

〔註36〕《宋史》卷二八七〈楊礪傳〉，北京：中華書局，1977年11月，頁9643～9644。

　　楊礪未顯時嘗寓居僧舍，一夕夢至一府，一衣冠狀貌甚古，引礪至
一宮殿有三十餘真人，皆王者服，秉圭南向而坐，礪因拜之。最上
一人前列一案，案上皆簿籍，橫列世人姓字，礪竊視乃見己名獨冠
其首，因再拜請問休咎，專案者指示一人，謂曰：「此來和天尊也，
異日當為汝主。」其後礪為襄王記室，歸語其子曰：「吾觀襄王儀表，
真所夢來和天尊也。」〔註37〕

由上舉引文可見：文中不僅是記錄真宗之前身傳說，更透過此傳說預示兩件
未來將發生的事情。第一，文中楊礪對宋真宗的稱謂為「襄王」，相較於《括
異志》中「皇太子」稱謂之時間更早，且尚未確定真宗是否將為宋朝之繼承
者，故「此來和天尊也，異日當為汝主。」即預言真宗將成為宋朝之皇帝；第
二，文中「此去四十年，汝功成，予名亦顯矣。」更預言了楊礪未來之仕途順
遂、顯達。

　　故事中所記載真宗的前身「來和天尊」，在《道藏》中並未見有較詳細的
資料，僅見於洞真部本文類《高上玉皇本行集經》，卷下〈天真護持品第四〉
載：「我敕上方來和天君、名山大洞神仙兵馬，無軼數眾，悉令下降，覆護受
持是此經者。」〔註38〕應是伴隨玉皇信仰的提昇而產生的道教神尊。同樣藉
由君主為神仙降世的神異身分，凸顯與展現出政權順應天理，塑造出趙宋政
權不可動搖的政治形象。

三、宋仁宗：赤腳仙人、東嶽真君、南嶽真人

　　宋代文獻關於宋仁宗（1010～1063）前身傳說有四種〔註39〕，相當豐富。
其中與道教人物相關的前身對象有赤腳仙人、東嶽真君與南嶽真人三種傳說，
以下將依序探討。

（一）赤腳仙人

　　關於宋仁宗前身為「赤腳仙人」的傳說，最早載於張師正《括異志》卷
一「樂學士」〔註40〕，王明清《揮麈後錄》卷一〔註41〕、張端義《貴耳集》

〔註37〕宋・李昌齡《太上感應篇》卷二十，《道藏》太清部，廉字號，冊27，頁92。
〔註38〕《高上玉皇本行集經》卷下，《道藏》洞真部本文類，盈字號，冊1，頁705。
〔註39〕赤腳仙人、東嶽真君、南嶽真人與燧人氏。
〔註40〕宋・張師正《括異志》卷一「樂學士」，《全宋筆記》，第八編，冊9，頁276
　　　　～277。
〔註41〕宋・王明清《揮麈後錄》卷一，《全宋筆記》，第六編，冊1，頁73～74。

卷中〔註42〕、《玄天上帝啟聖錄》卷三「寶運重新」〔註43〕、陳葆光《三洞群
仙錄》卷九〔註44〕、志磐《佛祖統志》卷四十四〔註45〕亦傳載此前身傳說。
赤腳仙人之名見於《道藏》洞真部本文類《高上玉皇本行集經》〔註46〕及《元
始天尊說三官寶號經》〔註47〕，文中僅記載對於赤腳仙人的事蹟，並未記載
赤腳仙人之形象、執掌。其中陳葆光《三洞群仙錄》卷九中的內容為據張師
正《括異志》而錄，並無明顯的差異性，然張師正《括異志》、王明清《揮塵
後錄》、張端義《貴耳集》、《玄天上帝啟聖錄》四則文獻中雖皆記載關於宋仁
宗之前身傳說，然各有其獨特之處，以下筆者依照四則前身傳說的敘事方式
分為三種類型：第一為「玉帝擇嗣」，第二為「后夢降嗣」，第三為「真武降
言」。

　　第一，「玉帝擇嗣」之敘事方式為透過玉帝為宋真宗選派赤腳仙人為其子
嗣，此類型之文獻為張師正《括異志》卷一「樂學士」，以及張端義《貴耳集》
卷中：

> 樂學士史，景德末為西都留臺禦史。嘗夢一人具冠服，稱帝命來召。
> 共行十餘裡，俄見宮闕壯麗，殆非人世。因問使者。云：「此帝所也。」
> 既陞見，帝謂曰：「而主求嗣，吾為擇之，汝姑伺此。」少選，導一
> 人至，氣色和粹，似醺酣狀。帝謂曰：「中原求嗣，汝往勿辭。」即
> 頓首祈免者再三。帝曰：「往哉，惟汝宜。」遂唯而去。旁拱者謂史
> 曰：「此南嶽赤腳李仙人也，嘗酣於酒。」帝急呼史至前，曰：「適
> 見者，主之嗣也。」寤而識之。既而密以聞，具述所夢，曰：「宮中
> 不久有甲觀之慶。」明年，神文誕聖。〔註48〕

> 真宗久無嗣，用方士拜章至帝所，有赤腳大仙微笑，玉帝即遣大仙
> 為真嗣。大仙辭之久，玉帝云：「當遣幾箇好人去相輔贊。」仁宗在

〔註42〕宋‧張端義《貴耳集》卷中，《全宋筆記》六編10，頁309。
〔註43〕宋‧佚名《玄天上帝啟聖錄》卷三「寶運重新」，《道藏》洞神部紀傳類，流字號，冊19，頁588。
〔註44〕宋‧陳葆光《三洞群仙錄》卷九，《道藏》正一部，筵字號，冊32，頁290。
〔註45〕宋‧志磐《佛祖統志》卷四十四（CBETA, T49, no.2035, p.404, c7）。
〔註46〕《高上玉皇本行集經》卷下，《道藏》洞真部本文類，盈字號，冊1，頁705。
〔註47〕《元始天尊說三官寶號經》，《道藏》洞真部本文類，宿字號，冊2，頁36。
〔註48〕宋‧張師正《括異志》卷一「樂學士」，《全宋筆記》，第八編，冊9，頁276
～277。宋‧志磐《佛祖統志》卷四十四，法運通塞志十七之十一「宋真宗」
亦據《括異志》錄此前身傳說。

禁中未嘗尚鞋，惟坐殿方尚鞋襪，下殿即去之。慶曆諸賢皆天人也。
〔註49〕

依據上述內容，筆者分三點討論：第一，就二則文獻所載赤腳仙人至人間成為宋仁宗的原因，皆緣於宋真宗久無嗣而求嗣於玉帝，玉帝得知後便派遣赤腳仙人至人間為真宗嗣，然而赤腳仙人面對此諭令的反應，竟是推辭婉拒，最後就在玉帝的勸說下妥協至人間成為真宗的後嗣，即為仁宗。第二，文獻中透過宋仁宗的前身傳說展現出真宗對於道教和玉帝信仰的虔誠與推崇，亦呈現出宋代玉皇信仰的風氣〔註50〕，其中藉由玉帝親選宋朝繼承者的方式，展現出玉帝於宋代道教神仙體系中的崇高地位。第三，透過「玉帝擇嗣」的方式，不僅提升仁宗的非凡性與神聖性，更將宋朝國君結合道教之宗教影響力，展現出正統性與君權神授的思想。再就張端義《貴耳集》中所抄錄的內容可見：玉帝選擇赤腳仙人為真宗後嗣之因，為赤腳仙人微笑之故。且赤腳仙人從原本推辭到最後答應下凡之因，為玉帝承諾「當遣幾箇好人去相輔贊。」如此敘述方式，不僅讓仁宗的前身傳說充滿神奇色彩，亦讓故事富有趣味性，更透過玉帝之諾言，營造君臣皆為神仙的形象，正與歷史上稱仁宗時期為「盛治」的評價相符〔註51〕。

第二，「后夢降嗣」之敘事方式，藉由宋仁宗之母李后的夢兆，得知仙人將降世為其子的預言，此類型為王明清《揮麈後錄》卷一：

章懿李后初在側微，事章獻明肅。章聖偶過閣中，欲盥手，后捧洗而前，上悅其膚色玉耀，與之言。后奏：「昨夕忽夢一羽衣之士，跣足從空而下，云來為汝子。」時上未有嗣，聞之大喜，云：「當為汝成之。」是夕召幸，有娠，明年誕育昭陵。昭陵幼年，每穿履襪，即亟令脫去，常徒步禁掖，宮中皆呼為赤腳仙人。赤腳仙人，蓋古

〔註49〕宋·張端義《貴耳集》卷中，《全宋筆記》六編10，頁309。
〔註50〕參見卿希泰《中國道教史》，第二卷第七章，文中述及玉皇信仰地位的提升始於宋真宗大中祥符年間，運用玉帝信仰抬升與鞏固趙宋政權，頁560～566。
〔註51〕《宋史·仁宗本紀》載：「仁宗恭儉仁恕，出於天性，一遇水旱，或密禱禁廷，或跣立殿下。……君臣上下惻怛之心，忠厚之政，有以培壅宋三百餘年之基。子孫一矯其所為，馴致於亂。傳曰：『為人君，止於仁。』帝誠無愧焉！」，頁250～251；清·王夫之《宋論》卷四：「仁宗之稱盛治，至於今而聞者羨之。帝躬慈儉之德，而宰執臺諫侍從之臣，皆所謂君子人也，宜其治之盛也。」，北京：中華書局，1964年4月，頁77。

之得道李君也。〔註52〕

由此則文獻可見：李后敘述夢中所見羽衣之士時，並未知其為赤腳仙人，僅描述其「跣足從空而下」的特徵，因此李后覺此羽衣之士身分非凡而稟奏真宗，真宗得知後大悅，李后其後便誕下仁宗，故事末更描述仁宗幼時每穿履襪便急切將它脫去，赤腳行走於宮廷之中。「后夢降嗣」此種敘述方式，筆者分為二個部份探討：第一，此敘事方式的李后為重要的人物，因其身分為宋仁宗之生母，故透過她可以明確知曉赤腳仙人下凡的對象即為李后之子——仁宗。第二，若此敘述方式僅有李后自述夢兆，此前身傳說的可信度較低，因此文末加以敘述仁宗赤腳之特質，與李后之夢境相互印證，以及宮中皆稱仁宗為赤腳仙人，更加明確指出宋仁宗即為赤腳仙人降世。

第三，「真武降言」之敘事方式是將赤腳仙人將下降人間的消息，透過虔誠信奉真武的信徒託身降言，此類型為《玄天上帝啟聖錄》卷三「寶運重新」：

> 淮東揚州進士傅鴻，一生戒行，供養真武三十餘年。……知宮張守真，見鴻形貌清古，遂留於本觀，為修真上士，別治一室延之。在觀三年，修奉上真，香火虔敬恭恪。忽夜道眾停息寢睡，張守真潛往，叩鴻本寮，聞鴻睡中，似與人語。忽有火光一道，從鴻寮內進出，守真異之。明早會鴻試問，夜來火光情由。鴻曰：「今當限至，不任申延。」遂至沐浴易衣，昇道堂，聽受真武真君託身降言：「今為吾傳報宋朝天子，云：『三月桃花景色天，萬般真瑞一時妍。金枝寶運重新令，仲節當迎赤腳仙。』真語云祇言此二十八字，吾去矣。」傅鴻一如睡醒，莫測其意。次日傅鴻潛自遁去，不知蹤由。張守真既得真君降言，不敢沉隱，遂往陝西，經略安撫司，面稟使相張希古，憑委具表奏聞。時皇帝御覽，驚喜交集。後果於庚戌年辛巳月辛丑日，明德宮降慶太子，即仁廟是也。嚮玉城天主赤腳大仙下降，已應真武降言。〔註53〕

文中敘述真武託傅鴻之身降言予宋真宗，其言：「三月桃花景色天，萬般真瑞一時妍。金枝寶運重新令，仲節當迎赤腳仙。」預言赤腳仙人即將降世，經由

〔註52〕宋・王明清《揮塵後錄》卷一，《全宋筆記》，第六編，冊1，頁73～74。
〔註53〕宋・佚名《玄天上帝啟聖錄》卷三「寶運重新」，《道藏》洞神部紀傳類，流字號，冊19，頁588。

道士張守真〔註54〕稟奏預言，更添預言之神妙色彩。然而就真武降言的內容並無法得知赤腳仙人將以何種身分現於人間，且文末僅以「後果於庚戌年辛巳月辛丑日，明德宮降慶太子，即仁廟是也。」來證明真武之預言，以及仁宗即為赤腳仙人降世的事實。此則故事對於宋仁宗的前身傳說僅是簡略敘述，其故事旨在彰顯道教真武的信仰，並於故事中展現與推廣真武的神異法力與宗教信仰。

除上述所探討四則故事的敘事方式外，筆者另針對四則文獻印證前身傳說的方式進行討論。筆者依四則文獻之印證方式分為二種類型：第一為「仁宗誕世」，第二為「赤腳特質」。

第一，「仁宗誕世」的方法，是以時間先後為主，即故事中以預言赤腳仙人將降世之事後，接著仁宗誕世的結果作為印證，證明仁宗為赤腳仙人之後身，有張師正《括異志》卷一「樂學士」、王明清《揮麈後錄》卷一與《玄天上帝啟聖錄》卷三「寶運重新」。三則文獻皆於文末以仁宗誕世作為赤腳仙人降世的預言的驗證，然《揮麈後錄》中則又添加下一段討論的「赤腳特質」作為第二次的驗證。因此相較於前者，《括異志》與《玄天上帝啟聖錄》二則文獻僅以「仁宗誕世」的方式來驗證，僅是順應真宗子嗣順序的歷史事實所作之前身傳說。

第二，「赤腳特質」的類型為前身傳說故事中，運用赤腳仙人「赤腳」的特徵，與仁宗幼時喜好「跣足」徒步於宮中的特質作應驗，有王明清《揮麈後錄》卷一與張端義《貴耳集》卷中。二則故事透過此方式凸顯出仁宗的非凡性，藉由「赤腳」的手法不僅使讀者更為自然地將仁宗與赤腳仙人作聯想，更可透過此特質之塑造與描述，使仁宗的身分更添神奇且有趣的色彩。

（二）東嶽真君

宋代關於宋仁宗之前身為東嶽真君的傳說，見於佚名《道山清話》：

> 嘗聞祖父言，每歲三月二十八日，四方之人集于泰山東嶽祠下，謂

〔註54〕張守真為宋初名道士，據宋・張君房《雲笈七籤》卷一百三〈翊聖保德真君傳〉，以及宋・王欽若《翊聖保德傳》記載：張守真於太祖建隆年間言黑煞將軍，奉玉帝命降世輔佐宋朝；太宗時期召其作延祚保生壇，並將黑煞大將軍封為翊聖將軍；真宗時期翊聖將軍又被加封為「翊聖保德真君」，與天蓬、天猷、真武合稱「北極四聖」。

之朝拜。嘉祐八年，祖父適以是日至祠下，言其日風寒已如深冬時。
至明日，地皆結冰，寒甚，幾欲裂面墮指。人皆閉戶，道無行迹。
日欲入，忽聞傳呼之聲，自南而北，儀衛雄甚。近道人家有自戶牖
潛窺者，見馬高數尺，甲士皆不類常人，繳扇車乘，皆如今乘輿行
幸，望廟門而入。廟之重門皆洞開，異香載路。有丈夫絳袍幞頭，
坐黃屋之下，亦微聞警蹕之聲，亦有言去朝真君回來，又有云真君
已歸，皆相顧合掌。中夜，方不聞人語。又明日，天氣復溫，皆揮
扇而行。後數日，方聞昭陵其日升遐。〔註55〕

由上述引文可見：每年三月二十八日，四方的人皆會聚集於泰山東嶽祠下朝
拜，作者透過當地風俗的說明，解釋祖父至泰山東嶽祠下的原因。而嘉祐八
年三月二十八日當天的天氣，竟不同以往的寒冷如冬，隔日二十九日，更是
天寒地凍，且居住在道路旁的人透過門窗的縫隙，看見往東嶽祠的道路上出
現帝王出巡時的隊伍、異香滿盈、東嶽祠門自動敞開，更聽見真君歸來聲等
異象，隔日一切又恢復正常。

　　此前身傳說敘述宋仁宗的前身為東嶽真君的手法，是透過空間與時間兩
個方面鋪陳、印證宋仁宗即為東嶽真君。第一，就空間而言，故事發生的地
點為泰山之東嶽祠，藉由泰山當地朝拜東嶽祠的習俗，當地居民所聞的異象，
與前往東嶽祠的帝王出巡隊伍異象做結合，暗示宋仁宗即為東嶽真君回歸東
嶽祠。

　　第二，就時間而言，故事中的異象發生的時間為嘉祐八年三月二十九日，
其中更有言「去朝真君回來」、「真君已歸」的說法，據《宋會要》載宋仁宗崩
殂之日為三月二十九日〔註56〕，兩個相同的時間做印證，便證實宋仁宗本為
東嶽真君，其崩世後又回歸為東嶽真君的身分回歸泰山東嶽祠。

　　東嶽真君，即泰山的山神，又稱東嶽大帝、泰山府君，為道教五嶽信仰
之首。中國傳統對於東嶽泰山的信仰流傳已久，為歷朝歷代國家重要的祭祀
對象，統治者透過封禪的儀式以象徵太平盛世、君權神授；在民間信仰中，
東嶽真君亦為冥界的主宰者，負責人間與陰間，宋代民間盛行的道教天心派，

〔註55〕宋・佚名《道山清話》，《全宋筆記》，第二編，冊1，頁104～105。
〔註56〕清・徐松輯《宋會要・禮二十九・仁宗》：「嘉祐八年三月二十九日，仁宗崩
　　　　於福寧殿」，《續修四庫全書》史部，政書類，776冊，據北京圖書館藏稿本影
　　　　印，原書版框高一六五毫米，寬二三〇毫米，葉二十上，頁230。

即視東嶽真君為教法傳授的源頭之一〔註57〕。宋仁宗前身為東嶽真君的傳說故事，或許是當地百姓為嘉祐八年三月的特殊天氣，以仁宗崩世作解釋產生的聯想，亦可能是因為天心派對東嶽真君的推崇，因此結合帝王前身的形象，藉由政治的力量宣揚道教信仰，這些原因皆讓仁宗身為統治者的身分更加神聖奇異，亦展現仁宗於百姓心中的尊崇地位。

（三）南嶽真人

宋代關於宋仁宗的前身傳說，有其為前身為南嶽真人之說，見於張師正《括異志》卷一「衡山僧」與「南岳真人」文獻中：

> 嘉祐八年三月，衡山縣僧某來湘潭幹事，既畢，歸衡山。至中途宿逆旅，忽夢行道中，車騎戈甲，旄麾儀衛，去地丈餘，躡空北去。僧伏道左。少時既過，復前，又逢數騎，叱之曰：「安得犯蹕？」僧自疏得免，因問：「何官也？」曰：「新天子即位，南嶽神往受職耳。」僧既覺，明日至衡山，白所夢於邑令。令戒僧曰：「秘之，勿妄言。」後數日，聞仁宗遺詔至，考其所夢之夕，正月二十九日也。〔註58〕

> 龐相國籍，既致政，居於京師。嘉祐八年春三月，公被疾，至下旬病革。一旦奄然，家人聚哭，數刻復生。翌日，命紙筆，屏左右，手書密封，俾其子奏。家人咸謂久病恍惚，書字不謹，遂寢不以聞。公既薨，發視之，云：初死，有人引導，令朝玉皇。入一大殿庭，排班，龐處下列。拜訖，有一人傳玉皇詔，云：「龐某令且歸，伺與南岳真人偕來。」既出殿門，又有人前導，云：「當見南岳真人。」復至一殿庭列班，龐居上列。卷簾畢，既拜，熟視，乃仁宗皇帝也。時神文久不豫，龐既復蘇，覺體候小康，又聞聖躬亦復常膳，乃竊喜，故欲上聞。三月二十七日，龐薨。越一日，仁廟上仙。〔註59〕

首先，依據二則文獻的內容探討其相同之處：第一，文獻中皆記載宋仁宗即為南嶽真人；第二，故事中的時間背景皆於宋仁宗逝世的嘉祐八年；第三，

〔註57〕 參見周師西波〈道教冥界組織與雷法信仰系統之關係〉，《中國俗文化研究》，第9期，2014年12月，頁97～108、姚政志《宋代東嶽信仰研究》，政治大學，歷史學系博士論文，2017年9月。

〔註58〕 宋‧張師正《括異志》卷一「衡山僧」，《全宋筆記》，第八編，冊9，頁278。

〔註59〕 宋‧張師正《括異志》卷一「南岳真人」，《全宋筆記》，第八編，冊9，頁278～279。

故事中的敘事手法皆運用一人所歷或所夢之預兆為前身故事之開端；第三，故事中皆是以宋仁宗「逝世」作為其為南嶽真人之印證，相較於前述所探討的前身傳說以「誕生」的印證方式不同。

其次，就《括異志》二則前身傳說內容獨特之處進行分析。「南岳真人」中運用的敘事手法特殊之處為：敘述龐籍死後被導引至殿庭，並被告知必須回歸人間等候南嶽真人再一同回歸此處，且在離開殿庭後拜見即為宋仁宗的南嶽真人。故事中透過龐籍死而復生的經歷，預言宋仁宗行將就木的狀態，並透過龐籍的眼證實宋仁宗即為南嶽真人的事實。故事末雖敘述宋仁宗與龐籍二人身體狀態皆有好轉的情形，然而就在嘉祐八年三月二十七日龐籍過世，二十九日仁宗崩逝。〔註60〕此前身傳說巧妙地運用龐籍與宋仁宗逝世時間相近的結果，藉此印證故事前段敘述龐籍死而復生的經歷為真實，使此前身傳說之可信度提升。

而「衡山僧」故事中藉由衡山縣的僧人自潭湘歸衡山的途中所夢之徵兆，預言天子即將換人，意指宋仁宗將崩殂，而僧人回歸衡山後數日便聽聞宋仁宗之遺詔，藉此證明其夢兆為實，且印證逝世後的宋仁宗即回歸南嶽神的身分受職。故事中的敘事手法獨特之處，在於運用空間與時間二個面向。第一，就空間而言，衡山，亦稱為南嶽，文中的僧人為衡山縣僧人，且此夢兆發生的地點位於僧人自潭湘回歸衡山的途中，此二部分與「南嶽神」正好為空間上相互呼應；第二，就時間而言，僧人之夢兆時間為正月二十九，且回至衡山數日後便聽聞仁宗之遺詔，仁宗崩殂的時間結果正與「新天子即位，南嶽神往受職」的預言相互印證。

二則文獻皆是記述宋仁宗的前身為南嶽真人的傳說，然而故事中敘述前身故事的人物卻有所不同。《括異志》卷一「南岳真人」中敘述故事的人物為龐籍，其為仁宗朝宰相，《宋史》卷三百一十一有其傳〔註61〕，載其為官公正愛民，對仁宗直言不諱、勇敢進諫之事蹟。故事中藉由龐籍為仁宗前身傳說的敘事者，讓夢中的預言與前身說法可信度提升，更可見其與仁宗之關係密

〔註60〕宋・張師正《括異志》卷一「南岳真人」中所載龐籍與仁宗逝世的時間差「三月二十七日，龐薨。越一日，仁廟上仙。」，與《宋史・仁宗本紀》：「三月戊申，龐籍薨。……辛未，帝崩于福寧殿。」所記載之時間差不符，筆者推測此為作者欲證實故事中「龐某令且歸，伺與南岳真人偕來。」的預言，以及彰顯龐籍與仁宗之間的關係密切。

〔註61〕《宋史》卷三百一十一〈龐籍傳〉，頁10198～10201。

切。而「衡山僧」中藉由衡山的僧人為敘事者，不僅在地緣上與南嶽有所關聯，更透過其為僧人「不妄語」戒律守則，讓仁宗前身為南嶽真人的傳說可信度更加提升。

　　南嶽真人，《道藏》中關於南嶽真人的身分文獻記載有二種說法：第一為《洞真西王母寶神起居經》〔註62〕與《雲笈七籤》卷一〇五〔註63〕記載南嶽真人為赤松子；第二為《真誥》卷五〔註64〕記載南嶽真人為傅先生。宋代雖承繼唐代以衡山為南嶽，但是宋初尚有南嶽為衡山或為霍山之爭，直至真宗時期方確立衡山為南嶽的地位。劉縉、嚴涵〈宋代衡山信仰探析〉文中認為《括異志》所載內容為仁宗死後才成為南嶽真人，而此說產生的原因，是因為當時道教受到抑制，而南嶽衡山為道教重鎮，為使南嶽信仰受到重視而有刻意塑造的傳說〔註65〕。然而筆者認為《括異志》卷一「衡山僧」、「南岳真人」所載：「新天子即位，南嶽神往受職耳。」、「有一人傳玉皇詔，云：『龐某令且歸，伺與南岳真人偕來。』既出殿門，又有人前導，云：『當見南岳真人。』……卷簾畢，既拜，熟視，乃仁宗皇帝也。」是指南嶽真人降世為宋仁宗統治宋朝，死後便回歸原本的身分與職位，藉由前身傳說的塑造鞏固與宣揚南嶽衡山的信仰。另外，南嶽真人與仁宗的結合之因，應與南方屬火的五行觀念亦有關，藉此展現宋朝以火德王天下的政權天授觀。

四、宋徽宗：長生大帝君

　　宋代文獻中有關宋代帝王后妃的前身傳說，有三種傳說皆因宋徽宗而產生，一為宋徽宗前身為長生大帝君，二為明達皇后前身為上真紫虛元君，三為明節皇后前身為九華玉真安妃。筆者將先探討同出於林靈素之言的宋徽宗與明節皇后前身傳說，後探析出自王老志之言的明達皇后前身傳說。

　　宋徽宗（1082～1135）前身為長生大帝君之說，見載於李綱《靖康傳信錄》卷上〔註66〕、祖琇《隆興編年通論》卷十八〔註67〕、志磐《佛祖統紀》

〔註62〕東晉《洞真西王母寶神起居經》，《道藏》正一部，冊33，右字號，頁461。
〔註63〕宋・張君房編《雲笈七籤》卷一〇五，《道藏》太玄部，甘字號，冊22，頁713。
〔註64〕南朝梁・陶弘景編《真誥》卷五，《道藏》太玄部，安字號，冊20，頁518。
〔註65〕劉縉、嚴涵〈宋代衡山信仰探析〉，《宋史研究論叢》，第23輯，2018年，頁155～167。
〔註66〕宋・李綱《靖康傳信錄》卷上，《全宋筆記》，第三編，冊5，頁9。
〔註67〕宋・祖琇《隆興編年通論》卷十八（CBETA, X75, no.1512, p.199, a5-a8）。

卷四十六〔註68〕、王稱《東都事略》卷十四〔註69〕、楊仲良《皇宋通鑑長編紀事本末》卷一百二十七「道學」與「方士」〔註70〕、《宣和遺事》〔註71〕。據祖琇《隆興編年通論》卷十八與《宋史‧林靈素傳》載：

> 七年正月仲攜入京謁宰相蔡京。京致見　上。靈素大言曰：「天上有神霄玉清府，長生帝君主之，其弟青華帝君，皆玉帝子。次有左相僊伯并書罰僊吏、褚慧等八百餘官。謂徽宗即長生帝君。京乃左相僊伯。靈素即褚慧。」〔註72〕

> 政和末，王老志、王仔昔既衰，徽宗訪方士於左道錄徐知常，以靈素對。既見，大言曰：「天有九霄，而神霄為最高，其治曰府。神霄玉清王者，上帝之長子，主南方，號長生大帝君，陛下是也，既下降于世，其弟號青華帝君者，主東方，攝領之。己乃府仙卿曰褚慧，亦下降佐帝君之治。」〔註73〕

由上舉文獻可見：在王老志與王仔昔失勢後，徽宗努力尋訪方士，此時道士徐知常引薦神霄派道士林靈素，林靈素觀見徽宗時便言徽宗為上帝之長子——長生大帝君降世，而自己則為府中仙人褚慧降世來輔佐徽宗。林靈素透過這樣的說法迎合徽宗崇尚道教的心理，將其前身塑造為神霄派最推崇的對象，讓徽宗相信此說，以表示忠誠，更鞏固自己在徽宗心目中的地位與形象。而李綱《靖康傳信錄》卷上載：

> 敏翌日求對，具道所以，且曰：「陛下果能用臣言，則宗社靈長，聖壽無疆。」上曰：「何以言之？」敏曰：「神霄萬壽宮所謂長生大帝君者，陛下也，必有青華帝君以助之，其兆已見於此。」上感悟歎息。〔註74〕

〔註68〕宋‧志磐《佛祖統紀》卷四十六，法運通塞志第十七之十三「徽宗」（CBETA，T49, no.2035, p.420, b14）。

〔註69〕宋‧王稱《東都事略》卷十四，臺北：中央圖書館，1991 年 2 月，葉七上，頁 275。

〔註70〕宋‧楊仲良《皇宋通鑑長編紀事本末》卷一百二十七「道學」、「方士」，《續修四庫全書》，第 387 冊，上海：上海古籍出版社，1995 年，據宛委別藏清抄本影印，葉二下、葉十八上，頁 350、358。

〔註71〕宋‧佚名《宣和遺事》頁 17。

〔註72〕宋‧祖琇《隆興編年通論》卷十八（CBETA, X75, no.1512, p.199, a5-a8）。

〔註73〕《宋史》卷四百六十二〈林靈素傳〉，頁 13528～13529。

〔註74〕宋‧李綱《靖康傳信錄》卷上，頁 9。

文中吳敏所言之事為宣和七年（1125），金滅遼後攻打北宋，宋朝時政不安，
徽宗內禪欽宗與否的議題。吳敏主張應內禪欽宗，確立宋朝之朝局威望。此
時徽宗前身為長生大帝君的傳說，則成為吳敏勸諫徽宗採納其言的手法。

長生大帝君，即南極長生大帝，關於南極長生大帝的身分有二種說法：
第一為元始天王長子之說，據《高上神霄玉清真王紫書大法》〈序〉載：

> 昔太空未成，元炁未生。元始天王，為昊莽溟滓大梵之祖，凝神結
> 胎，名曰混沌。混沌既拆，乃有天地中外之炁，方名混虛。元始天
> 王，運化開圖。金容赫日，玉相如天。陶育妙精，分闢乾坤。乃自
> 玉京上山下遊，遇萬炁祖母太玄玉極元景自然九天上玄玉清神母，
> 行上清大洞雌雄三一混化之道，生子八人。長曰南極長生大帝，亦
> 號九龍扶桑日宮大帝，亦號高上神霄玉清王，一身三名，其聖一也。
> 神霄真王，凝神金闕。思念世間，一切眾生。三災八難，一切眾苦。
> 九幽泉酆，一切罪魂。受報緣對，浩劫相求。無量眾苦，不捨晝夜。
> 生死往來，如旋車輪。我今以神通力，憫三界一切眾生，即詣玉清
> 天中，元始上帝金闕之下。禮請懇懃，乞問紫微上宮紫玉瓊蕋之笈，
> 於九霄寶籙之內，請《神霄真王祕法》一部三卷，皆梵炁成文，九
> 天太玄雲霞之書。上隱萬天之禁；中隱神仙萬年之法；下明治人治
> 鬼，保國寧家之道。〔註75〕

文中記載南極長生大帝，亦號九龍扶桑日宮大帝，亦號高上神霄玉清王，為
元始天王與九天上玄玉清神母所生子八人中之長，請《神霄真王祕法》一部
三卷，傳付下世。同書卷一「元始八子封職」：「長子，高上元始化生南極長生
大帝君，任高上神霄玉清王，職太陽九炁玉賢君玉清保仙王，諱混洞，字曜
華。」〔註76〕。第二為浮黎元始天尊第九子之說，據《無上九霄玉清大梵紫
微玄都雷霆玉經》載：

> 昔在劫初，玉清神母元君是浮黎元始天尊之后，長子為玉清元始天
> 尊，其第九子位為高上神霄玉清真王長生大帝，專制九霄三十六天。
> 三十六天尊為大帝統領，元象主握陰陽，以故雷霆之政咸隸焉。〔註77〕

〔註75〕《高上神霄玉清真王紫書大法》，《道藏》，正一部，意字號，冊28，頁557。
〔註76〕《高上神霄玉清真王紫書大法》卷一，《道藏》，正一部，意字號，冊28，頁
563。
〔註77〕《無上九霄玉清大梵紫微玄都雷霆玉經》，《道藏》，洞真部，本文類，盈字號，
冊1，頁750。

文中載其為浮黎元始天尊第九子，專制九霄三十六天，三十六天尊為大帝統領，統御雷部。由此可知，林靈素稱徽宗為上帝之長子長生大帝君之說，是據神霄派的神仙體系，並且據第一種說法而編成的故事。

　　綜合上述文獻可見：不論是始創此前身傳說的林靈素，抑或是為政治而稱徽宗為長生大帝君降世的吳敏，皆為迎合徽宗崇道的心理附會而成，並非徽宗與長生大帝君有任何明確的關聯，對二人而言，徽宗的前身說法，僅是他們達成目的手段。以道教神霄派的角度而言，由於徽宗寵信道士林靈素，因此藉由政治的勢力在全國各地普建宮觀、廣召弟子，因而形成一股新的道教勢力。〔註78〕

五、明達皇后：上真紫虛元君

　　明達皇后（？～1113）為宋徽宗之劉貴妃，薨逝後追封為明達懿文皇后。宋代文獻中載明達皇后前身為上真紫虛元君之說，最早見於蔡絛《鐵圍山叢談》卷五〔註79〕，袁文《甕牖閒評》卷八〔註80〕亦載此事。據蔡絛《鐵圍山叢談》卷五載：

> 政和時，貴妃劉氏薨，追謚為明達皇后，其制書果淵明視草，始悟「四皓」者，賜號也。時大僕卿正直薦之，召老志館於魯公賜第。上遣使詢明達事，老志曰：「明達后乃上真紫虛元君。」且能傳道元君語以白上，而上語亦遣白元君。事甚夥，然頗迂怪。一日，喬貴妃使祝老志曰：「元君昔日與吾善，今念之乎？」明旦，老志密封一書進，上開讀，乃前歲中秋二妃侍上燕好之語。喬貴妃得之大慟。此亦異也。〔註81〕

文中記述明達皇后逝世後，徽宗詢問道士王老志關於明達皇后的事情，王老志言明達皇后為上真紫虛元君，且為二者互相傳達話語。文末又載述喬貴妃詢問王老志關於元君之事，隔日王老志給喬貴妃一密封之書，書中內容為劉、

〔註78〕宋代神霄派信仰研究，請參見：唐代劍〈宋代道教發展研究〉，《廣西大學學報》，哲學社會科學版，1997年，第4期，頁63～72、卿希泰〈道教神霄派初探〉，《社會科學研究》，1999年，頁35～40、李遠國《神霄雷法：道教神霄派沿革與思想》，第二章〈神霄派形成期──北宋〉、第三章〈神霄派興盛期──南宋〉，四川：四川人民出版社，2003年，頁30～105。
〔註79〕宋・蔡絛《鐵圍山叢談》卷五，《全宋筆記》，第三編，冊9，頁229～230。
〔註80〕宋・袁文《甕牖閒評》卷八，《全宋筆記》四編7，頁215。
〔註81〕宋・蔡絛《鐵圍山叢談》卷五，《全宋筆記》，第三編，冊9，頁229～230。

喬二妃昔日之談話、事蹟，印證明達皇后實為上真紫虛元君之說。紫虛元君即為道教上清派的始祖魏華存，於道教信仰中地位崇高，可見此前身傳說為王老志為迎合徽宗的崇道心理附會而成。

六、明節皇后：九華天真安妃

宋代文獻記載明節皇后前身為九華天真安妃的傳說。明節皇后（1088～1121）劉氏本為酒保家女，劉貴妃因其同姓而養為女，後得宋徽宗寵而為安妃，薨逝後追封為明節和文皇后。宋代記載此前身傳說的文獻有：錢世昭《錢氏私誌》〔註82〕、王稱《東都事略》卷十四〔註83〕與袁文《甕牖閒評》卷八〔註84〕，《宋史》卷二百四十三〈劉貴妃傳〉〔註85〕與卷四百二十六〈林靈素傳〉〔註86〕亦載此說。據錢世昭《錢氏私誌》載：

> 明節劉后一時遭遇，寵傾六宮，忽苦疽疾。臨終戒左右云：「我有遺囑在領巾上，候我氣絕，奏官家親自來解。」語畢而終。左右馳奏，上至哀慟，悲不自勝。領巾上蠅頭細字，其辭云：「妾出身微賤，而無寸長。一旦遭遇聖恩，得與嬪御之列。命分寒薄，至此夭折。雖埋骨于九泉，魂魄不離左右。切望陛下以宗廟社稷之重、天下生靈之眾、大王帝姬之多，不可以賤妾一人過有思念，深動聖懷。況後宮萬計，勝如妾者不少，妾深欲忍死而與君父訣別。謫限已盡，不得少留。冤痛之情，言不能盡。」……林靈素謂后是九華安妃，臨終聞本殿異香音樂。次年有青坡術士見后于巫山，髣髴鈿合金釵云亡。〔註87〕

由明節皇后留下的文字「謫限已盡，不得少留」，自認為謫仙的身分，因此逝世為謫期滿後回歸天庭的過程，後林靈素便言明節皇后為九華安妃。王稱《東都事略》卷十四中載：

> 明節皇后，劉氏本酒家保女也。……性穎悟能，迎旨合意，又善裝飾衣冠，塗澤一新，世爭效之道士林靈素，以左道得幸，謂上為長

〔註82〕宋·錢世昭《錢氏私誌》，《全宋筆記》，第二編，冊7，頁72。

〔註83〕宋·王稱《東都事略》卷十四，葉七上，頁275。

〔註84〕宋·袁文《甕牖閒評》卷八，《全宋筆記》，第四編，冊7，頁216。

〔註85〕《宋史》卷二百四十三，頁8644。

〔註86〕《宋史》卷四百六十二，頁13528～13529。

〔註87〕宋·錢世昭《錢氏私誌》，《全宋筆記》，第二編，冊7，頁72。

生帝君，謂妃為九華玉真安妃。每神霄降必別寘安妃位，圖畫肖妃

象，謂每祀妃，妃方酣寢而覺有酒色。〔註88〕

可見明節皇后為九華安妃後身的說法在宮中相當盛傳，且每逢祭祀時必置放九華安妃像同祀，且祭祀九華安妃時，明節皇后便會有如飲酒後的酣醉樣貌，藉由此現象來證實明節皇后即為九華安妃。

九華安妃為太虛上真元君金臺李夫人之少子，太虛元君曾遣詣龜山學上清道。道成，受太上書，署為紫清上宮九華真妃。賜姓為安，名鬱嬪，字虛簫。〔註89〕袁文《甕牖閒評》卷八亦記載此前身傳說，然而作者則卻表達不同的觀點：

「徽宗明節皇后初入侍昭懷，既而得罪，出居於何訢家，訢遇之無

禮，暨貴，凡訢之黨悉陷而殺之。後寢疾，見所陷者為祟而薨。」

此《國史後補》所載也。而《春渚紀聞》又云：「明節在徽宗朝，有

一小宮嬪微迕上旨，潛求救於明節，既許諾矣，反從而下石，小宮

嬪自經死，而明節亦薨。方舉衾，忽其首已斷，旋轉於地，視之則

羣蛆聚擁，穢氣不可近。」余謂此二事自足以殺其軀矣，然明節為

林靈素所諛，乃以為九華玉真安妃，每神霄降，必別真妃位圖肖妃

象，列於帝君之左，誣衊上聖如此，其能免於惡疾之死乎！〔註90〕

作者透過明節皇后所做的事蹟，認為明節皇后與九華安妃的身分並不相稱，可見明節皇后前身為九華安妃的傳說，僅是林靈素順應徽宗崇道心理的奉承之言，更認為此說為誣衊徽宗的聖譽。

七、宋高宗：元載孔昇大帝

宋代文獻記載宋高宗前身為元載孔昇大帝的傳說，據葉寘《坦齋筆衡》云：

徽宗內醮，命方士劉混康伏章出神到天，聞玉帝降敕，命元載孔昇

大帝降皇后鄭氏閤。時鄭后誕彌，既而乃降生帝姬，上深謂其無驗。

未幾，韋才人在鄭后閤生皇子，是為高宗，生時紅光滿室。及高宗

大漸之夕，有鶴數千盤旋德壽宮，俟升遐皆前列，若導迎而西去者，

〔註88〕宋·王稱《東都事略》卷十四，葉七上，頁275。

〔註89〕宋·張君房編《雲笈七籤》卷九十七，《道藏》太玄部，以字號，冊22，頁661。

〔註90〕宋·袁文《甕牖閒評》卷八，《全宋筆記》，第四編，冊7，頁216。

頃之則沒烟雲間。蓋元載孔昇大帝乃《度人經》稱出真定光者，位

極西方之一，天八之一也。濟世中興，信其來有自。〔註91〕

文中記載元載孔昇大帝奉玉帝之命降鄭后閤，後韋才人於鄭后閤誕下高宗，隨高宗年紀漸長，在德壽宮出現數千鶴盤旋又頃刻間消失在雲間的異象，藉此說明高宗為元載孔昇大帝降世。再透過《度人經》介紹元載孔昇大帝的尊貴身分，藉此解釋高宗能夠中興建立南宋的緣由。

　　元載孔昇大帝，據《度人經》「西方八天」載：「元載孔昇天，帝開真定光。」〔註92〕為道教三十二天帝中西方八天的元載孔昇天〔註93〕，天帝名為開真定光。由《坦齋筆衡》可見：宋高宗為元載孔昇大帝後身的前身傳說，與第一節探討宋太祖和宋高宗前身為定光佛的傳說相同，透過佛教與道教的信仰對象，塑造開創帝王的神聖身分，藉天命思維以鞏固兩宋在初創時期的政權威統性。

八、宋孝宗：崔府君

　　宋代文獻中有宋孝宗（1127～1194）前身為崔府君的傳說，可見於張淏《雲谷雜記》卷三〔註94〕、志磐《佛祖統紀》卷四十七「孝宗」〔註95〕、潛說友《咸淳臨安志》卷十三「顯應觀」〔註96〕。張淏《雲谷雜記》卷三云：

孝宗本生母張夫人，一夕嘗夢絳衣人自言崔府君，擁一羊，謂之

曰：「以此為識。」已而有娠。及孝宗誕育之際，赤光照天，室中

如晝。時秀王方為秀州嘉興縣丞，郡人皆以為丞廨遭火，久之，方

〔註91〕宋・葉寘《坦齋筆衡》，《全宋筆記》，第十編，冊12，頁215。
〔註92〕《度人經》，全名《靈寶無量度人上品妙經》，《道藏》洞真部，本文類，天字號，冊1，頁4。
〔註93〕道教有三種天帝說法，分別為「三十二天帝」，有四梵三界（欲界六天、色界十八天、無色界四天、四梵天）。「三十三天帝」，前述三十二天再加上玉京天帝。「三十六天帝」，又分三說：一為以九重天為主，各重生三天，共三十六天，或為「三清三境三十六天」，一至十二天帝為玉清聖境十二天帝，十三至二十四天帝為上清真境十二天帝，二十五至三十六天帝為太清仙境十二天帝；二為以大羅天、三清天和四方三十二天或四梵三界三十二天組成的三十六天，天帝為四方各八天帝與中央四天帝；三為東西南北四方各九天帝，共三十六天帝。
〔註94〕宋・張淏《雲谷雜記》卷三，《全宋筆記》，第七編，冊1，頁43。
〔註95〕宋・志磐《佛祖統紀》卷四十七（CBETA, no.2035, p.427, b13）。
〔註96〕宋・潛說友《咸淳臨安志》卷十三，文津閣《四庫全書》史部，地理類，第489冊，葉十六下至十七上，頁380～381。

知為張夫人免身。是歲丁未，其屬為羊，又有前夢之應，故孝宗小
字曰「羊」。〔註97〕

由上述的文獻記載可知：宋孝宗的前身傳說是源自其生母張夫人的夢兆，她夢見一位自稱崔府君的人，並且懷中抱著一隻羊，夢醒後張夫人便懷有孝宗，孝宗出生時正值丁未年生肖為羊，與張夫人夢中的羊形象相互驗證，故可知宋孝宗即崔府君後身。《宋史‧孝宗本紀》亦相似的記載：

王夫人張氏夢人擁一羊遺之曰：「以此為識。」已而有娠，以建炎元
年十月戊寅生帝于秀州青杉衖之官舍，紅光滿室，如日正中。〔註98〕

其中的內容與《雲谷雜記》卷三相異之處為未明言張夫人夢中擁羊者的身分。

崔府君，亦稱崔判官，為幽冥之神，因救民事蹟，靈奇特異，歿後被民眾奉為神靈。宋代崔府君的信仰頗為興盛，北宋仁宗景祐二年七月，封崔府君為護國顯應公〔註99〕，北宋滅亡後盛行「泥馬渡康王」的傳說，講述康王南下途經磁州，至城北崔府君廟拜謁，康王於此得神人之夢，並且因崔府君顯靈騎泥馬渡江的故事。因此高宗稱帝後，便藉此傳說鞏固南宋政權的正統性，於臨安建立崔府君廟，使崔府君的信仰更加盛行。本文探討的宋孝宗前身傳說，並未在傳說中見到崔府君與宋孝宗二者明確的關聯性，僅是藉由夢兆與時間的相互印證下而將二者結合，故筆者推測此前身傳說為南宋崔府君信仰風氣的產物，藉由崔府君的靈驗傳說，將宋孝宗視為崔府君的後身，塑造出庇護趙宋政權的代表。〔註100〕

第三節　歷史人物相關之前身傳說

宋代文獻的宋代帝王后妃前身傳說與歷史人物相關之對象有：宋仁宗、宋徽宗、宋高宗三人。

〔註97〕宋‧張淏《雲谷雜記》卷三，《全宋筆記》，第七編，冊1，頁43。
〔註98〕《宋史‧孝宗本紀》卷三十三，頁615。
〔註99〕清‧徐松輯《宋會要輯稿‧禮二一》「護國顯應公廟」，頁13。
〔註100〕關於崔府君信仰的相關研究，可參見呂宗力、欒保群編《中國民間諸神》，臺北：台灣學生書局，1991年，10月，頁681～687、鄧小南〈關於「泥馬渡康王」〉，《北京大學學報》，哲學社會科學版，1995年，第6期，頁101～108、王頲〈宋、元代神靈「崔府君」及其演化〉，《社會科學》，2007年，第3期，頁131～138、張冬冬《崔府君故事流變論考》，河北師範大學，中國古代文學碩士，2010年。

一、宋仁宗：燧人氏

宋仁宗的前身傳說對象除前述與道教人物相關的赤腳仙人與東嶽真人外，亦有其前身為燧人氏的傳說，見於羅從彥《遵堯錄》卷四：

> 章聖皇帝之未有上也，嘗遣內侍往泰山茅仙禱祈。內侍遇異人言：「王真人已降生為宋第四帝耳。」內侍問王真人者何人，異人曰：「古之燧人氏是也。」時章懿皇后亦夢羽衣數百人從一仙官，自空而下，謂曰：「此託生於夫人。」覺而奏其事，真宗甚悅，及帝生，火光屬天，佳氣滿室。帝方五六歲，常持槐木片以筯鑽之，真宗問曰何用，曰：「試鑽火爾。」真宗謂后妃曰：「所謂燧人氏，信不虛爾。」〔註101〕

此文獻中的內容如前述可知：王真人降生為宋朝第四任皇帝——宋仁宗，且說明王真人即為燧人氏，三者之關係為：燧人氏＝王真人→宋仁宗。由於文中未明確指出王真人的身分，且故事內容主要撰述仁宗具有燧人氏的特徵，故將王真人與燧人氏視為同一對象討論。

首先，探討此則前身傳說的預言方式，筆者將故事中的預言方式有分二種：第一，「他者預言」，透過異人之口預言古為燧人氏的王真人降生為宋仁宗；第二「后夢降嗣」，透過章懿皇后夢見仙官將託生的方式，預言宋仁宗之身分非凡，此一手法與前述「赤腳仙人」王明清《揮塵後錄》卷一中所敘述的方式相同，不同之處在於《遵堯錄》中未描述夢中仙官之特徵，因此則故事夢中仙官的身分可以是任何對象。透過雙重的預言更加突顯宋仁宗的神異身分。

其次，討論其印證宋仁宗即為燧人氏、王真人降世的手法，筆者將以「出生異象」、「鑽木特徵」與「真宗證實」三個層面進行探析。第一「出生異象」，即仁宗誕世時，以「火光屬天，佳氣滿室」較為常見的方式來描寫與鋪陳仁宗非凡身分與特殊徵兆；第二「鑽木特徵」，描寫仁宗幼時常以筯鑽槐木片取火之舉，藉此特徵將仁宗與燧人氏二者做連結；第三，「真宗證實」透過真宗言「所謂燧人氏，信不虛爾。」的方式，使仁宗前身為燧人氏與王真人的傳說可信度增加。文中透過三個層面的證實，不僅使宋仁宗的前身傳說更加可信，亦讓宋仁宗的身分增添神秘、奇妙的色彩。

關於燧人氏鑽木取火的神話《管子·輕重》戊載：「燧人作，鑽燧生火，以熟葷臊，民食之無茲胃之病，而天下化之。」〔註102〕，燧人氏鑽木生火將

〔註101〕宋·羅從彥《遵堯錄》卷四，《全宋筆記》，第二編，冊9，頁158。
〔註102〕《管子今註今譯》李勉註譯，臺北：台灣商務印書館，1988年7月，頁1228。

生食烹熟，讓百姓可以避免食用生食而造成的食物中毒，因此天下人順從其治理。宋仁宗前身為燧人氏的傳說故事中，先透過預言王真人即燧人氏將降世為宋仁宗，再藉由仁宗幼年時期鑽木取火的行為印證其實為燧人氏之說。傳說故事所載的預言與仁宗年幼時之舉虛實與否難以考證，然而此前身傳說產生的原因，應是以仁宗「火光屬天，佳氣滿室」的出生異象、前身為「燧人氏」，以及「鑽木取火」等皆和「火」相關的事蹟，如同前述宋太祖前身為霹靂大仙的傳說，證實宋朝國運承火德而王的天授思想。

二、宋徽宗：李煜

宋徽宗的前身傳說，除前述因林靈素因徽宗崇道心理而附會的長生帝君之說外，尚有其前身為李煜的傳說。最早見於張端義《貴耳集》卷中〔註103〕，趙溍《養疴漫筆》〔註104〕亦抄錄此說。據張端義《貴耳集》卷中載：

> 徽宗即江南李王。神宗幸秘書省，閱江南李王圖，見其人物儼雅，再三歎訝，繼時徽宗生，所以文彩風流，過李王百倍。及北狩，女真用江南李王見藝祖時典故。〔註105〕

由上述的引文可見：故事開頭便直接說明宋徽宗的前身對象為江南李王，文中江南李王即為南唐後主李煜。而此前身傳說產生的緣由，是因宋神宗曾至秘書省觀閱李後主的畫像，覺其恭敬莊重，相當讚嘆，於此之後宋徽宗正好誕世，透過事件發生的先後順序，將李後主與宋徽宗二人連結在一起。除時間先後的證實方式外，文中言：「所以文彩風流，過李王百倍。」旨在透過李後主彰顯徽宗的文學藝術成就，而以生命境遇而言，二人同有被俘虜的命運。

三、宋高宗：錢鏐

宋高宗的前身傳說除前述的定光佛外，尚有其前身為吳越錢王的傳說，趙與時《賓退錄》卷五〔註106〕、趙溍《養疴漫筆》〔註107〕、張端義《貴耳集》卷中〔註108〕、劉一清《錢塘遺事》卷一「夢吳越王取故地」〔註109〕、

〔註103〕宋・張端義《貴耳集》卷中，《全宋筆記》，第六編，冊10，頁309。
〔註104〕宋・趙溍《養疴漫筆》，《全宋筆記》，第八編，冊4，頁117。
〔註105〕宋・張端義《貴耳集》卷中，《全宋筆記》，第六編10，頁309。
〔註106〕宋・趙與時《賓退錄》卷五，《全宋筆記》六編10，頁76。
〔註107〕宋・趙溍《養疴漫筆》，《全宋筆記》，第八編，冊4，頁117。
〔註108〕宋・張端義《貴耳集》卷中，《全宋筆記》六編10，頁309～310。
〔註109〕宋・劉一清《錢塘遺事》卷一，《全宋筆記》，第八編，冊6，頁170。

《宣和遺事》〔註110〕皆記載此前身傳說。據趙與時《賓退錄》卷五載：

> 淳熙十四年冬十一月丙寅，宰執奏事延和殿，宿直官洪邁同對，因
> 論高宗諡號。孝宗聖諭云：「太上時，有老中官云：太上臨生，徽宗
> 嘗夢吳越錢王引徽宗御衣云：『我好來朝，便留住我，終須還我山
> 河，待教第三子來。』」邁又記其父皓在虜買一妾，東平人，偕其母
> 來。母曾在明節皇后閣中，能言顯仁皇后初生太上時，夢金甲神人，
> 自稱錢武肅王，寤而生太上，武肅，即鏐也，年八十一，太上亦八
> 十一。卜都於此，亦不偶然。〔註111〕

文獻中記載徽宗夢見錢王討取兩浙之夢境，以及顯仁皇后夢錢王後便誕下高宗，二個夢境的內容，使時人認為高宗即為錢王之後身。

故事中所述吳越錢王即錢鏐（852～932），西元907年建立吳越，領地為兩浙地區，都城杭州，在位時間西元907～932年，諡號武肅王，廟號太祖。將錢王與高宗二人對照比較後可得二點相近之處：一為政權領地，吳越末主錢弘俶於西元978年獻土併入北宋，高宗南遷後升杭州為臨安府，即昔日吳越的領地，宋高宗與錢鏐同樣於此建立新政權；二為歲數相同，錢王（852～932）與高宗（1107～1187）二人皆為81歲，可見宋高宗前身為吳越錢王之傳說，應是世人將二人相似之處做聯想與書寫。故事中敘述徽宗夢見錢王討取兩浙領地，並且轉世為宋高宗，如此北宋滅亡，高宗南遷定都臨安建立南宋，亦可視為吳越錢王取回兩浙之地的象徵。

第四節　後代敘事作品中之宋代帝王后妃前身傳說

除前三節探討的宋代文獻外，宋代帝王后妃的前身傳說，亦可見於後代敘事作品中。筆者目前蒐集所得的資料有：宋太祖、宋真宗、宋仁宗、宋徽宗、明達皇后、明節皇后、宋欽宗，共七位帝王后妃的前身傳說。

一、宋太祖：霹靂大仙

前述宋太祖前身有定光佛與霹靂大仙二說。宋代以後的敘事作品，則以宋太祖前身為霹靂大仙一說較為流行，如以《宣和遺事》為藍本的明代施耐

〔註110〕宋・佚名《宣和遺事》，頁12。
〔註111〕宋・趙與時《賓退錄》卷五，《全宋筆記》，第六編，冊10，頁76。

庵《水滸傳》，以及清代錢彩、金豐《說岳全傳》中皆以宋太祖為霹靂大仙的
後身：

> 後來感的天道循環，向甲馬營中生下太祖武德皇帝來。這朝聖人出
> 世，紅光滿天，異香經宿不散。乃是上界霹靂大仙下降。〔註112〕
>
> （《水滸傳》楔子）
>
> 夫人杜氏，在夾馬營中，生下一子，名叫匡胤，乃是上界霹靂大仙
> 下降，故此紅光異香，祥雲擁護。〔註113〕
>
> （《說岳全傳》第一回）

由上舉二則文獻可見：文中對於宋太祖為霹靂大仙下降和出生時的異象敘述，
與《宣和遺事》：

> 此上感得火德星君霹靂大仙下界降生。於西京洛陽縣夾馬營趙洪恩
> 宅，生下一箇孩兒。當誕生時分，紅光滿室，紫氣盈軒。趙洪恩喚
> 生下孩兒名做匡胤。〔註114〕

以及《宋史·太祖本紀》：

> 太祖，宣祖仲子也，母杜氏。後唐天成二年，生於洛陽夾馬營，赤
> 光繞室，異香經宿不散，體有金色，三日不變。〔註115〕

所載內容並無明顯的差異。而《說岳全傳》在描述宋太祖出生時的異象，則
結合「香孩兒」〔註116〕的傳說，使角色與故事情節的神祕色彩更加濃厚，更
引發讀者對於宋太祖的想像。

二、宋真宗：來和天尊

　　宋代文獻記載宋真宗的前身為來和天尊，如元代以志怪故事為主，但有
少量條目記載野史佚文的《湖海新聞夷堅續志》〔註117〕，其中收錄豐富的宋

〔註112〕明·施耐庵《水滸傳》，羅貫中纂修、金聖嘆批、繆天華校，臺北：三民書
　　　　局，1972年11月，頁1。

〔註113〕清·錢彩、金豐編次《說岳全傳》，第一回，全稱《精忠演義說本岳王全傳》，
　　　　《古本小說集成》上海：上海古籍出版社，1994年，據大連圖書館藏錦春堂
　　　　刊本影印，原書版框高一八五毫米，寬一二九毫米，葉一下至二上，頁2～3。

〔註114〕宋·佚名《宣和遺事》，頁4。

〔註115〕《宋史·太祖本紀》，頁2。

〔註116〕宋·孔平仲《談苑》卷一：「藝祖載誕，營中三日香，人莫不驚異。至今洛
　　　　中人呼應天禪院為香孩兒營。」，《全宋筆記》二編5，頁303。

〔註117〕元·無名氏撰，金心點校《湖海新聞夷堅續志》前集卷一，人倫門，君后，

代故事，在前集卷一君后「來和天尊」條即載錄真宗前身為來和天尊的傳說
故事：

> 有楊礪者，未仕時夢至一官府，一人衣冠狀貌甚古，語某曰：「汝
> 能從吾遊乎？」礪唯唯，遂引礪至一宮殿，深邃嚴密，一王者秉
> 珪南面最上坐。礪方拜次，見案上簿籍填委，列世人姓名於上，
> 竊視之，見己名冠其首，因請其所以。主案者指王示礪曰：「此來
> 和天尊也，異日當為汝主，宜善事之。」礪再拜而出。後登進士
> 第，為襄王府記室。礪歸語其子曰：「吾觀襄王儀表，真向所夢來
> 和天尊也。」至道初，太宗立襄王為皇太子，繼登大寶，即宋真
> 宗云。〔註118〕

由上述引文可見：《湖海新聞夷堅續志》記載的內容，與《宋史》〈楊礪傳〉：

> 世宗入朝，礪處僧舍，夢古衣冠者曰：「汝能從乎？」礪隨往，覩宮
> 衛若非人間，殿上王者秉珪南向，總三十餘。礪升謁之，最上者前
> 有按，置簿錄人姓名，礪見己名居首，因請示休咎。王者曰：「我非
> 汝師。」指一人曰：「此來和天尊，異日汝主也，當問之。」其人笑
> 曰：「此去四十年，汝功成，予名亦顯矣。」礪再拜，窮而志之。礪
> 初名勵，以籍作礪，遂改之。至是，受命謁見藩府，歸謂子曰：「吾
> 今見襄王儀貌，即所夢來和天尊也。」〔註119〕

所記載的內容大致相近，皆以楊礪的夢境言真宗前身為來和天尊，應是作者
據《宋史》載錄而成。

三、宋仁宗：赤腳大仙

宋仁宗在宋代文獻中的前身對象有：赤腳仙人、東嶽真君、南嶽真人與
燧人氏（王真人）四種傳說，前身傳說的對象相當豐富。而至後代敘事作品
中，僅見赤腳仙人之說繼續流傳，如：元代《道藏》洞真部記傳類《歷世真仙
體道通鑑》卷四十八〔註120〕、《湖海新聞夷堅續志》，前集卷一，人倫門，「神

「來和天尊」條，北京：中華書局，2006年9月，頁5。

〔註118〕元·無名氏撰，金心點校《湖海新聞夷堅續志》前集卷一，人倫門，君后，
「來和天尊」條，北京：中華書局，2006年9月，頁5。

〔註119〕《宋史》卷二八七〈楊礪傳〉，頁9643〜9644。

〔註120〕元·趙道一《歷世真仙體道通鑑》卷四十八，《道藏》洞真部記傳類，潛字
號，冊5，頁379。

仙應世」〔註121〕、《佛祖歷代通載》卷十八〔註122〕；明代《水滸傳》楔子〔註
123〕、《新平妖傳》〔註124〕、《五鼠鬧東京傳》卷一〔註125〕；清代《女仙外史》
第一回〔註126〕、《歷代興衰演義》第三十一回〔註127〕等皆記載赤腳仙人為宋
仁宗前身。以下依照朝代分別分析與討論。

　　元代記載古今得道仙真事跡的《歷世真仙體道通鑑》卷四十八，載仁宗
前身為赤腳大仙之事，大抵依據《括異志》的內容，傳說來自樂史的夢境。
《湖海新聞夷堅續志》，前集卷一「神仙應世」中載：

> 仁宗世傳為赤腳大仙，當時文武大臣皆天上仙伯星官，受命輔之。
> 良臣際會而履休運，至和、嘉祐號稱盛治，宋三百年言太平天子享
> 國久而及人深者，舍仁祖無以加焉！然英廟、神考、哲宗此三君者，
> 楊文正公大年以為皆武夷仙人應世，與仁宗之事同一證應，良不誣
> 也。

可見作者因相信此傳說，故載之。而念常《佛祖歷代通載》卷十八：

> 真宗第六子。遺旨即位。上得皇子已晚。始生日夜啼不止。有道人
> 能止啼。召入則曰：「莫叫莫叫，何似當初莫笑。」啼即止。蓋真宗
> 嘗頌上帝祈嗣問群仙。誰當往者。皆不答。獨赤腳大仙一笑。遂降
> 為孠。在宮中好赤腳。其驗也。〔註128〕

就上述內容可見此文與宋代文獻相異之處為：增加敘述仁宗出生時日夜哭啼
不止，經道人對其言：「莫叫莫叫，何似當初莫笑。」便停止哭泣的故事情節。

〔註121〕元・無名氏《湖海新聞夷堅續志》前集卷一，人倫門，君后，「神仙應世」
　　　　條，頁6。
〔註122〕元・念常《佛祖歷代通載》卷十八「宋太祖」（CBETA, T49, no.2036, p.661,
　　　　b08）。
〔註123〕明・施耐庵《水滸傳》，頁2。
〔註124〕明・馮夢龍編補《新平妖傳》，第十四回，《古本小說集成》，上海：上海古
　　　　籍出版社，1994年，葉十二，頁445～446。
〔註125〕明・不署撰人《五鼠鬧東京傳》卷一，《古本小說集成》，上海：上海古籍出
　　　　版社，1994年，葉四下至五上，頁2～3。
〔註126〕清・呂雄《女仙外史》，第一回「西王母瑤池開宴　天狼星月殿求姻」，此書
　　　　為講述明初農民起義女領袖唐賽兒事跡的長篇神魔小說，《古本小說集成》，
　　　　上海：上海古籍出版社，1994年，葉一，頁1～2。
〔註127〕清・呂撫《歷代興衰演義》，第三十一回，北京：北京燕山出版社，1996年
　　　　11月，頁227。
〔註128〕元・念常《佛祖歷代通載》卷十八「宋太祖」（CBETA, T49, no.2036, p.661,
　　　　b08）。

文中新增扮演智慧老人角色的道人，透過他來勸誡仁宗也就是赤腳大仙，莫繼續因下凡人間而憂愁。文中對於仁宗出生時哭啼不止的敘述，正好與宋代張師正《括異志》卷一記載赤腳仙人為玉帝選為真宗之嗣時「頓首祈免者再三」〔註129〕之舉呼應，藉由赤腳仙人以仁宗身分出世後的日夜哭啼，對應赤腳仙人在玉帝前的一笑，更添加故事的趣味性，凸顯出赤腳仙人內心的萬般無奈與懊悔。

明代關於赤腳仙人為宋仁宗前身的傳說文獻，內容始以《佛祖歷代通載》為基礎，延續赤腳仙人的無奈感，敘寫仁宗出生後哭啼不止，朝廷召人醫治，道人晉見，謂仁宗「莫叫莫叫，何似當初莫笑。」後，仁宗便停止哭啼的情節。且智慧老人的身分有道人與太白金星的不同，如《新平妖傳》第十四回：

> 時玉帝正與群仙會聚，問誰人肯往，群仙都不答應。只有赤腳大仙笑了一笑，玉帝道：「笑者未免有情。」即命降生宮中，與李宸妃為子。生後，晝夜啼哭不止。便御榜招醫，有個道人向內侍說：「貧道能止兒啼。」真宗召入宮中，抱出皇子，叫他診視。道人向皇子耳邊說道：「莫叫，莫叫，何似當初莫笑！」皇子便不哭了。〔註130〕

而施耐庵《水滸傳》楔子中則有部分不同的敘述：

> 這仁宗皇帝乃是上界赤腳大仙，降生之時，晝夜啼哭不止。朝廷出給黃榜，召人醫治，感動天庭，差遣太白金星下界，化作一老叟前來揭了黃榜，自言能止太子啼哭。……那老叟直至宮中，抱著太子耳邊低低說了八個字，太子便不啼哭。那老叟不言姓名，只見化陣清風而去。耳邊道八個甚字？道是：「文有文曲，武有武曲。」端的是玉帝差遣紫微宮中兩座星辰下來輔佐這朝天子！〔註131〕

從上舉內容可見其獨特之處有二：一為扮演智慧老人的道士轉變為天庭派遣的太白金星老叟；二為道人所言「莫叫，莫叫，何似當初莫笑！」轉變為老叟言「文有文曲，武有武曲。」從原本的勸說，變成告訴仁宗解決現況的方法，即指玉帝將派遣文、武曲二星至人間輔佐仁宗，使其免於擔憂，故仁宗聽聞後便停止啼哭。作者如此的敘述，也塑造宋代君王臣子皆為天上仙官的神奇

〔註129〕宋·張師正《括異志》卷一「樂學士」，《全宋筆記》，第八編，冊9，頁276～277。
〔註130〕明·馮夢龍編補《新平妖傳》，第十四回，葉十二，頁445～446。
〔註131〕明·施耐庵《水滸傳》，頁2。

色彩。另外，《五鼠鬧東京傳》卷一則載：

> 玉帝聞奏，乃問兩班仙官：「今有宋朝當今皇帝無嗣，祈求太子掌管天下。誰肯下凡降生？此福非小！作速報名。」連問三次。班部中有赤腳大仙聞得此事呵呵大笑，向前奏曰：「臣願下凡降生。」玉帝即吩咐金童玉女，送入坤寧宮宸妃李氏投胎。及至十月期足，產下太子左手有山河紋，右手有社稷紋，穎異非常，神情俊發。真宗不勝歡喜。文武百官皆上表致賀，大赦天下。
>
> 　太子取名趙洵，生下三日，只是啼哭不止。御醫下藥無效。皇帝憂悸，出榜招取天下名醫。忽然驚動雲頭太白金星：「向大仙下凡御世，因無左輔右弼，以成一世慈仁。」玉帝准奏，即差文曲星投包家莊托生，差武曲星於楊家莊降生，他日長成，以輔真主。金星領旨復旨，復出天門化作一醫士臨凡，逕來朝中揭榜。閣門大使引入官來，保駕太監送至太子牀前。
>
> 　金星把手一看，在耳邊輕輕說道：「如今輔弼俱見取齊，你可放心，他日當為太平天子。」說罷佯為醫治之狀，太子即不哭啼。〔註132〕

文中關於赤腳仙人降世為仁宗的敘述，從原本《新平妖傳》第十四回載赤腳仙人的笑展現其凡心未泯，故玉帝言：「笑者未免有情。」而被謫仙至人間為宋仁宗，為被動降世，轉變成《五鼠鬧東京傳》卷一願意主動下凡降生為仁宗。而仁宗哭啼不止的原因，也從原先因被迫的無奈、懊悔感，轉變為因身為帝王統御宋朝，缺乏輔佐良臣而擔憂的心情，因此得知將有良臣將相輔佐時，便停止哭啼。如此的敘述方式，有別於滿腹無奈之情的對比趣味形象，反而展現出仁宗憂國愛民的胸懷。

清代記載赤腳仙人為宋仁宗前身的作品，《歷代興衰演義》第三十一回所載內容與元代《佛祖歷代通載》相近，而以明代撰述的內容為基礎，如呂雄《女仙外史》第一回載：

> 宋朝真宗皇帝，因艱於嗣胤，建造昭靈宮祈子。誠格上天。玉帝問仙真列宿：「誰肯下界為大宋太平天子？」兩班中絕無應者，止有赤腳大仙微笑。上帝曰：「笑者未免有情。」遂命大仙降世。誕生之後，

〔註132〕明・不署撰人《五鼠鬧東京傳》卷一，葉四下至五上，頁2～3。

號哭不止，御醫無方可療。忽宮門有一老道人，自言能治太子啼哭，真宗召令看視。道人撫摩太子之頂曰：「莫叫莫叫，何似當年莫笑。文有文曲，武有武曲，休哭休哭。」太子就不啼哭。……要知成仙成佛者，總屬無情。赤腳大仙一笑，便是情緣，少不得要下界去的。〔註133〕

文中不僅將「莫叫，莫叫，何似當初莫笑！」與「文有文曲，武有武曲。」二句話結合為「莫叫莫叫，何似當年莫笑。文有文曲，武有武曲，休哭休哭。」。且認為赤腳仙人之笑即是有情，因此必須下凡為仁宗。此有情、無情之說，與唐代的謫仙觀念中情緣說相近，仙人因動情緣而被謫降人間，如此赤腳仙人降世為宋仁宗的傳說，即成為赤腳仙人的懲罰與歷練。

　　由上述的結果可見宋仁宗前身為赤腳仙人的傳說故事演變，從宋代最初的「玉帝擇嗣」、「后夢降嗣」、「真武降言」三種故事類型，演變成以「玉帝擇嗣」為主的情節故事，並且添加赤腳仙人為仁宗後日夜哭啼的情節，以及智慧老人的角色，最後又加入文武曲星的角色，使宋仁宗前身為赤腳仙人的故事情節更加生動、富有趣味，更讓宋代君臣的形象增添道教的神奇色彩。

四、宋徽宗：東華帝君、長生大帝君、長眉大仙

　　宋代時期宋徽宗的前身傳說對象，有江南李王與長生大帝君二種說法，宋代以後的敘事作品則出現徽宗前身為東華帝君、長生大帝君與長眉大仙三種傳說。

（一）東華帝君

　　元代《歷世真仙體道通鑑》卷五十三中記載徽宗思念已故的皇后，令林靈素以飛符召之，皇后聞詔而來。徽宗問皇后：「卿昔在仙班，是何職位？」對曰：「臣妾即紫虛元君也，陛下即東華帝君也。」〔註134〕。據《道藏》洞神部玉訣類〈太上老君說常清靜經註〉載：

東華者，按《上清經》云：東方有飄雲世界碧霞之國，翠羽城中蒼龍官，其中官闕，並是龍鳳寶珠合就，上有五色蒼雲覆蓋其上，故

〔註133〕清·呂雄《女仙外史》，第一回「西王母瑤池開宴　天狼星月殿求姻」，葉一，頁1～2。

〔註134〕元·趙道一《歷世真仙體道通鑑》卷五十三，《道藏》洞真部記傳類，潛字號，冊5，頁409。

號蒼龍宮也。乃是東華小童君所居之處。此明仙翁自云吾逢彼帝君，即傳受此經，且非輕傳於下士也。〔註135〕

東華帝君為東華小童君，居東方翠羽城蒼龍宮。而《道藏》洞真部譜錄類《金蓮正宗仙源像傳》有關東華帝君詳細的記載與其畫像：

帝君姓王，不知其名，世代地理皆莫詳。得太上之道，隱崑箭山，號東華帝君。復居五臺山紫府洞天，或稱紫府少陽君，後示現於終南山凝陽洞，以道授鍾離子。又按《仙傳拾遺》云：帝君蓋青陽之元氣，萬神之先也，居太晨之宮，紫雲為蓋，青雲為城，仙僚萬億，校錄仙籍，以稟命於老君。所謂王姓者，乃尊高貴上之稱，非其氏族也。斯言蓋得之歟。元世祖皇帝封號東華紫府少陽帝君，武宗皇帝加封東華紫府輔元立極大帝君。

贊曰：道繼玄元，教行率土。天近崑崙，雲橫紫府。神中之神，真中之真。長生有道，貽我後人。〔註136〕

《歷世真仙體道通鑑》中並未見徽宗與東華帝君二者有何種明確的關聯性，就文獻記載此說為林靈素所言的內容可推測而知：應與第二節所探討的宋徽宗前身為長生大帝君的產生原因相同，皆是順應宋徽宗崇道心理而加以附會的前身傳說。

（二）長生大帝君

清‧潘昶《金蓮仙史》第二回「林靈素興玄談道德　呂洞賓護國滅妖邪」載：

帝召見，靈素大言曰：「天有九霄，而神霄最高，其治曰高上神霄府，其王曰無上玉清王，即上帝之長子，主南方，號長生大帝君，即陛下是也。其次為東華帝君。蔡京，即左元仙伯。王輔，即文華吏盛章。劉貴妃，即九華安妃也。」帝大喜，益加信之。原來帝曾夢游神霄之事，暗合其言。〔註137〕

〔註135〕唐‧杜光庭《太上老君說常清靜經註》，《道藏》洞神部玉訣類，冊17，頁190。

〔註136〕元‧劉志玄《金蓮正宗仙源像傳》，《道藏》洞真部譜錄類，致字號，冊3，頁370。

〔註137〕清‧潘昶《金蓮仙史》，第二回「林靈素興玄談道德　呂洞賓護國滅妖邪」，《古本小說集成》，上海：上海古籍出版社，1990年，據上海圖書館藏翼化堂本影印，原書版框高一六八毫米，寬一〇五毫米，葉四上，頁25。

記載宋徽宗前身為長生大帝君，內容與《宋史‧林靈素》相近：

> 政和末，王老志、王仔昔既衰，徽宗訪方士於左道錄徐知常，以靈
> 素對。既見，大言曰：「天有九霄，而神霄為最高，其治曰府。神霄
> 玉清王者，上帝之長子，主南方，號長生大帝君，陛下是也，既下
> 降于世，其弟號青華帝君者，主東方，攝領之。己乃府仙卿曰褚慧，
> 亦下降佐帝君之治。」〔註138〕

可見《金蓮仙史》應是據《宋史》所載內容而創作。

（三）長眉大仙

清代錢彩、金豐《說岳全傳》中則將宋徽宗塑造為長眉大仙降世：

> 這徽宗乃是上界長眉大仙降世，酷好神仙，自稱為道君皇帝。〔註139〕

書中雖未解釋長眉大仙與宋徽宗二者之間的關聯性，然而就長眉大仙長眉的
形象而言，亦是取其眉壽、長壽之義。再就《說岳全傳》章回小說的文體可
見：藉由徽宗前身為道教神仙的形象塑造，使故事更添奇幻色彩，也藉以解
釋其崇信道教，並且自稱為道君皇帝原由。《說岳全傳》的故事以岳飛抗金事
蹟為主，而在第一回中寫道：

> 今徽宗皇帝元旦郊天，那表章上原寫的是『玉皇大帝』，不道將『玉』
> 字上一點，點在『大』字上去，卻不是『王皇犬帝』了？玉帝看了
> 大怒道：『王皇可恕，犬帝難饒！』遂命赤鬚龍下界，降生於北地女
> 真國黃龍府內，使他後來侵犯中原，攪亂宋室江山，使萬民受兵革
> 之災，豈不可慘！」〔註140〕

故事中將北宋屢受女真侵襲而導致亡國的原因，歸咎於徽宗誤寫玉皇大帝名
號而降禍於北宋使國家滅亡，可見作者對於徽宗評價，誠如《宋史‧徽宗本
紀》贊曰：

> 宋中葉之禍，章、蔡首惡，趙良嗣屬階。然哲宗之崩，徽宗未立，
> 惇謂其輕佻不可以君天下；遼天祚之亡，張覺舉平州來歸，良嗣以
> 為納之失信於金，必啟外侮。使二人之計行，宋不立徽宗，不納張
> 覺，金雖強，何釁以伐宋哉？以是知事變之來，雖小人亦能知之，

〔註138〕《宋史》卷四百六十二〈林靈素傳〉，頁13528～13529。
〔註139〕清‧錢彩、金豐編次《說岳全傳》，第一回，葉二上，頁3。
〔註140〕清‧錢彩、金豐編次《說岳全傳》，第一回，葉四下至葉五上，頁8～9。

而君子有所不能制也。〔註141〕

若非徽宗治理國家昏昧無能，北宋也不致滅亡的結果。因此，故事中雖言徽宗前身為長眉大仙，建立其神聖、神秘的形象，然而此特殊身分卻未能展現於君王的治國才能上，反而在書法、繪畫等方面有卓越的成就，如此的對比下，透露出創作者對於徽宗的批判。

五、明達皇后：上真紫虛元君

元代敘事作品關於明達皇后的前身傳說，與宋代文獻記載的相同，前身對象皆為上真紫虛元君，元代《歷世真仙體道通鑑》卷五十記載徽宗要求林靈素讓他與已故的明達皇后一會，兩人見面時的對話：

> 后見帝曰：「臣妾昔為仙官主者，因神霄相會，思凡得罪，謫下人間，今業緣已滿，還遂舊職。荷帝寵召，聞命即臨，願陛下知丙午之亂，奉大道，去華飾，任忠良，滅姦黨，修德行，誅童蔡，此禍可免，他時玉府再會天顏。不然，則大禍將臨。因循沈墜，切為陛下憂之。」
> 帝問：「卿昔在仙班，是何職位？」曰：「臣妾即紫虛元君陰神也，陛下即東華帝君也。」〔註142〕

文中記載明達皇后前身為上真紫虛元君的傳說，與宋代文獻《鐵圍山叢談》卷五〔註143〕、《甕牖閒評》卷八〔註144〕二則文獻相異之處在於：敘事者由王老志轉變為明達皇后自述，說明自己前身為紫虛元君，因思凡得罪而被貶謫至人間，謫期滿後便回歸舊職，為典型的謫仙故事，其中勸戒徽宗要修道自持、任賢臣、滅佞臣，否則國家大禍將至，並說明自己與徽宗前身皆為仙官身分，頗具度脫色彩。如此記載明達皇后前身傳說的方式，讓故事更加奇幻、玄妙，《歷世真仙體道通鑑》透過傳載宋代帝王后妃的前身傳說，為道教真仙故事增添神聖性，藉此宣揚道教信仰。

六、明節皇后：紫虛玄靈夫人、九華玉真仙子

宋代文獻記載明節皇后前身為九華天真安妃，在後代敘事作品則有其前

〔註141〕《宋史·徽宗本紀》卷二十二，頁417～418。

〔註142〕元·趙道一《歷世真仙體道通鑑》卷五十三，《道藏》洞真部記傳類，潛字號，冊5，頁409。

〔註143〕宋·蔡絛《鐵圍山叢談》卷五，《全宋筆記》，第三編，冊9，頁229～230。

〔註144〕宋·袁文《甕牖閒評》卷八，《全宋筆記》，第四編，冊7，頁215。

身為紫虛玄靈夫人與九華玉真仙子二種說法。

（一）紫虛玄靈夫人

　　元代《歷世真仙體道通鑑》卷五十三記述已故的明達皇后告訴宋徽宗明節皇后前身為紫虛玄靈夫人〔註145〕，在《道藏》有關「紫虛玄靈夫人」的文獻僅有上述的《歷世真仙體道通鑑》卷五十三，與《道法會元》卷五十六「上清玉府大法」：

　　　　木郎咒

　　　　乾天流輝玉池東，擲火萬里坎震宮。

　　　　木郎太乙三山雄，坤神巽土浩靈翁。

　　　　太上紫虛玄靈夫人至。急急如律令。〔註146〕

由上舉的文獻並未能知曉二者的關聯性，筆者推測此前身傳說應是作者順應宋徽宗崇尚道教這個眾所皆知的喜好，使故事更加豐富、神妙而創作的結果，至於明節皇后與紫虛玄靈夫人二者之間的關聯性，並非此前身傳說所關注的重點。

（二）九華玉真仙子

　　明代《西湖二集》卷二十承續宋代文獻記載明節皇后前身為九華天真安妃的傳說，僅是稱謂變成「九華玉真仙子」：

　　　　徽宗最喜道教，敬重一個道士林靈素，精通道法，能知天上地下、

　　　　神仙鬼魅之事。一日雪天，在宮中與徽宗同在火爐邊向火，林靈素

　　　　忽然聞得一陣異香襲人，驚起向空作禮道：「天上九華玉真仙子過。」

　　　　少頃之間，卻是安妃走來。〔註147〕

由上舉內文可見與第二節宋代文獻《錢氏私誌》〔註148〕的敘述相近，同樣是描述宋徽宗喜好道教、重用林靈素，明節皇后前身為九華玉真仙子的前身傳說，同樣出自林靈素之言，並無明顯的改變。筆者推測應是作者依據宋代文獻抄錄的結果。

〔註145〕元・趙道一《歷世真仙體道通鑑》卷五十三，《道藏》洞真部記傳類，潛字號，冊5，頁409。

〔註146〕明・不題編撰者《道法會元》卷五十六，《道藏》正一部，好字號，冊29，頁144。

〔註147〕明・周楫《西湖二集》卷二十，《古本小說集成》，上海：上海古籍出版社，1994年，葉一下，頁842。

〔註148〕宋・錢世昭《錢氏私誌》，《全宋筆記》，第二編，冊7，頁72。

七、宋欽宗：龜山羅漢尊者

宋代文獻記載宋欽宗前身為喆和尚，而在元代《歷世真仙體道通鑑》卷五十三〈林靈素傳〉透過已故的明達皇后謂徽宗：「太子乃龜山羅漢尊者」〔註149〕，記載欽宗前身為龜山羅漢尊者。羅漢，阿羅漢（Arhān）簡稱，意譯為應供〔註150〕、殺賊〔註151〕、無生〔註152〕，指斷盡三界見、思之惑，證得盡智，而堪受世間大供養之聖者，為佛教中所得之最高果位。〔註153〕

宋欽宗前身為龜山羅漢尊者的傳說，與宋代前身為喆和尚的傳說相同，皆與佛教人物有關。此前身傳說較為特別之處，為出載於記載道教神仙傳記的《歷世真仙體道通鑑》，宋欽宗前身為龜山羅漢尊者的傳說，應是羅漢信仰盛行而產生的連結〔註154〕。二者是否有關連性，並非故事所要表達的主旨，而是欲藉前身傳說塑造宋朝帝王的神聖、不凡的身分。

小結

本章探討宋代與宋以後所記載的宋代帝王后妃之前身傳說，前身傳說類型包含佛教人物、道教人物與歷史人物三種，具有相當鮮明的政治色彩，「君權天授」的思想更是其中的特色。第一節「佛教人物相關之前身傳說」與第二節「道教人物相關之前身傳說」，透過前身為宗教信仰對象與帝王后妃的身分附會與結合，塑造帝王后妃身分的非凡性與神威性，藉此證明趙宋政權的正統性，以穩固朝政，其中亦宣揚宗教信仰，反映出宋代的宗教潮流，展現宗教與政治二者相輔相成的面貌；第三節「歷史人物相關之前身傳說」，藉由前身為歷史人物以解釋宋代帝王的特殊行為、卓越表現，以及宋朝國運發展之原因；第四節「後代敘事作品中之宋代帝王后妃前身傳說」可見宋代帝王

〔註149〕 元‧趙道一《歷世真仙體道通鑑》卷五十三，《道藏》洞真部記傳類，潛字號，冊5，頁409。
〔註150〕 應供：當受人天供養之意。
〔註151〕 殺賊：殺煩惱賊之意。
〔註152〕 無生：永入涅槃不再受生死果報之意。
〔註153〕 參見慈怡法師主編《佛光大辭典》「阿羅漢」條：http://buddhaspace.org/dict/fk/data/%25E6%25AD%25A3%25E5%2583%258F%25E6%259C%25AB.html（2020.03.15 瀏覽）。
〔註154〕 有關羅漢信仰研究請參見陳清香《羅漢圖像研究》，臺北：文津出版社，1995年7月。

后妃前身傳說的流傳與演變，其中承繼宋代前身之說者有：宋太祖（霹靂大仙）、宋真宗（來和天尊）、宋仁宗（赤腳大仙）、宋徽宗（長生大帝君）、明達皇后（上真紫虛元君）、明節皇后（九華玉真仙子）等六種前身傳說故事，新創前身之說者有：宋徽宗（東華帝君、長眉大仙）、明節皇后（紫虛玄靈夫人）、宋欽宗（龜山羅漢尊者）等四種前身傳說故事。由這些宋代帝王后妃的前身傳說，反映出當時人對於宋代帝王后妃的想像，亦提供讀者關於宋代帝王后妃更富趣味性的人物故事。

第四章　北宋文臣武將之前身傳說

　　本章以北宋文臣武將的前身傳說為探討對象，分別有王旦、寇準、陳堯
佐、丁謂、陳堯咨、楊億、王曾、劉沆、曾公亮、富弼、王素、張方平、韓琦、
陳升之、馮京、王安石、鄭獬、郭祥正、蘇軾、范祖禹、安惇、張商英、黃庭
堅、蔡京、蔡卞、宋均國、郭宣老二十七位文臣，以及狄青、劉法二位武將，
共計二十九位，三十八種前身傳說。以下依照北宋文臣武將的前身傳說類型
分為四節：第一節，佛教人物相關之文臣前身傳說；第二節，道教人物相關
之文臣武將前身傳說；第三節，歷史人物相關之文臣前身傳說、第四節動物
相關之文臣武將前身傳說，分析他們與前身對象之間的關聯性，探討前身傳
說所蘊含的意義；第五節，探究北宋文臣武將前身傳說於後代敘事作品中的
展現。

第一節　佛教人物相關之文臣前身傳說

　　本節欲探討宋代文獻中北宋文臣前身傳說與佛教人物相關者，其中共有
十二位北宋文臣，分別為：王旦（957～1017）、寇準（961～1023）、陳堯佐
（963～1044）、陳堯咨（970～1034）、曾公亮（999～1078）、張方平（1007～
1091）、馮京（1021～1094）、蘇軾（1037～1101）、宋均國（996～1066）、張
商英（1044～1122）、黃庭堅（1045～1105）、蔡卞（1058～1117）。另有一位
郭祥正（1035～1113）之子郭宣老的前身傳說，將其歸納於此一併探討，故本
節探討的對象共十三位。以下將針對十三位北宋文臣之前身傳說的內容、表
現模式，以及前身對象的身分，依人物時代先後分別探討，並且分析其中所

蘊含的意義與佛教之間的關係。

一、王旦：僧人

　　王旦（957～1017），字子明，大名莘人，真宗朝宰相，謚號文正，《宋史》卷二八二〔註1〕有其傳。宋代文獻有其前身為僧人的傳說，見載於范鎮《東齋記事》佚文〔註2〕，吳處厚《青箱雜記》卷一〔註3〕、李昌齡《樂善錄》卷七〔註4〕與宗曉《樂邦遺稿》卷下「通紀諸公前身後報」〔註5〕亦抄錄此前身傳說。據范鎮《東齋記事》佚文載：

> 世傳王公嘗記前世為僧，與唐房太尉事頗相類，及將捐館，遺命剔髮，以僧服斂。家人不欲，止以緇褐一襲納諸棺。然公風骨清峭，項微結喉，有僧相。人皆謂其寒薄，獨一善相者目之曰：「公名位俱極，但祿氣不豐耳。」故旦雖位極一品，而飲啗全少，家亦不畜聲伎。晚年移疾在告，真宗嘗密賚白金五十兩，旦表謝曰：「已恨多藏，況無用處。」竟不之受，其清苦如此。〔註6〕

由文中可知王旦曾悟前身為僧人之事，與唐代房琯憶前身為永禪師〔註7〕的傳說相似，且為當時人知曉、流傳。文中記述王旦將逝世時，向家人提出為其剃髮著僧服以入殮的要求，其中描述其外貌「風骨清峭，項微結喉，有僧相。」用以證實前身確為僧人之說。故事中善相者言王旦「名位俱極，但祿氣

〔註1〕《宋史》卷二八二，頁9542～9553。

〔註2〕宋·范鎮《東齋記事》佚文據江少虞《事實類苑》卷十二輯錄，《全宋筆記》，第一編，冊6，頁235。

〔註3〕宋·吳處厚《青箱雜記》卷一，《全宋筆記》，第一編，冊10，頁198。

〔註4〕宋·李昌齡《樂善錄》卷七：「王文正公旦自記前生曾為僧」，《續修四庫全書》，第1266冊，上海：上海古籍出版社，1995年，據民國二十四年上海涵芬樓續古逸叢書影印宋刻本影印，原書版框高二二七毫米，寬三四〇毫米，葉十二下至十四上，頁339。

〔註5〕宋·宗曉《樂邦遺稿》卷下，據李昌齡《樂善錄》而錄（CBETA, T47, no.1969, p.247, a10）。

〔註6〕宋·范鎮《東齋記事》佚文，據江少虞《皇朝事實類苑》卷十二輯錄，《全宋筆記》，第一編，冊6，頁235。

〔註7〕宋·惠洪《冷齋夜話》卷八：「《東坡集》中有《觀宋復古畫序》一首曰：『舊說房琯開元中宰盧氏，與道士邢和璞過夏口村，入廢佛寺，坐古松下。和璞使人鑿地，得甕中所藏婁師德與永禪師畫，笑謂琯曰：『頗憶此耶？』因惻然悟前生之為永禪師也。故人柳子玉寶此畫，蓋唐本宋復古所臨者。』」，《全宋筆記》，第二編，冊9，頁73。

不豐」，塑造王旦前身為僧人的身分造就其今世位高權重的仕途，展現出因果輪迴的思想。雖然由故事內容無法得知僧人的身分為何，但是從王旦與佛教的關係，以及性格的表現兩個面向去探討可見王旦與前身之間的關聯性。

　　據陳探宇〈王旦與佛教〉〔註8〕一文研究可知：王旦為虔誠的佛教徒，曾當過西湖淨行社的社首，並與同預佛事的公卿大夫有所往來，可知王旦與佛教的關係密切。文中彰顯出王旦清廉自持的性格，《宋史・王旦傳》載其病入膏肓時，叮囑子弟云：「我家盛名清德，當務儉素，保守門風，不得事於泰侈，勿為厚葬以金寶置柩中。」〔註9〕可見王旦至生命的最後一刻仍堅守節儉、清廉的品格，並且期望家人一同堅守。透過王旦與佛教的關係，以及其性格之認識，讓王旦前身為僧人的傳說更具可信度，亦有跡可循。

二、寇準：僧人

　　寇準（961～1023），字平仲，華州下邽人，為真宗朝宰相，天禧三年（1019）封為萊國公，歷仕太宗、真宗二朝，諡號忠愍，《宋史》卷二百八十一〔註10〕載其事蹟。宋代文獻中記載其前身為僧人之傳說，最早見於釋文瑩《湘山野錄》卷三〔註11〕，李昌齡《樂善錄》卷七〔註12〕、宗曉《樂邦遺稿》卷下「通紀諸公前身後報」〔註13〕亦載錄此事。據釋文瑩《湘山野錄》卷三載：

> 寇萊公嘗曰：「母氏言，吾初生，兩耳垂有肉環，數歲方合。自疑嘗為異僧，好游佛寺，遇虛窗靜院，惟喜與僧談真。」公歷富貴四十年，無田園邸舍，入覲則寄僧舍或僦居。在大名日，自出題試貢士，曰《公儀休拔園葵賦》、《霍將軍辭治第詩》，此其志也。詩人魏野獻詩曰：「有官居鼎鼐，無地起樓臺。」采詩者以為中的。虜使至大名，問公曰：「莫是『無地起樓臺』相公否？」〔註14〕

〔註 8〕陳探宇〈王旦與佛教〉，《宋史研究論叢》，第 10 輯，河北大學出版社，2009年 12 月，頁 367～391。

〔註 9〕《宋史》卷二百八十二，頁 9552。

〔註10〕《宋史》卷二百八十一，頁 9527～9535。

〔註11〕宋・釋文瑩《湘山野錄》（成書時間約 1072 年）卷三，《全宋筆記》，第一編，冊 6，頁 44。

〔註12〕宋・李昌齡《樂善錄》卷七：「萊公準自言初生時兩耳垂各有肉環七歲方合」，葉十二下至十四上，頁 339。

〔註13〕宋・宗曉《樂邦遺稿》卷下據李昌齡《樂善錄》而錄（CBETA, T47, no.1969, p.247, a10）。

〔註14〕宋・釋文瑩《湘山野錄》卷三，《全宋筆記》，第一編，冊 6，頁 44。

由內容可見寇準前身為僧人的說法，緣於寇準出生時兩耳垂至肩膀，耳上各有肉環，數歲後才合閉的外貌特徵，因此自疑前身為異僧，並且自身亦好遊佛寺與僧人暢談佛理。文末描述寇準為官四十年未購置田產屋舍，入朝觀見皇帝時，僅是寄居僧舍或租屋之舉，並以「無地起樓臺」〔註15〕評價其清廉、簡樸的性格，藉此與其前身為僧人的形象相互呼應。然而文中對於寇準形象的描繪，與司馬光〈訓儉示康〉：「近世寇萊公豪侈冠一時，然以功業大，人莫之非，子孫習其家風，今多窮困。」〔註16〕、《宋史‧寇準傳》：「準少年富貴，性豪侈，喜劇飲，每宴賓客，多闔扉脫驂。家未嘗爇油燈，雖庖匽所在，必然炬燭。」〔註17〕記載的豪奢形象有所差異。清代張爾崎《蒿庵閑話》卷一：「宋寇萊公準，頗豪侈，以功業甚盛人不之非，魏野贈詩云：『有官居鼎鼐，無地起樓臺。』反語示譏耳。北使至，賜宴，歷觀座中，問譯者云：『誰是無地起樓臺相公？』蓋誤以此語為真也。」〔註18〕認為「有官居鼎鼐，無地起樓臺」的說法並非讚揚寇準清廉樸素的德行，而是在譏諷他的豪奢無度。

綜合上述對於寇準的評價，筆者認為：釋文瑩《湘山野錄》卷三記載寇準前身為僧人的傳說，是為符合前身為僧人的身分而塑造的清廉簡樸形象，雖與其他文獻相違，但是亦藉由前身為僧人的特殊身份，肯定與稱頌其政治才能和成就；然而關於寇準豪侈的諸多評價，則是在指出寇準雖為達官顯貴、成就非凡，然而卻生活奢華、揮霍無度的缺點，並非否定其政治表現，透過不同角度的文獻呈現，讓寇準的形象與性格更加鮮明立體、貼近讀者。

三、陳堯佐：南庵修行僧

陳堯佐（963～1044），字希元，閬州閬中人，仁宗朝宰相，諡號文惠，《宋史》卷二百八十四〔註19〕有其傳記。宋代文獻記載其前身為南庵修行僧

〔註15〕宋‧夷門君玉《國老談苑》卷二：「寇準出入宰相三十年，不營私第。處士魏野贈詩曰：『有官居鼎鼐，無地起樓臺。』洎準南遷，時北使至，內宴，宰執預焉。使者歷視諸相，語譯導者曰：『孰是無地起樓臺相公？』畢坐無答者。」亦載錄此事，《全宋筆記》，第二編，冊1，頁183。

〔註16〕宋‧司馬光《溫國文正司馬公文集》卷六十九，張元濟、王雲五主編《四部叢刊》，臺北：臺灣商務印書館，2011年12月，葉五下，頁505。

〔註17〕《宋史》卷二百八十一〈寇準傳〉，頁9534。

〔註18〕清‧張爾崎《蒿庵閑話》卷一，《續修四庫全書》，第1136冊，上海：上海古籍出版社，1995年，葉十七下，頁102。

〔註19〕《宋史》卷二百八十四〈陳堯佐傳〉，頁9581～9584。

的傳說，最早見於朱弁《曲洧舊聞》卷三〔註20〕，周煇《清波雜志》卷二「諸公前身」〔註21〕亦載此說，據朱弁《曲洧舊聞》卷三載：

> 陳文惠初見希夷先生，希夷奇其風骨，謂可以學仙，引之同訪白閣道者。希夷問道者：「如何？」道者掉頭曰：「南庵也，位極人臣耳。」文惠不曉「南庵」之語，後作轉運使，過終南山，遇路人相告曰：「我適自南庵來。」乃遣左右往問南庵所在，因往遊焉。行不數里，恍如平生所嘗經歷者。既至庵，即默識其宴坐寢息故處。考南庵修行示寂之日，即文惠垂弧之旦，始悟前身是南庵修行僧也。文惠自有詩八韻紀其事，予恨未見也。〔註22〕

文中記述陳堯佐經陳摶引見白閣道者，白閣道者提示陳堯佐與南庵有關，後至南庵，猶如故地重遊，對眼前所見之物歷歷在目，遂悟前身為南庵修行僧。文中白閣道者不僅道出陳堯佐的前世，更預言其將位極人臣之仕途。故事中作者並未記載南庵修行僧的身分，若欲探究陳堯佐與修行僧之間的關聯性，或許僅能藉由前世為修行僧修道向佛的因緣，故今世陳堯佐得以貴為重臣的果報。

四、陳堯咨：南庵庵主

陳堯咨（970～1034），字嘉謨，陳堯佐之弟，歷仕真宗、仁宗二朝，諡號康肅，《宋史》卷二百八十四〔註23〕有其傳記。李昌齡《樂善錄》卷七〔註24〕、宗曉《樂邦遺稿》卷下「通紀諸公前身後報」皆載：「陳康肅公堯咨前生是南庵庵主。」〔註25〕與其兄陳堯佐的前身傳說同與南庵相關，二者相異之處在於前身對象身分的不同，陳堯佐為南庵僧人，陳堯咨則為南庵庵主。雖然二人的前身對象身分相異，看似為兩個獨立不同的前身傳說，然而在元代《歷世真仙體道通鑑》卷四十七〈陳摶傳〉〔註26〕文獻中，卻出現陳堯佐前身傳

〔註20〕宋・朱弁《曲洧舊聞》卷三，《全宋筆記》，第三編，冊7，頁26。

〔註21〕宋・周煇《清波雜志》卷二：「本朝陳文惠南庵」，《全宋筆記》，第五編，冊9，頁24。

〔註22〕宋・朱弁《曲洧舊聞》卷三，《全宋筆記》，第三編，冊7，頁26。

〔註23〕《宋史》卷二百八十四，頁9588～9589。

〔註24〕宋・李昌齡《樂善錄》卷七，葉十二下至十四上，頁339。

〔註25〕宋・宗曉《樂邦遺稿》卷下（CBETA, T47, no.1969, p.247, a10）。

〔註26〕元・趙道一《歷世真仙體道通鑑》卷四十七〈陳摶傳〉，《道藏》，洞真部記傳類，潛字號，冊5，文物出版社、上海書店、天津古籍出版社，1988年3月，頁369。

說的故事情節，被抄錄為陳堯咨的前身傳說之現象，此部分將於本章第五節另行探討。

五、曾公亮：草堂和尚

曾公亮（999～1078），字明仲，泉州晉江人，仁宗、英宗和神宗朝宰相，封魯國公，諡號宣靖，《宋史》卷三百一十二〔註27〕有其傳。宋代文獻中記載其前身為草堂和尚，見載於陳正敏《遯齋閑覽》「草堂和尚」〔註28〕，彭乘《續墨客揮犀》卷一「願為夫人子以報」〔註29〕、曾慥《類說》卷四十七「草堂和尚」〔註30〕、李昌齡《樂善錄》卷七〔註31〕、王日休《龍舒增廣淨土文》卷七「青草堂後身曾魯公」〔註32〕以及宗曉《樂邦遺稿》卷下「青草堂後身為曾魯公」、「通紀諸公前身後報」〔註33〕皆載錄此傳說。據彭乘《續墨客揮犀》卷一載：

> 曾學士居泉州南安縣，去所居五里，有草堂和尚者，年九十餘，戒行孤絜，未嘗出庵。曾公與夫人時時攜果饌衣物往遺之。老僧謝曰：「吾年齒衰邁，無以為報，願為夫人之子以報。」時夫人方孕，一夕夢老僧披幃而入，夫人驚寤而子生。遽遣人問之，則草堂和尚已坐化矣。所生子名公亮，後為宰相，封魯公云。按：此則出《遯齋閑覽》，《類說》卷四七有節文。〔註34〕

由上述文獻可知：泉州南安縣九十餘歲的草堂和尚，因時常接受曾氏夫婦的接濟，因此發願轉世為曾夫人之子以報答曾氏夫婦的恩情。一夕，懷有身孕

〔註27〕《宋史》卷三百一十二，頁10232～10234。

〔註28〕宋‧陳正敏《遯齋閑覽》，《全宋筆記》，第十編，冊11，頁279。據1955年文學古籍刊行社影印明天起六年岳鍾秀刊《類說》所收為主，兼收涵芬樓本《說郛》錄文，校以影印文淵閣《四庫全書》本《類說》、宛委山堂本《說郛》。

〔註29〕宋‧彭乘《續墨客揮犀》卷一，《全宋筆記》，第三編，冊1，頁78。

〔註30〕宋‧曾慥《類說》卷四十七，《文津閣四庫全書》，第875冊，北京：商務印書館，2006年，葉五下，頁687。

〔註31〕宋‧李昌齡《樂善錄》卷七：「丞相曾前生是青草堂和尚」，葉十二下至十四上，頁339。

〔註32〕宋‧王日休《龍舒增廣淨土文》卷七（CBETA, T47, no.1970, p.275, a20）。

〔註33〕宋‧宗曉《樂邦遺稿》卷下「青草堂後身為曾魯公」錄自王日休《龍舒增廣淨土文》、「通紀諸公前身後報」據李昌齡《樂善錄》而錄（CBETA, T47, no.1969B, p.244, a25-b4、p.247, a9-a27）。

〔註34〕宋‧彭乘《續墨客揮犀》卷一，《全宋筆記》，第三編，冊1，頁78。

的曾夫人，夢見僧人披幃而入，夫人驚醒後誕下曾公亮，與此同時草堂和尚已坐化。故事藉由草堂和尚預言、曾夫人之夢、曾公亮誕生與和尚坐化的四種跡象，相互證實曾公亮為草堂和尚轉世。

　　草堂和尚的相關文獻，目前所得的資料皆為後世抄錄曾公亮前身為草堂和尚的形式流傳，如清代達莫《阿彌陀經要解便蒙鈔》卷三〔註35〕與王亨彥輯《普陀洛迦新志》卷一〔註36〕並無對草堂和尚詳細的記載。曾公亮前身為草堂和尚的傳說，可見曾公亮顯達成就的原因即其前身為草堂和尚，並且宣揚曾氏夫婦供養草堂和尚善舉的因果報應觀念。而關於此前身傳說，宋代王日休《龍舒增廣淨土文》卷七「青草堂後身曾魯公」中除記載此前身傳說外，亦對此前身傳說予以評論：

> 宋朝有二青草堂，在前者年九十餘。有曾家婦人，嘗為齋供及布施衣物，和尚感其恩乃言：「老僧與夫人作兒子。」一日此婦人生子，使人看，草堂已坐化矣，所生子即曾魯公也。以前世為僧，嘗修福修慧，少年登高科，其後作宰相。以世俗觀之，無以加矣。雖然，此亦誤也。何則，此世界富貴不長久，受盡則空，又且隨業緣去，輪迴無有了時，不如且生西，方見佛了生死大事。卻來作宰相，故雖入胞胎中受生，此一性已不昧。所以雖在輪迴世界中，實不受輪迴而生死去住自如矣。今未能了生死，乃念區區恩惠，為人作子，則不脫貪愛，永在輪迴，其失計甚矣。〔註37〕

認為草堂和尚因為前世修得的福因，故轉世為曾公亮能少年登科、仕途順遂，以世俗的眼光是為福報。作者就佛教的觀點而論，草堂和尚皈依佛門應看破塵世情緣，但是如今卻為報答曾氏夫婦的恩情而轉世成為曾公亮，可見其未能了除貪愛之心、跳脫生死輪迴，故對此舉抱持批判的態度。

六、張方平：琅琊山知藏僧

　　張方平（1007～1091），字安道，號樂全居士，應天宋城人，諡號文定，《宋史》卷三百一十八〔註38〕有其傳。宋代文獻關於張方平的前身傳說筆者將其分為兩類：第一類文獻為未明確指出其前身對象，如：蘇軾〈書楞伽經

〔註35〕清・達莫《阿彌陀經要解便蒙鈔》卷三（CBETA, X22, no.430, p.871, c22）。
〔註36〕清・王亨彥輯《普陀洛迦新志》卷一（CBETA, GA010, no.9, p.69, a1-2）。
〔註37〕宋・王日休《龍舒增廣淨土文》卷七（CBETA, T47, no.1970, p.275, a20）。
〔註38〕《宋史》卷三百一十八，頁10353～10359。

後〉〔註39〕、蔣之奇〈楞伽經序〉〔註40〕、惠洪《冷齋夜話》卷七〔註41〕、
《禪林僧寶傳》卷二十九〔註42〕、陳善《捫蝨新話》卷十五〔註43〕、道融《叢
林盛事》卷上〔註44〕、葉寘《愛日齋叢抄》卷二〔註45〕、志磐《佛祖統紀》
卷四十五〔註46〕。據蘇軾〈書楞伽經後〉載：

> 太子太保樂全先生張公安道，以廣大心，得清淨覺。慶曆中嘗為滁
> 州，至一僧舍，偶見此經，入手悅然，如獲舊物，開卷未終，夙障
> 冰解，細視筆畫，手迹宛然，悲喜太息，從是悟入。常以經首四偈，
> 發明心要。軾游於公之門三十年矣，今年二月，過南都見公於私第。
> 公時年七十九，幻滅都盡，惠光渾圜；而軾亦老於憂患，百念灰冷。
> 公以為可教者，乃授此經，且以錢三十萬使印施於江淮間。而金山
> 長老佛印大師了元曰：「印施有盡，若書而刻之則無盡。」軾乃為書
> 之，而元使其侍者曉機走錢塘求善工刻之板，遂以為金山常住。元
> 豐八年九月日，朝奉郎、新差知登州軍州兼管內勸農事騎都尉借緋
> 蘇軾書。〔註47〕

文中記載張方平慶曆八年（1048）知滁州遊至僧舍見一舊抄的《楞伽經》，如
獲舊物而有所感悟，並於晚年蘇軾拜謁張方平時將此經託付其印製流傳。而
與蘇軾同時期的蔣之奇〈楞伽經序〉言：

> 之奇過南都謁張公，親聞公說楞伽因緣，始張公自三司使翰林學士
> 出守滁，一日入琅邪僧舍，見一經函發而視之，乃《楞伽經》也。
> 恍然覺其前生之所書，筆畫宛然，其始神先受之甚明也。〔註48〕

〔註39〕宋・蘇軾《東坡全集》卷九十三〈書楞伽經後〉，《景印文淵閣四庫全書》，集
部八五，葉十五下至十六下，頁504～505。

〔註40〕宋・蔣之奇〈楞伽經序〉，《楞伽經通義》善月述（CBETA, X17, no.323, p.135,
b12-b15）。

〔註41〕宋・惠洪《冷齋夜話》卷七，《全宋筆記》，第二編，冊9，頁65。

〔註42〕宋・惠洪《禪林僧寶傳》卷二十（CBETA, X79, no.1560, p.551, b3-b8）。

〔註43〕宋・陳善《捫蝨新話》卷十五，《全宋筆記》，第五編，冊10，頁116。

〔註44〕宋・道融《叢林盛事》卷上，《全宋筆記》，第七編，冊1，頁110。

〔註45〕宋・葉寘《愛日齋叢抄》卷二，《全宋筆記》，第八編，冊5，頁378～379。

〔註46〕宋・志磐《佛祖統紀》卷四十五（T49, no.2035, p.411, b28-c3）。

〔註47〕宋・蘇軾《東坡全集》卷九十三〈書楞伽經後〉，《景印文淵閣四庫全書》，集
部八五，葉十五下至十六下，頁504～505。

〔註48〕宋・蔣之奇〈楞伽經序〉，《楞伽經通義》善月述（CBETA, X17, no.323, p.135,
b12-b15）。

文中記載的內容是作者聽張方平親述的故事，明確記錄獲《楞伽經》的地點為琅琊，並述寫張方平見舊抄經書筆跡後，感悟其為前生所書，顯示《楞伽經》與張方平深厚的緣分。而在惠洪《冷齋夜話》卷七載：

> 張文定公方平為滁州日，游琅邪，周行廊廡，神觀清淨，至藏院，俛仰久之，忽呼左右，梯梁間，得經一函，開視之，則《楞伽經》四卷，餘其半未寫，公因點筆續之，筆蹟不異。味經首四句曰：「世間相生滅，猶如虛空花。智不得有無，而興大悲心。」遂大悟流涕，見前世事。蓋公生前嘗主藏于此，病革，自以寫經未終，願再來成之故也。公立朝正色，自慶曆以來名臣為人主所敬者，莫如公。暮年出此經示東坡居士，坡為重寫，題公之名于其右，刻于浮玉山龍游寺。〔註49〕

文中不僅對於張方平至琅琊僧舍獲《楞伽經》殘卷的過程描述更加詳細，並且加以說明因前世張方平未能將《楞伽經》抄寫完成，故今世為成就前世之願而獲此經，並且將此傳播、推廣的重任託付於蘇軾。

　　第二類文獻則是以第一類文獻的故事為背景，明確指出張方平前身為琅琊山知藏僧〔註50〕，如：胡仔《苕溪漁隱叢話》前集卷二十七〔註51〕、沈作喆《寓簡》卷五〔註52〕、李昌齡《樂善錄》卷七〔註53〕、正受《嘉泰普燈錄》卷二十二「文定公張方平居士」〔註54〕、宗曉《樂邦遺稿》卷下「張文定公前身為僧書楞伽」〔註55〕與「通紀諸公前身後報」〔註56〕。據胡仔《苕溪漁隱叢話》前集卷二十七記載：

> 《冷齋夜話》云：「張文定方平，慶歷中，嘗為滁州，游琅琊山藏院，俛仰久之，呼左右取梯，升梁，得經函，發之，即《楞伽經》，餘半卷未寫，忽悟前身蓋知藏僧也，寫《楞伽》未畢而化，因續書殘軸，

〔註49〕宋‧惠洪《冷齋夜話》卷七，《全宋筆記》，第二編，冊9，頁65。
〔註50〕知藏：又作藏主、藏司，為掌理寺院所藏一切經論典籍的職稱。
〔註51〕宋‧胡仔《苕溪漁隱叢話》前集卷二十七，臺北：木鐸出版社，1982年8月，頁187。
〔註52〕宋‧沈作喆《寓簡》卷五，《全宋筆記》，第四編，冊5，頁47～48。
〔註53〕宋‧李昌齡《樂善錄》卷七，葉十二下至十四上，頁339。
〔註54〕宋‧正受《嘉泰普燈錄》卷二十二（CBETA, X79, no.1559, p.423, b8-b16）。
〔註55〕宋‧宗曉《樂邦遺稿》卷下（CBETA, T47, no1969B, p.247, a28-b4）。
〔註56〕宋‧宗曉《樂邦遺稿》卷下據李昌齡《樂善錄》而錄（CBETA, T47, no.1969B, p.247, a9-a27）。

筆跡宛然如昔，因號《二生經》。常以經首四句偈，發明心要，其偈云：『世間離生滅，猶如虛空華，知不得有無，而興大悲心。』公後以此經授東坡，東坡為序其事，代寫此經，刻於浮玉山龍游寺。」〔註57〕

由上舉引文可見：此文雖然是傳抄《冷齋夜話》關於張方平獲《楞伽經》有感前世的故事，但故事中卻明確增添張方平前身對象為琅琊山知藏僧之說。

張方平前身傳說所記載的滁州琅琊，探究此地與張方平和《楞伽經》的關聯性，據李春曉、韓傳強〈北宋琅琊山慧覺廣照禪師考略〉〔註58〕一文認為張方平的前身傳說僅是叢林流傳，並非社會共知之事，其獲《楞伽經》的原委應是琅琊山開化寺的慧覺廣照禪師贈予其殘本，委託其開展補錄、整理和校勘，並且刊行於世。張方平〈禪齋〉云：「昔年曾見琅邪老（慧覺、智先），為說楞伽最上乘；頓悟紅鑪一點雪，忽驚闇室百千燈；便超十地猶塵影，更透三關轉葛藤；不住無為方自在，打除都盡即南能。」〔註59〕詩中稱讚慧覺禪師精通《楞伽經》，講解佛法使人如冬雪入爐火般頓悟、豁然開朗。慧覺廣照禪師為北宋臨濟宗高僧，又名「琅琊慧覺」，師從汾陽善昭禪師，後在滁州琅琊山開化寺傳法，推動臨濟宗於江南的發展與傳播，使滁州琅琊山成為北宋時期江淮地區著名的佛教參學場所。由此可知張方平、琅琊山與《楞伽經》之間的關聯性，而關於其前身為琅琊山知藏僧的傳說演變，不僅記錄其獲殘經的事件，亦藉由此事件彰顯《楞伽經》的神異，亦透過前身傳說故事的流傳，弘揚佛教禪宗的信仰。

七、馮京：五臺山僧人

馮京（1021～1094），字當世，鄂州江夏人。仁宗慶曆八年（1048）舉人第一，仁宗皇祐元年（1049）貢士、進士第一，連中三元，人稱為馮三元，諡號文簡，《宋史》卷三百一十七〔註60〕有其傳。宋代文獻記載其前身為五臺山僧人，目前僅見孫升《孫公談圃》卷中記載：

〔註57〕宋‧胡仔《苕溪漁隱叢話》前集卷二十七，頁187。

〔註58〕李春曉、韓傳強〈北宋琅琊山慧覺廣照禪師考略〉，《法音》，北京：中國佛教學會，2019年第9期，頁14～19。

〔註59〕宋‧張方平《樂全集》卷三，《景印文淵閣四庫全書》，集部七七，臺北：臺灣商務印書館，1986年，葉四上，頁24。

〔註60〕《宋史》卷三百一十七，頁10338～10340。

> 馮大參京嘗患傷寒，已死，家中哭之，已而忽甦云：「適往五臺山，
> 見昔為僧時室中之物皆在，有言我俗緣未盡，故遣歸。」因作文記
> 之，屬其子：「他日勿載墓誌中。」〔註61〕

文中以馮京死而復生的方式，敘述其患傷寒死後魂遊五臺山見前世舊物，有
人謂其俗緣未盡而返陽復生之事。上述所舉之文獻，內容未記載馮京前身對
象五臺山僧人的身分為何者，且甦醒後馮京將此事記錄下來，但是又叮囑其
子勿將此事載於墓誌銘，展現出馮京對於此前身感悟經歷真實性抱持懷疑態
度，因此不願為世人所知。

八、蘇軾：五祖師戒禪師

　　蘇軾（1037～1101），字子瞻，一字和仲，眉州眉山人，號東坡居士，《宋
史》卷三百三十八〔註62〕有其傳。宋代文獻記載蘇軾前身為五祖師戒禪師，
此前身傳說相當盛行，見載於惠洪《冷齋夜話》卷七〔註63〕、《石門文字禪》
卷二十七《跋東坡仇池錄》〔註64〕、《禪林僧寶傳》卷二十九〔註65〕、沈作喆
《寓簡》卷五〔註66〕、何薳《春渚紀聞》卷一〔註67〕、陳善《捫蝨新話》卷
十五〔註68〕、李昌齡《樂善錄》卷七〔註69〕、王日休《龍舒淨土文》卷七「戒
禪師後身東坡」〔註70〕、葉寘《愛日齋叢抄》卷二〔註71〕、宗曉《樂邦遺稿》
卷下「通紀諸公前身後報」〔註72〕、「蘇東坡前身五祖戒禪師」〔註73〕。張惠

〔註61〕宋·孫升《孫公談圃》卷中，《全宋筆記》，第二編，冊1，頁151。

〔註62〕《宋史》卷三百三十八，頁10801～10819。

〔註63〕宋·惠洪《冷齋夜話》卷七，《全宋筆記》，第二編，冊9，頁64。

〔註64〕宋·德洪《石門文字禪》卷二十七《跋東坡仇池錄》（CBETA, J23, no.B135,
　　　　p.710, b30-c12）。

〔註65〕宋·惠洪《禪林僧寶傳》卷二十九（CBETA, X79, no.1560, p.550, c24-p551,
　　　　a17）。

〔註66〕宋·沈作喆《寓簡》卷五，《全宋筆記》，第四編，冊5，頁47～48。

〔註67〕宋·何薳《春渚紀聞》卷一，《全宋筆記》，第三編，冊3，頁178～179。

〔註68〕宋·陳善《捫蝨新話》卷十五，《全宋筆記》，第五編，冊10，頁116。

〔註69〕宋·李昌齡《樂善錄》卷七，葉十二下至十四上，頁339。

〔註70〕宋·王日休《龍舒淨土文》卷七（CBETA, T47, no.1970, p.275, b05）。

〔註71〕宋·葉寘《愛日齋叢抄》卷二，《全宋筆記》，第八編，冊5，頁378～379。

〔註72〕宋·宗曉《樂邦遺稿》卷下據李昌齡《樂善錄》而錄（CBETA, T47, no.1969,
　　　　p.247, b10）。

〔註73〕宋·宗曉《樂邦遺稿》卷下（CBETA, T47, no.1969, p.247, c07）。

珍《蘇東坡故事形象研究》〔註74〕、朱剛、趙惠俊〈蘇軾前身故事的真相與改寫〉〔註75〕已針對宋代蘇軾前身為五祖師戒禪師的故事進行深入且全面的討論，其中探討蘇軾前身在宋代筆記中的記載與流變，認為最早、最詳盡的文獻為惠洪《冷齋夜話》卷七〔註76〕，並且於《石門文字禪》卷二十七《跋東坡仇池錄》載：

> 歐陽文忠公以文章宗一世，讀其書，其病在理不通，以理不通，故心多不能平，以是後世之卓絕，穎脫而出者，皆目笑之。東坡蓋五祖戒禪師之後身，以其理通，故其文渙然。如水之質，漫衍浩蕩，則其波亦自然而成文，蓋非語言文字也，皆理故也。自非從般若中來，其何以臻此其文？自孟軻左丘明太史公而來一人而已。然予有恨，恨其窺夢幻如霧見月，雖老而死，古今聖達所不免。譬如畫則有夜，而東坡喜學煉形蟬蛻之道，期白日而骨飛，竟以病而歿，使其如魯仲連之不受萬鍾之位，而肆志則寧復有遺恨哉？佛鑑能珍敬其書，則其趣味，乃真是山邊水邊之人，與夫假高尚之名心悅孔方道人者，異矣。〔註77〕

認為蘇軾前身為五祖師戒禪師，是其為文行雲流水般渾然天成，風格豪爽磊落之成因。而後陳善《捫蝨新話》卷十五〔註78〕首次將蘇軾前身為五祖師戒禪師的傳說與杭州壽星寺結合，使故事的時間、地點更加完整〔註79〕。文中亦探討惠洪創作蘇軾前身傳說的動機，依據雲門宗與臨濟宗法系脈絡〔註80〕

〔註74〕張惠珍《蘇東坡故事形象研究》，東海大學，中國文學系碩士論文，2010年。

〔註75〕朱剛、趙惠俊〈蘇軾前身故事的真相與改寫〉，《嶺南學報》，第九期，2018年11月，頁123～141。

〔註76〕宋・惠洪《冷齋夜話》卷七，《全宋筆記》，第二編，冊9，頁64～65。

〔註77〕宋・德洪《石門文字禪》卷二十七《跋東坡仇池錄》（CBETA, J23, no.B135, p.710, c1-c12）。

〔註78〕宋・陳善《捫蝨新話》卷十五，《全宋筆記》，第五編，冊10，頁116。

〔註79〕蘇軾與杭州壽星寺的關係可見：蘇軾〈和張子野見寄三絕句・過舊游〉：「前生我已到杭州，到處長如到舊遊。更欲洞霄為隱吏，一庵閑地且相留。」馮應榴輯注，黃任軻、朱懷春點校《蘇軾詩集合注》，上海：上海古籍出版社，2001年，頁625～626；蘇軾〈答陳師仲書〉：「軾於錢塘人有何恩意，而其人至今見念，軾亦一歲率常四五夢至西湖上，此殆世俗所謂前緣者。在杭州嘗遊壽星院，入門便悟曾到，能言其院後堂殿山石處，故詩中嘗有『前生已到』之語。」孔凡禮點校《蘇軾文集》卷四十九，北京：中華書局，1986年，頁1428～1429。

〔註80〕雲門宗與臨濟宗法系脈絡繪製，參考自蔣維喬《中國佛教史》第十六章〈宋

可見：

　　雲門文偃──雙泉師寬──五祖師戒──泐潭懷澄
　　　　　　　　　　　　　　　　　──洞山自寶

（雲門宗）

　　石霜楚圓──黃龍慧南──真淨克文──覺范惠洪
　　　　　　　　　　　　　　　　──東林常總──蘇軾

（臨濟宗）

禪宗燈錄〔註81〕系統中蘇軾為臨濟宗黃龍慧南法系，而黃龍慧南原學禪於泐潭懷澄，後在臨濟宗雲峰文悅的鼓吹下，轉投至石霜楚圓門下，與懷澄一系斷絕往來。〔註82〕因此惠洪欲透過蘇軾為五祖師戒轉世，證明黃龍慧南上承五祖師戒心法，說明慧南禪師叛出師門並非等同於背叛雲門的表現，藉以宣揚臨濟宗黃龍派之禪法。

　　五祖師戒禪師，北宋人，雲門宗第三世，為雙泉師寬的弟子。五祖戒禪師，即五祖師戒禪師的省稱，法名為師戒，曾住持蘄州五祖山，宋代文獻亦可見「戒禪師」、「戒和尚」等稱謂。《天聖廣燈錄》卷二十一「蘄州五祖戒禪師」〔註83〕記載五祖戒禪師敏銳機鋒與高超的禪學造詣。

　　據惠洪《冷齋夜話》卷七載：

　　　　蘇子由初謫高安，時雲庵居洞山，時時相過。聰禪師者蜀人，居聖壽寺。一夕，雲庵夢同子由、聰出城迓五祖戒禪師。既覺，私怪之，以語子由，未卒，聰至，子由迎呼曰：「方與洞山老師說夢，子來，亦欲同說夢乎？」聰曰：「夜來輒夢見吾三人者同迓五戒和尚。」子

　　　　以後之佛教〉「禪宗」，香港：中和出版有限公司，2013 年 1 月，頁 431～448。
　　　　朱剛、趙惠俊〈蘇軾前身故事的真相與改寫〉，《嶺南學報》，第九期，2018 年
　　　　11 月，頁 136～137。

〔註81〕燈錄或傳燈錄，指記載禪宗歷代傳法機緣的著作。燈或傳燈，意指以法傳人，
　　　　如燈火相傳，輾轉不絕。燈錄之作，萌芽於南北朝時代，正式之燈錄出現於
　　　　禪宗成立以後，經歷代輾轉相續，至宋代達於極盛，此後，元明清各代繼承
　　　　傳統，燈錄之作，續而不盡。慈怡法師主編《佛光大辭典》「燈錄」條：
　　　　http://buddhaspace.org/dict/fk/data/%25E7%2587%2588%25E9%258C%2584.ht
　　　　ml（2020.03.02 瀏覽）。

〔註82〕宋·惠洪《禪林僧寶傳》卷二十二「黃龍南禪師」（CBETA, X79, no.1560, p.534,
　　　　b16-p.535, b24）。

〔註83〕宋·李遵勗編《天聖廣燈錄》卷二十一「蘄州五祖戒禪師」（CBETA, X78,
　　　　no.1553, p.526, a22-p.527, c10）。

由拊手大笑曰：「世間果有同夢者，異哉！」良久，東坡書至，曰：
「已次奉由新，旦夕可相見。」三人大喜，追笋輿而出城，至二十
里建山寺而東坡至。坐定，無可言，則各追繹向所夢以語坡。坡曰：
「軾年八九歲時，嘗夢其身是僧，往來陝右。又先妣方孕時，夢一
僧來託宿，記其頎然而眇一目。」雲庵驚曰：「戒，陝右人，而失一
目，暮年棄五祖游高安，終于大愚。」逆數蓋五十年，而東坡時年
四十九矣。後東坡復以書抵雲庵，其略曰：「戒和尚不識人嫌，強顏
復出，真可笑矣！既法契，可痛加磨礪，使還舊規，不勝幸甚！」
自是常衣納衣。〔註84〕

記述聰禪師、雲庵和尚與蘇轍三人皆夢見一同迎接五祖師戒禪師的夢境，後
三人將此事告訴蘇軾。蘇軾聽聞此事後，自言幼時曾夢見自己為僧人，往來
於陝右，且母親懷胎時亦曾夢一位眇一目的僧人來託宿。雲庵和尚聞後覺夢
中的僧人即為五祖師戒禪師，並對照五祖師戒禪師逝世的時間與蘇軾年歲兩
者相符，藉此印證蘇軾即為五祖師戒禪師轉世的後身。沈作喆《寓簡》卷五、
宗曉《樂邦遺稿》卷下「通紀諸公前身後報」亦載錄此事：

元豐中，東坡謫居黃州，子由亦遷高安。時雲菴師居洞山，嘗夢與
子由偕出近郊，云迓五祖戒禪師。覺而異之，遲明以語子由。語未
既，而蜀僧聰禪來曰：「我夜夢吾三人同迎戒和尚，此何祥也？」子
由大駭歎曰：「世盍有同夢者耶？」與二士俱行二十餘里而東坡至，
然則東坡前身，真戒禪師也。〔註85〕

蘇文忠公軾自言。母夫人初孕時。夢一僧來投宿。尚記其頎然而眇
一目。蓋陝右戒禪師也。〔註86〕

由上述文獻所載內容可見以下四點：第一，故事以常見的夢境方式展開；
第二，此前身傳說特別之處為共敘述五人的夢境，分別為聰禪師、雲庵和尚
與蘇轍三人相同的夢境，以及蘇軾和蘇軾母親二人的夢境；第三，透過夢境
與現實的相互印證，得知五祖戒禪師為蘇軾的前身；第四，由故事內容可知
五祖師戒禪師形貌為眇一目，且於景佑三年（1036）坐化。

〔註84〕宋・惠洪《冷齋夜話》卷七，《全宋筆記》，第二編，冊9，頁64。
〔註85〕宋・沈作喆《寓簡》卷五，《全宋筆記》，第四編，冊5，頁47～48。
〔註86〕宋・宗曉《樂邦遺稿》卷下據李昌齡《樂善錄》而錄（CBETA, T47, no.1969,
　　　　p.247, b10）。

九、宋均國：居和大師

宋均國，宋庠（996～1066）之子〔註87〕，宋代文獻孔平仲《談苑》卷一記載其前身為居和大師：

> 鍾著作生二女，長嫁宋氏，生庠、祁。其季嫁常州薛秀才，生一女為尼，與僧居和大師私焉，亦生一女，嫁潘秀才，潘有子名與稽，今為朝奉大夫。與稽之視居和，乃外祖父也。居和乃以牛黃丸療風疾者也。飲酒食肉，不守僧戒，然用心吉良。每鄉裏疾疫，以藥歷詣諸家，救其所苦，或以錢賙之。薛尼于宋氏，以姊妹親，常至京師。是時，庠為翰林學士，尼還常州，和病革，問尼曰：「京師誰為名族善人者？」尼曰：「吾所出入多矣，無如宋內翰家也。」和曰：「我死則往託生焉。」尼誚曰：「狂僧！宋家郡君已娠矣，安得託生。」和曰：「吾必往也。」既而，和死，人畫一草蟲于其臂。是日，宋家郡君腹痛將娩，祁之妻往視產，見一紫衣僧入室，亟走避之。既而聞兒啼，曰：「急令僧去，吾將視吾姒。」人曰：「未嘗有僧也。」乃知所生子乃和也。既長，形相酷似和，亦好飲酒食肉，隱然有草蟲在其臂，名均國，為絳州太守卒。〔註88〕

故事中所敘述的人物關係為：鍾著作長女嫁宋玘，生宋庠、宋祁二子〔註89〕；二女嫁薛氏，生一女為薛尼，與居和大師私通，故薛尼為宋庠表親。文中並未說明居和大師的身分，筆者亦未查找到居和大師的相關文獻，就此前身傳說的敘述模式而言：首先，描述居和大師不守僧戒、飲酒食肉的特徵；其次，描述居和逝世後託生為宋庠之子時，宋庠妻當日臨盆，並且出現宋祁妻見紫衣僧入室的奇異現象；最後，描述宋均國長大後形貌酷似居和，並且同樣喜好飲酒、食肉，手臂上有與居和相同的草蟲圖案，藉此印證宋均國確實為居和大師轉世。

〔註87〕宋・王珪〈宋元憲公庠忠規德範之碑〉載：「夫人胡氏贈中丞銑之女，封陳國夫人，子男五人，充國，尚書都官郎中，均國，國子博士，其三人蚤卒。」杜大珪編《名臣碑傳琬琰》卷七，《文津閣四庫全書》，第448冊，北京：商務印書館，2006年，葉七下，頁343。

〔註88〕宋・孔平仲《談苑》卷一，《全宋筆記》二編5，頁297～298。

〔註89〕《宋史》卷二百八十四〈宋庠傳〉：「宋庠，字公序，安州安陸人，後徙開封之雍丘。父玘，嘗為九江掾，與其妻鍾禱於廬阜。鍾夢道士授以書曰：『以遺爾子。』視之，小戴禮也，已而庠生。」，頁9590。

十、張商英：李通玄

張商英（1044～1122），字天覺，號無盡居士，蜀州新津人，諡號文忠，《宋史》卷三百五十一〔註90〕載其傳。宋代有其前身為李長者之傳說，見載於何薳《春渚紀聞》卷一：

> 張無盡丞相為河東大漕日，於上黨訪得李長者古墳，為加修治，且發土以驗之。掘地數尺，得一大盤石，石面平瑩，無它銘欵，獨鐫「天覺」二字。故人傳無盡為長者後身。〔註91〕

文中記載張商英曾至河東上黨訪得李長者古墳，因修建整治而掘土得刻有「天覺」二字之石，因此張商英被傳說為李長者的後身。

李長者即李通玄（635～730），號棗柏長者，開元七年（719），隱太原壽陽方山，長年鑽研《華嚴經》，著有《新華嚴經論》四十卷、《華嚴經會釋論》十四卷、《略釋新華嚴經修行次第決疑論》四卷、《略釋》、《釋解迷顯智成悲十明論》等，為唐代華嚴宗名僧，崇寧三年（1104）徽宗賜號「顯教妙嚴長者」。李玄通對於中國華嚴思想影響深遠，具有舉足輕中的地位。〔註92〕張商英與佛教的關係相當深遠，北宋徽宗時期排斥佛教，此時其張商英與禪師論道、研讀佛經，並著《護法論》為佛教辯論。張商英曾與圓悟克勤禪師「劇談華嚴要旨」，並且與報恩禪師談論佛道時言：「華嚴註釋，古人各有所長，如題目七字，大清涼得之妙矣；始成正覺，李長者所具，勤絕佛智，既無盡無量，信乎名句，文字所不能詮。」〔註93〕可見其對《華嚴經》研讀至深。〔註94〕據張商英《略釋新華嚴經修行次第決疑論》卷四下〈決疑論後記〉與〈昭化寺李長者龕記〉載：

> 太原府壽陽方山李長者造論所，昭化院記。元祐戊申（辰）七月，

〔註90〕《宋史》卷三百五十一，頁 11095～11099。

〔註91〕宋‧何薳《春渚紀聞》卷一，《全宋筆記》，第三編，冊 3，頁 178。

〔註92〕請參見邱高興《李通玄佛學思想述評》，中國人民大學，哲學系博士論文，1996年；洪梅珍《李通玄及其華嚴學之研究》，高雄師範大學，國文研究所博士論文，2009 年；許善然《李通玄華嚴思想研究》，中興大學，中國文學研究所博士論文，2019 年。

〔註93〕宋‧曉瑩錄《雲臥紀譚》卷二（CBETA, X86, no.1610, p.678, c4-6）。

〔註94〕關於張商英與佛教關係之研究，請參見黃啟江《北宋佛教史論稿》〈張商英護法的歷史意義〉，臺北：台灣商務印書館，1997 年 4 月初版，頁 359～416；羅凌《無盡居士張商英研究》，第三章〈張商英的佛學修養〉、第四章〈張商英與宋代護法〉，四川大學，文學與新聞學院博士論文，2006 年，頁 46～116。

商英遊五臺山。中夜於祕魔嵒金色光中，見文殊師利菩薩，慨悟時節，誓窮學佛。退而閱華嚴經義疏，汗漫罔知統類。九月出按壽陽，聞縣東三十五里，有方山昭化院，乃長者造論之所，齋戒往謁焉。至則於破屋之下散帙之間，得《華嚴修行決疑論》四卷，疾讀數紙，疑情頓釋。因詰主僧曰：「聖賢游止之地，奚其破落如此耶？」僧曰：「長者坐亡於此山久矣，神之所游，緣之所赴。年穀常熟，而物不疵癘。此方之人，乃相與腥羶乎方山之鬼。莫吾長者之敬，院以此貧。」吾惟古之使者，毀淫祀或多至數千所。即移縣廢鬼祠，置長者像，為民祈福。十月七日治地基，八日白圓光現於山南。……此華嚴事相，表法之大旨也。至於一字含萬法，而普遍一切，其汪洋浩博，非長者孰能判其教，抉其微乎。長者名通玄，或曰唐宗子，又曰滄州人，莫得而詳，殆文殊普賢之幻有也。以開元七年，隱於方山土龕造論。十八年三月二十八日卒，壘石葬於山北，至清泰中，村民撥石，得連珠金骨，扣之如簧。以天福三年再造石塔，葬於山之東七里，今在孟縣境上。說者以伏虎負經，神龍化泉，晝則天女給侍，夜則齒光代燭。示寂之日，飛走悲鳴，白氣貫天，此皆聖賢之餘事，感應之常理，傳所謂修母致子近之矣。〔註95〕

予元祐戊辰奉使河東，行太原縣，謁方山，瞻李長者像，至則荒茅蔽嶺，數十里前後無人煙，有古破殿屋三間，長者堂三間，村僧一名，丐食於縣，未嘗在山。予於破竹經架中得長者《修行決疑論》四卷、《十元六相論》一卷、《十二緣生論》一卷，梵夾如新，從此遂頓悟華嚴宗旨。邑人以予知其長者也，相與勸勉，擇集賢嶺下改建今昭化院。〔註96〕

張商英自述哲宗元祐三年（1088）九月至河東太原方山造訪曾是李長者造論的昭化院，尋獲李通玄的《華嚴修行決疑論》四卷，讀後深感啟發，並協助重建昭化院。文中張商英讚頌李長者對於華嚴思想解讀鞭辟入裡，認為其應是文殊、普賢的化身，對於李長者的景仰之情表露無遺。

〔註95〕唐‧李通玄《略釋新華嚴經修行次第決疑論》卷四下張商英〈決疑論後記〉（CBETA, T36, no.1741, p.1048, c26-p.1049, c13）。

〔註96〕清‧陸耀遹《金石續編》卷十七，〈昭化寺李長者龕記〉，宋五，《續修四庫全書》，第八九三冊，史部，金石類，葉三十四下至三十五上，頁799。

綜合上述列舉文獻可見以下四點：第一，就二則文獻的地理位置而言，《春渚紀聞》的河東上黨與〈決疑論後記〉、〈昭化寺李長者龕記〉太原縣方山位置相符，皆屬北宋時期河東路；第二，《春渚紀聞》記載張商英訪李長者古墳、修墳一事，應為〈決疑論後記〉記載訪昭化院並重建寺院；第三，《春渚紀聞》言修墳時掘得「天覺」二字之石正為張商英之字號，筆者認為應是為塑造張商英確為李長者後身真實性的手法；第四，張商英前身為李長者的傳說，應是二者皆鑽研《華嚴經》共同特點，故而產生此關聯性與想像。筆者認為張商英前身為李長者之傳說，不僅讓張商英的身分充滿奇妙、神異的色彩，亦是對於張商英這位崇佛者的肯定與讚許。

十一、黃庭堅：女子、寒山子

黃庭堅（1045～1105），字魯直，號山谷道人，洪洲分寧人，《宋史》卷四百四十四〔註97〕有其傳。宋代有黃庭堅前身為女子與寒山子兩種前身傳說，以下分別論述：

（一）女子

宋代文獻記載黃庭堅前身為女子，見載於宋代文獻何薳《春渚紀聞》卷一〔註98〕、王日休《龍舒增廣淨土文》卷七「戒禪師後身東坡」〔註99〕以及宗曉《樂邦遺稿》卷下「黃山谷前身誦蓮經婦人」〔註100〕。據何薳《春渚紀聞》卷一載：

> 世傳山谷道人前身為女子，所說不一。近見陳安國省幹云：山谷自有刻石記此事於涪陵江石間。石至春夏為江水所浸，故世未有模傳者。刻石其署言：山谷初與東坡先生同見清老者，清語：坡前身為五祖戒和尚。而謂山谷云：「學士前身一女子，我不能詳語。後日學士至涪陵，當自有告者。」山谷意謂涪陵非遷謫不至，聞之亦似憒憒。既坐黨人，再遷涪陵，未幾，夢一女子語之云：「某生誦《法華經》，而志願復身為男子，得大智慧，為一時名人。今學士某前身也。

〔註97〕《宋史》卷四百四十四，頁13109～13111。

〔註98〕宋・何薳《春渚紀聞》卷一，《全宋筆記》，第三編，冊3，頁178～179。

〔註99〕宋・王日休《龍舒增廣淨土文》卷七「戒禪師後身東坡」（CBETA, T47, no.1970, p.275, b4-b10）。

〔註100〕宋・宗曉《樂邦遺稿》卷下「黃山谷前身誦蓮經婦人」錄自王日休《龍舒增廣淨土文》（CBETA, T47, no.1969B, p.247, c13-c17）。

學士近年來所患腋氣者，緣某所葬棺朽，為蟻穴居於兩腋之下，故有此苦。今此居後山有某墓，學士能啟之，除去蟻聚，則腋氣可除也。」既覺，果訪得之，已無主矣。因如其言，且為再易棺，修掩既畢，而腋氣不藥而除。〔註101〕

文中記載黃庭堅與蘇軾同見清老者，清老言蘇軾前身為五祖戒和尚，而黃庭堅前身為女子，並預言他將至涪陵，而涪陵是貶謫之地，因此對此事疑惑不解。哲宗紹聖元年（1094）黃庭堅為新黨指修神宗實錄多誣，被貶涪州。〔註102〕黃庭堅至涪陵不久便夢一女子言其為黃庭堅前身，因前世誦讀《法華經》，今世得以男身轉世，並言黃庭堅今世所患腋氣之疾，即是因為其墳墓腋下兩處有蟻穴，若為其啟墳清除，腋氣之疾便能去除。夢醒後黃庭堅依照夢中女子所言行事，果真修墳後腋氣便不藥而癒。

此前身傳說以志怪小說的筆法，透過清老者的預言、貶謫涪州、女子託夢與除腋氣之疾四個事件，記載並且驗證黃庭堅前身確實為女了的傳說，讓故事充滿神秘奇幻的色彩。然而文中對於女子的身分並未有明確地說明，僅著重於黃庭堅前身為女性，由佛教的觀點而言，出生為女性是罪報受苦的結果，所以故事中女子須透過誦讀《法華經》的方式才得以轉世為男身。據王日休《龍舒增廣淨土文》卷七「戒禪師後身東坡」言：「聞魯直前世為婦人，誦法華經。以誦經功德故，今世聰明有官職，此隨業緣來者也。」由此可知，此故事雖為記載黃庭堅的前身傳說，但是實際上是藉黃庭堅的前身傳說，宣揚佛教《法華經》的神妙與輪迴轉世的觀念，具有佛教靈驗記的性質。至於黃庭堅前身是否真為女子，而此女子的身分為何者，又是否真有因腋氣之憂而修墳的真實性已並非為重要，這些故事情節僅是使故事更似真實、可信，讓讀者透過故事的流傳認識佛教的義理。

（二）寒山子

黃庭堅前身為寒山子之說，見載於《山谷集》〈戲題戎州作予真〉：「前身寒山子，後身黃魯直。頗遭俗人惱，思欲入石壁。」〔註103〕此詩為黃庭堅貶謫時期所作之戲作詩。

〔註101〕宋·何薳《春渚紀聞》卷一，《全宋筆記》，第三編，冊3，頁178～179。
〔註102〕《宋史》卷四百四十四，頁13110。
〔註103〕宋·黃庭堅《山谷集別集》卷二〈戲題戎州作予真〉，《景印文淵閣四庫全書》，集部九四，臺北：臺灣商務印書館，1986年，葉七上，頁553。

　　寒山，唐代詩僧，隱居於浙江天台山寒巖。與國清寺豐干、拾得為知交，三人號稱「天台三聖」、「三隱」，有《寒山子詩集》〔註104〕，詩作多據佛理誡世、勸善，與王梵志詩風相近，其創造的詩體被稱為「寒山體」，《宋高僧傳》卷十九〔註105〕載其事蹟。詩句中王庭堅自言前身為寒山子，有別於《春渚紀聞》卷一載其前身為女子的傳說，前身對象身分明確，且富有寓意，黃庭堅為臨濟宗黃龍派黃龍祖心法嗣，藉此詩作展現自己與佛禪的因緣，亦透露對自身生命的嚮往，希冀能同寒山子般體悟佛學，學習達摩入石洞面壁靜坐，以清淨自在的心面對這個讓自己挫折、感慨的世界。從詩作中可見他相信佛教的輪迴轉世思想，並且藉此將寒山子視為精神的寄託，此種現象已可見於後代文人作品之中，如《天台三聖詩集和韻》〈序〉：「先進陳木叔自謂寒山後身，因以寒山為號。」〔註106〕言明代陳函輝（1590～1645）自言為寒山子後身，故以寒山為號，為小寒山子。〔註107〕

十二、蔡卞：僧伽侍者木叉

　　蔡卞（1058～1117），字元度，蔡京之弟，王安石之婿，興化仙游人（今福建省仙遊縣），謚號文正，以書法圓健遒美聞名，《宋史》卷四百七十二〔註108〕有其傳。宋代有其前身為僧伽侍者木叉之說，見載於惠洪《冷齋夜話》卷十、魯應龍《閑窗括異志》：

> 蔡元度焚黃餘杭，舟次泗州，病亟。僧伽塔吐光射其舟，萬人瞻仰，中有棺呈露。士大夫知元度不起矣，至高郵而歿。元度生于高郵而歿于此，亦異耳。世言元度蓋僧伽侍者木叉之後身，初以為誕，今乃信然。〔註109〕

> 蔡元度適餘杭，舟次泗州，僧伽吐光射其舟，萬人仰瞻。有按呈露，

〔註104〕唐・釋寒山《寒山子詩集》，域外漢籍珍本文庫編纂出版委員會編《域外漢籍珍本文庫》，集部，第一冊，重慶：西南師範大學出版社；北京：人民出版社，2011年。

〔註105〕宋・贊寧撰、范祥雍點校《宋高僧傳》卷十九，臺北：文津出版社，1991年，頁484～485。

〔註106〕元・梵琦首和、清・福慧重和《天台三聖詩集和韻》〈序〉（CBETA, J33, no.B283, p.395, a6-a7）。

〔註107〕相關研究請參見葉珠紅《寒山詩集論叢》，秀威資訊，2006年9月。

〔註108〕《宋史》卷四百七十二，頁13728～13730。

〔註109〕宋・惠洪《冷齋夜話》卷十，《全宋筆記》，第二編，冊9，頁84。

士大夫知元度不起矣。至高郵而沒世，言元度乃木叉後身云。〔註110〕

由上舉二則文獻可見，文中記述蔡卞返鄉祭祖的途中，經過泗洲（今江蘇淮安一帶）時病情告急，此時當地的僧伽塔射出光芒照於蔡卞之船，並有棺木顯露的現象，行至高郵後蔡卞歿，世人因此異象而傳蔡卞為僧伽侍者木叉的後身。

《冷齋夜話》卷十記載蔡卞返鄉祭祖一事，與《宋史》卷四百七十二載：「政和末，謁歸上冢，道死，年六十，贈太傅，謚曰文正。」〔註111〕相符。而「元度生于高郵而歿于此」與《宋史》記載蔡卞為興化仙游人卻不相符：

▲圖1：北宋福建省興化〔註112〕　　▲圖2：北宋江蘇省興化〔註113〕

上舉圖1為蔡卞出生地，興化與仙游皆屬福建省興化軍一帶，而圖2為《冷齋夜話》所述的江蘇省高郵軍區域亦有興化一地名，筆者推測應是因為福建與江蘇兩地皆有「興化」地名而產生的誤解。

《冷齋夜話》文中所述的泗州僧伽侍者木叉，即指唐代高僧僧伽和尚〔註114〕之弟子木叉，《宋高僧傳》卷十八「唐泗洲普光王寺僧伽傳」載其

〔註110〕宋・魯應龍《閑窗括異志》，《全宋筆記》，第八編，冊4，頁45。
〔註111〕《宋史》卷四百七十二，頁13730。
〔註112〕譚其驤主編《中國歷史地圖集》北宋時期「淮南東路、淮南西路」，上海：地圖出版社，1996年，第六冊，頁32～33。
〔註113〕譚其驤主編《中國歷史地圖集》北宋時期「福建路」，上海：地圖出版社，1996年，第六冊，頁22～23。
〔註114〕僧伽和尚（628～710），蔥嶺北何國人，俗姓何，唐高宗龍朔初年（661）傳法至中國山陽龍興寺，後與弟子至臨淮信義坊求地欲建伽藍，與土時得齊國香積寺古碑與普照王佛像，景龍二年（708）唐中宗賜名為「普照王寺」，景龍四年（710）三月坐化於長安薦福寺，五月唐中宗遣使臣護送僧伽坐化之身於泗州建塔供養，即為僧伽塔。《太平廣記》卷九十六「僧伽大師」、《宋高僧傳》卷十八「唐泗洲普光王寺僧伽傳」有其傳記。唐代謚號「大聖明覺

傳記：

> 弟子木叉者，以西域言為名，華言解脫也。自幼從伽為剃髮弟子，
> 然則多顯靈異。中和四年，剌史劉讓，厥父中丞，忽夜夢一紫衣僧
> 云：「吾有弟子木叉，葬寺之西，為日久矣，君能出之？」仍示其葬
> 所。初夢都不介意，再夢如初，中丞得夢中所示之處，欲施斷之。
> 見有二姓占居，於是饒錢市焉。開穴可三尺許乃獲坐函，遂啟之。
> 於骨上有舍利放光，命焚之，收舍利八百餘顆。表進上僖宗皇帝，
> 勅以其焚之灰塑像，仍賜諡曰真相大師，于今侍立于左，若配饗焉。
> 〔註 115〕

根據上述引文可知：木叉（mokṣa），即解脫之意。劉讓夢見的紫衣僧應為僧
伽和尚，託夢劉讓為弟子木叉掘出坐化之身，後焚之得八百餘顆舍利子，將
其進獻予唐僖宗，並以其骨灰塑像，御賜諡號「真相大師」。

綜合上述所舉文獻，並未見蔡卞與木叉侍者二者具明確的關聯。僅因蔡
卞返鄉行經泗洲時，正好僧伽塔發出的光芒照射在他的船上，又加上因誤解
蔡卞的出生地，而認為其生於高郵卒於高郵的結果，便相信蔡卞為木叉僧人
的後身，未有根據，實屬牽強。

十三、郭宣老：歸宗可宣禪師

郭宣老，郭祥正（1035～1113）之子，生平不詳。宋代文獻《嘉泰普燈錄》
卷三「江州歸宗可宣禪師」〔註 116〕、《五燈會元》卷十二〔註 117〕、《大慧普覺
禪師宗門武庫》〔註 118〕、《大慧普覺禪師語錄》卷上〔註 119〕、《樂邦遺稿》卷
下「宣禪師通郭祥正書求生」〔註 120〕記載其前身為歸宗可宣禪師的傳說。據

普照國師」，宋太宗加諡為「泗州大聖等慈普照明覺國師菩薩」，世稱為泗洲
大聖、泗州佛，僧伽信仰始於唐代，盛行於宋代，關於宋代僧伽信仰請參見
黃啟江《泗洲大聖與松雪道人：宋元社會菁英的佛教信仰與佛教文化》，第
一章〈泗洲大聖僧伽傳奇新論——宋代佛教居士與僧伽崇拜〉，臺北：臺灣
學生書局，2009 年 3 月，頁 13～79。

〔註 115〕 宋・釋贊寧《宋高僧傳》卷十八（CBETA, T50, no.2061, p.823, a24-b6）。
〔註 116〕 宋・正受編《嘉泰普燈錄》卷三（CBETA, X79, no.1559, p.306, b19-c08）。
〔註 117〕 宋・普濟編《五燈會元》卷十二（CBETA, X80, no.1565, p.251, b05-b18）。
〔註 118〕 宋・道謙編《大慧普覺禪師宗門武》（CBETA, T47, no.1998B, p.954, a27-b13）。
〔註 119〕 宋・法宏、道謙編《大慧普覺禪師語錄》卷上（CBETA, X69, no.1362 p.622,
b02-b14）。
〔註 120〕 宋・宗曉《樂邦遺稿》卷下（CBETA, T47, no.1969B, p.246, b03-b19）。

《嘉泰普燈錄》卷三「江州歸宗可宣禪師」載：

> 漢州人也，壯為僧，即出峽，依廣照，一語忽投，羣疑頓，照可
> 之。未幾，令分座。淨空居士郭功甫過門問道，與厚。及師領歸
> 宗，時功甫任南昌尉。俄郡守恚師不為禮，捃甚，遂作書寄功甫
> 曰：「某世緣尚有六年，奈州主抑逼，當棄餘喘，託生公家，願無
> 見阻。」功甫閱書驚喜，且領之。中夜，其妻夢間見師入其寢，
> 失聲曰：「此不是和尚來處。」功甫撼而問之，妻詳以告，呼燈取
> 書示之，相笑不已，遂孕。及生，乃名宣老。朞年，記問如昔。
> 至三歲，白雲端禪師抵其家，始見之，曰：「吾姪來也。」端云：
> 「與和尚相別幾年？」宣倒指曰：「四年矣。」云：「甚處相別？」
> 曰：「白蓮莊上。」云：「以何為驗？」曰：「爹爹、媽媽。」明日
> 請和尚齋，忽聞推車聲，端問：「門外是甚麼聲？」宣以手作推車
> 勢。端云：「過後如何？」曰：「平地兩條溝。」果年六周，無疾
> 而逝。餘語未見所出。〔註121〕

文中記述歸宗宣禪師為漢州人，為臨濟宗瑯琊廣照慧覺法嗣，郭祥正曾向他
問道，二人交情深厚。一日因郡守藉故為難他，便緊急密信郭祥正，信中寫
道自己剩下六年世緣未盡，今日因無奈而無法了盡俗緣，欲來世託生郭家，
遂坐化而去。郭祥正得此書信後相當驚喜，當夜郭妻夢見宣禪師入臥室內，
醒來後便懷有身孕。孩子誕生後便將他命名為宣老，一歲時能對答往昔之事，
三歲時稱白雲端和尚為姪兒，對於白雲端和尚所提有關宣禪師的問題對答無
誤，並展現超出三歲孩童的行為言談，果然方滿六歲時就無疾而逝。

　　關於歸宗可宣禪師的文獻，皆以郭祥正之子前身的形式被記載流傳。由
《嘉泰普燈錄》卷三記載的郭祥正之子前身傳說可見：宣禪師原本應是再修
行六年便了盡塵緣，卻因郡守為難而被迫轉世為郭祥正之子。故事中藉由
宣禪師的信、郭妻之夢、夢後懷孕、孩子對往昔之事對答無誤、超齡的言行
舉止，以及卒於六歲等印證郭祥正之子即為宣禪師轉世。此前身傳說與草堂
和尚為報恩而轉世為曾公亮的原因不同，宣禪師轉世是為了將所餘六年世緣
了卻，完成前世未果之修行，因此轉世為郭祥正之子。故事中郭宣老方滿六
歲便無疾而逝，與宣禪師所言六年世緣相符，由此前身傳說不僅可見佛教輪
迴轉世的觀念，文中郭宣老修完尚餘六年塵緣後便逝世的模式，與道教謫仙

〔註121〕宋·正受編《嘉泰普燈錄》卷三（CBETA, X79, no.1559, p.306, b19-c08）。

傳說中謫期滿而歸返相似。

第二節　道教人物相關之文臣武將前身傳說

　　本節欲探討宋代文獻中北宋文臣武將前身傳說與道教人物相關者，其中共有八位北宋文臣，分別為：楊億（974～1020）、劉沆（995～1060）、富弼（1004～1083）、王素（1006～1073）、韓琦（1008～1075）、蘇軾（1037～1101）、安惇（1042～1104）、蔡京（1047～1126），以及狄青一位武將，共計九位。以下將針對九位北宋文臣武將之前身傳說的內容、表現模式以及前身對象的身分，依人物時代先後分別探討，並且分析其中所蘊含的意義與道教之間的關係。

一、楊億：懷玉山道士、武夷君

　　楊億（974～1020），字大年，建州浦城人，祖籍華陽弘農，治號略縣，以舊籍封號略子，稱號略公，同王若欽等人修《冊府元龜》，為宋代西崑體代表作家，諡文，世稱楊文公，《宋史》卷三百五載其傳〔註122〕。宋代有其前身為懷玉山道士與武夷君之說，以下將依序探討。

（一）懷玉山道士

　　楊億前身為懷玉山道士的傳說，見載於釋文瑩《玉壺清話》卷四〔註123〕、類書《錦繡萬花谷》前集卷十八〔註124〕、謝維新《古今合璧事類備要》前集卷三十二〔註125〕，據釋文瑩《玉壺清話》卷四載：

> 楊大年二十一歲為光祿丞，賜及第。太宗極稱愛。三月，後苑曲宴，未貼職不得預，公以詩貽館中諸公，曰：「聞戴宮花滿鬢紅，上林絲管侍重瞳。蓬萊咫尺無因到，始信仙凡迥不同。」諸公不敢匿，即時進呈。上訝有司不即召，左右以未貼職為封，即日直集賢院，免

〔註122〕《宋史》卷三百五，頁 10079～10084。
〔註123〕宋・釋文瑩《玉壺清話》卷四，《全宋筆記》，第一編，冊 6，頁 118～119。
〔註124〕宋・佚名《錦繡萬花谷》前集卷十八據《玉壺清話》卷四所錄，東京大學東洋文化研究所藏嘉靖十五年序錫山秦汴鏽石書堂刊本後修：漢籍善本全文影像資料庫，編號 C5924800，內容分類：子-類書-彙考-宋，索書號：大木-子部-類書類-31，葉十六下。
〔註125〕宋・謝維新《古今合璧事類備要》前集卷三十二據《玉壺清話》卷四所錄，《文津閣四庫全書》，第 942 冊，葉六，頁 541。

謝，令預曲宴。後修《冊府元龜》，王相欽若總其事，詞臣二十八人
分撰篇序。下詔，須經楊億刪定，方許用之。大年祖文逸，偽唐玉
山令。大年將生，一道士展刺來謁，自稱懷玉山人，冠褐秀爽，斯
須遽失，公遂生。後至三十七為學士，晝寐於玉堂，忽自夢一道士
來謁，亦稱懷玉山故人，坐定，袖中出一誥牒曰：「內翰加官。」取
閱之，其榜上草寫「三十七」字，大年夢中頗驚曰：「得非數乎？」
道士微笑。又曰：「許添乎？」道士點頭。夢中命筆，止添一點為「四
十七」。至其數，果卒。〔註126〕

記載一位自稱懷玉山人的道士拜謁楊家，楊億遂誕世。楊億三十七歲為翰林
學士時，夢見昔日的懷玉山道士，示其寫有「三十七」的誥牒，楊億驚覺此為
其命數，因此拜託道士為其增添歲數，後添為「四十七」，楊億果然享年四十
七歲。楊億祖父夢懷玉山道士之事，亦見載於《宋史・楊億傳》：「楊億字大
年，建州浦城人。祖文逸，南唐玉山令。億將生，文逸夢一道士，自稱懷玉山
人來謁。」〔註127〕。

　　據楊億《武夷新集》卷八〈故信州玉山令府君神道表〉：「府君之任玉山
也，其孫億始生，億將生之少，府君前得吉夢，謂必興吾門。」〔註128〕記載
楊億於祖父任玉山令時出生。就楊億祖父文逸任南唐玉山令的地理位置而言，
玉山位於北宋江南東路信州（今江西省上饒市）東北方，而玉山西北方不遠
處即前身傳說所言的懷玉山〔註129〕，因此可知楊億與懷玉山道士有地緣關係
的連結。而《玉壺清話》卷四與《宋史・楊億傳》二則文獻皆記載楊億聰穎過
人的表現，可見楊億前身為懷玉山道士的傳說，是為解釋其非凡的才華緣於
前身身分之特殊，而命數從「三十七」增添為「四十七」的情節，亦是藉由楊
億仕途成就與生命期限所塑造出的前身驗證手法。

　　（二）武夷君

　　楊億前身為武夷君的傳說，宋代類書《錦繡萬花谷》前集卷十八〔註130〕、

〔註126〕宋・釋文瑩《玉壺清話》卷四，《全宋筆記》，第一編，冊6，頁118～119。
〔註127〕《宋史》卷三百五，頁10079。
〔註128〕宋・楊億《武夷新集》卷八〈故信州玉山令府君神道表〉，《景印文淵閣四庫
　　　　全書》，集部四四，葉十七上，頁449。
〔註129〕參見譚其驤主編《中國歷史地圖集》「兩浙路、江南東路」，上海：地圖出版
　　　　社，1996年，第六冊，頁24～25。
〔註130〕宋・佚名《錦繡萬花谷》前集卷十八載據《詩序》而錄，然筆者目前未能找

謝維新《古今合璧事類備要》前集卷三十二〔註131〕、李昌齡《樂善錄》卷七：「楊文公億前生是武夷」〔註132〕、宗曉《樂邦遺稿》卷下「通紀諸公前身後報」：「西門侍郎楊文公億前身是武夷君。」〔註133〕。據《錦繡萬花谷》前集卷十八載：

> 武夷君化鶴，楊大年初生，母章氏夢羽人，自言武夷君託化。既生，
> 乃一鶴雛，盡室驚駭棄之，江叔父曰：「吾聞間世之人其生必異。」
> 追視之，則鶴蛻而嬰兒具焉，體尚有毳，經月乃落。〔註134〕

文中記載楊億母親夢羽人自言武夷君託生，且楊億出生時形為雛鶴，後轉蛻為嬰兒，身上的鳥獸細毛經一個月後才脫落。據《宋史‧楊億傳》載：

> 楊億字大年，建州浦城人。祖文逸，南唐玉山令。億將生，文逸夢
> 一道士，自稱懷玉山人來謁。未幾，億生，有毛被體，長尺餘，經
> 月乃落。能言，母以小經口授，隨即成誦。七歲，能屬文，對客談
> 論，有老成風。〔註135〕

文中記武夷君為懷玉山道人，並與出生為雛鶴的異象結合，可見《宋史》將楊億前身為懷玉山道人與武夷君的故事錯誤結合。

武夷君，據《雲笈七籤》卷九十六引《武夷山記》載：「武夷君，地官也。」〔註136〕、《歷世真仙體道通鑑》卷四「武夷君」記載武夷君的傳記〔註137〕。據林國平、彭文宇《福建民間信仰》第五章〈道教俗神崇拜〉研究，武夷君信仰先秦時期便流傳於福建地區，其身分之說法有二種：一說為武夷君是神仙，因為修真於武夷山而得名；另一說認為武、夷為彭祖所生的兄弟倆，長子名武，次子名夷。漢代《史記‧封禪書》記載漢武帝遣使者治武夷山以乾魚祭祀之，宋代朱熹〈武夷圖序〉認為武夷君的原型為閩越族的君長。武夷君在漢

出原始資料，故以《錦繡萬花谷》文獻內容為依據，葉十七下。
〔註131〕宋‧謝維新《古今合璧事類備要》前集卷三十二據《詩序》而錄，《文津閣四庫全書》，第 942 冊，葉六，頁 541。
〔註132〕宋‧李昌齡《樂善錄》卷七，葉十二下至十四上，頁 339。
〔註133〕宋‧宗曉《樂邦遺稿》卷下（CBETA, T47, no.1969, p.247, a17）。
〔註134〕宋‧佚名《錦繡萬花谷》前集卷十八，葉十七下。
〔註135〕《宋史》卷三百五，頁 10079。
〔註136〕宋‧張君房《雲笈七籤》卷九十六，《道藏》，太玄部，以字號，冊 22，頁 658。
〔註137〕元‧趙道一《歷世真仙體道通鑑》卷四，《道藏》，洞真部記傳類，鹹字號，冊 5，頁 128。

代以後受神仙思想逐漸成為道教神仙，唐宋以後則多次受到朝廷敕封，而武夷山也因武夷君信仰的影響被後世道士奉為道教三十六小洞天的第十六洞天〔註138〕，名為「真生化玄天」。〔註139〕

　　綜合上述資料探究楊億與武夷君之間的關聯性，楊億為北宋福建路建州浦城人，浦城的西邊即為武夷山〔註140〕，可見二者與前述的懷玉山道人同樣有地緣關係。楊億《武夷新集》卷四〈武夷山〉：「靈嶽標真牒，孤峰入紫氛。藤蘿暗仙穴，猿鳥駭人羣。古道千年在，懸流萬壑分。漢壇秋蘚駁，誰祀武夷君」〔註141〕描寫至武夷山所見的幽靜、斑駁的景象，以及充滿感慨的心情。范仲淹〈楊文公寫真讚〉云：「楊公以武夷之靈，降于我宋。」〔註142〕讚嘆楊億卓然的才智與清雅高潔的風骨，如武夷山的仙靈降生於宋朝，可推論楊億前身為武夷君之說即緣於此，藉以讚揚其才華與性格。

二、劉沆：羅浮山玉源道君

　　劉沆（995～1060），字沖之，吉州永新人，仁宗朝宰相，諡文安，《宋史》卷二百八十五〔註143〕載其傳。宋代文獻記載其前身為羅浮山玉源道君，見載

〔註138〕洞天即指神仙所居之所，皆於名山洞府。據《雲笈七籤》卷之二十七載「三十六小洞天」載：「亦上仙所統治之處也。」、「第十六武夷山洞。周迴一百二十里，名曰真昇化玄天。在建州建陽縣，真人劉少公治之。」，三十六小洞天分別為：第一霍桐山洞、第二東嶽太山洞、第三南嶽衡山洞、第四西嶽華山洞、第五北嶽常山洞、第六中嶽嵩山洞、第七峨嵋山洞、第八廬山洞、第九四明山洞、第十會稽山洞、第十一太白山洞、第十二西山洞、第十三小潙山洞、第十四潛山洞、第十五鬼谷山洞、第十六武夷山洞、第十七玉笥山洞、第十八華蓋山洞、第十九蓋竹山洞、第二十都嶠山洞、第二十一白石山洞、第二十二玉笥山洞、第二十三九疑山洞、第二十四洞陽山洞、第二十五幕阜山洞、第二十六大酉山洞、第二十七金庭山洞、第二十八麻姑山洞、第二十九仙都山洞、第三十青田山洞、第三十一鍾山洞、第三十二良常山洞、第三十三紫蓋山洞、第三十四天月山洞、第三十五桃源山洞、第三十六金華山洞，《道藏》，太玄部，登字號，冊22，頁199。
〔註139〕參見林國平、彭文宇《福建民間信仰》，第五章〈道教俗神崇拜〉，福州：福建人民出版社，1993年，頁240～241。
〔註140〕譚其驤主編《中國歷史地圖集》「福建路」，上海：地圖出版社，1996年，第六冊，頁22～23。
〔註141〕宋・楊億《武夷新集》卷四〈武夷山〉，《景印文淵閣四庫全書》，集部四四，葉十五上，頁448。
〔註142〕宋・范仲淹《范文正集》卷五〈楊文公寫真讚〉，《景印文淵閣四庫全書》，臺北：臺灣商務印書館，1983年，葉28下，頁609。
〔註143〕《宋史》卷二百八十五，頁9605～9608。

於劉斧《青瑣高議》前集卷一〔註144〕、謝維新《古今合璧事類備要》前集卷三十二〔註145〕與陳葆光《三洞群仙錄》卷十三〔註146〕，據劉斧《青瑣高議》前集卷一「玉源道君羅浮山道君後身」載：

> 大丞相劉公，吉州人也。赴舉京師，道過獨木鎮。時天氣晴霽，有老叟坐於道左，曰：「知公赴舉，輒有一聯拜贈，如何？」公忻然曰：「願聞。」叟曰：「今年且跨窮驢去，異日當乘寶馬歸。」公受其句。公曰：「叟何故知吾得意回也？」叟曰：「不惟名利巍峨，又大貴，況公自是羅浮山玉源道君。」公愧謝，叟乃去。〔註147〕

文中描述劉沆進京趕考的路途中，遇一老叟言劉沆前身為羅浮山玉源道君，因此預言其將求得功名、衣錦還鄉。

羅浮山，又名東樵山，為道教「十大洞天」之第七洞天〔註148〕，《雲笈七籤》卷二十七「十大洞天」載：「第七羅浮山洞。周廻五百里，名曰朱明輝真之洞天。在循州博羅縣，屬青精先生治之。」〔註149〕。清代屈大均《廣東新語》卷六「羅浮山神」載：

> 羅浮巍然高大，蓋昌黎所謂最遠而獨為宗，其神必靈者也。考羅浮自安期生始游，而青精先生繼之，故茅君內傳云，羅浮山洞名朱明耀真之天，青精朱靈芝治之。今山中伏虎巖上有朱子庵，蓋青精之所嘗居。青精者，羅浮始開闢之人，故居人稱之曰青精君，而號華子期曰玉源君。子期淮南人，相傳甪裡先生弟子，居羅浮玉源，玉源在分水奧，所謂泉源福地也。〔註150〕

〔註144〕 宋・劉斧《青瑣高議》前集卷一，《全宋筆記》，第二編，冊2，頁18。

〔註145〕 宋・謝維新《古今合璧事類備要》前集卷三十二，內容引自劉斧《青瑣高議》，《文津閣四庫全書》，第942冊，葉十一，頁544。

〔註146〕 宋・陳葆光《三洞群仙錄》卷十三，內容引自劉斧《青瑣高議》，《道藏》，正一部，設字號，冊32，文物出版社、上海書店、天津古籍出版社，1988年3月，頁323。

〔註147〕 宋・劉斧《青瑣高議》前集卷一，《全宋筆記》，第二編，冊2，頁18。

〔註148〕 《雲笈七籤》卷二十七「十大洞天」載：「太上曰：十大洞天者，處大地名山之間，是上天遣群仙統治之所。」，分別為：道教之洞天有十大洞天：第一王屋山洞、第二委羽山洞、第三西城山洞、第四西玄山洞、第五青城山洞、第六赤城山洞、第七羅浮山洞、第八句曲山洞、第九林屋山洞、第十括蒼山洞，《道藏》，太玄部，登字號，冊22，頁199。

〔註149〕 宋・張君房《雲笈七籤》卷二十七，《道藏》，太玄部，登字號，冊22，頁199。

〔註150〕 清・屈大均《廣東新語》卷六，《續修四庫全書》，第734冊，上海：上海古

文中記載羅浮山玉源君為華子期，淮南人，相傳為用裡先生〔註151〕的弟子。

由上述的文獻雖然未見劉沆與羅浮山玉源道君之間的關聯性，然而就前身傳說而言，即是以劉沆為羅浮山玉源道君的特殊身分，宣揚羅浮山玉源道君的信仰，亦解釋其仕途顯達成就的原因，故事以老叟預言的方式呈現，更為此前身傳說增添神秘、奇幻的色彩。

三、富弼：崑臺真人

富弼（1004～1083），原明富皋，字彥國，河南人，仁宗、神宗朝宰相，歷封鄭、韓、祁國公，諡文忠，《宋史》宋史卷三百一十三〔註152〕有其傳。宋代有富弼前身為崑臺真人之傳說，見載於劉斧《青瑣高議》前集卷二〔註153〕、周煇《清波雜志》卷二〔註154〕、李昌齡《太上感應篇》卷六〔註155〕、陳葆光《三洞群仙錄》卷三〔註156〕、曾慥《道樞》卷三十五〔註157〕、朱勝非《紺珠集》卷十一〔註158〕、楊伯嵒類書《六帖補》卷六「人物品題」〔註159〕。據劉斧《青瑣高議》前集卷二「羣玉峯仙籍牛益夢遊羣玉宮」載：

> 進士牛益，萊州人。益少侍親江湘守官。益志意瀟洒，所為俊壯，尤重然諾，平生未嘗輕許人，士君子慕之。求學京師，閉戶罕接人事。

籍出版社，1995 年，據清康熙水天閣刻本影印，原書版框高一七五毫米，寬二六八毫米。葉三下至四上，頁 559～600。

〔註151〕用裡先生：秦末漢初隱士，與東園公、綺里季、夏黃公四人合稱「商山四皓」。

〔註152〕《宋史》宋史卷三百一十三，頁 10249～10257。

〔註153〕宋·劉斧《青瑣高議》前集卷二，《全宋筆記》，第二編，冊 2，頁 22～24。

〔註154〕宋·周煇《清波雜志》卷二，文中載「富韓公崑崙真人」，應為「崑臺真人」才正確，《全宋筆記》，第五編，冊9，頁 24。

〔註155〕宋·李昌齡《太上感應篇》卷六：「富公弼之司崑臺」，《道藏》，太清部，義字號，冊 27，頁 33。

〔註156〕宋·陳葆光《三洞群仙錄》卷三引自劉斧《青瑣高議》前集卷二，此書為道教神仙人物傳記集，《道藏》，正一部，設字號，冊 32，頁 256。

〔註157〕宋·曾慥《道樞》卷之三十五：「崑臺真人，世傳富文忠公為崑臺真人。」，《道藏》，太玄部，美字號，冊 20，頁 793。

〔註158〕宋·朱勝非《紺珠集》卷十一：「崑台真人，富鄭公。」，此書為編百家小記而成，《文津閣四庫全書》，第 874 冊，北京：商務印書館，2006 年，葉二十二上，頁 700。

〔註159〕宋·楊伯嵒《六帖補》卷六：「崑臺真人，富鄭公自稱。」，《文津閣四庫全書》，第 951 冊，北京：商務印書館，2006 年，葉五下，頁 772。

一日，出都東門，息柳陰下。忽然困息，若暴疾，乃依古柳而坐。俄若寐，若飛神魂，至一處，高門大第，朱楹碧檻，房殿勢連霄漢。益詢問吏：「此何官觀？」吏云：「羣玉宮也。」益謂吏曰：「居此官者何人也之為？」吏曰：「此官載神仙名籍。」益平日好清虛，懇求吏入宮，吏曰：「常人不可往。」益坐門，少選有乘馬而至，吏迎候甚恭。下馬，益熟視，乃故人吳內翰臻。益喜，拜公：「久睽闊，幸此相遇，公去世，今居此乎？」公曰：「吾掌此官。」益云：「聞此宮皆神仙名氏，可一見乎？」公曰：「子志意甚清，加之與吾有舊，吾令子一見，以消罪戾。」公令益執其帶，則可同往；不然，不可也。益執公帶，步過三門，方見大殿九楹，堂高數丈，殿上皆大碑，壁蒙以絳紗。公命益立砌下，公升殿舉紗，益望之，白玉為碑，朱書字其上，則朱書大字云：「中州大仙籍。」其次皆名氏，其數不啻數千。其中惟識數人，他皆不知也。所識者乃丞相呂公夷簡、丞相李公迪、尚書余公靖、龍圖何公中立而已。

乃下殿與益在一小室閒話。益曰：「天仙之詳，可得聞乎？」公曰：「自有次序，真人而上，非子可知也。道君次真人，天仙次道君，地仙次天仙，水仙次地仙，地上主者次水仙。率皆正功行進補，方遞昇仙陛。」益曰：「所見者皆當世之公卿，何也？」公曰：「今世之守令亦異於常，況公相登金門，上玉堂，日與天子謀道者乎？此固非常人能至其地也。」益曰：「今見居乎世卿相，率皆仙乎？」公曰：「十中八九焉。」益曰：「丞相富公弼，高臥伊洛，國之元老，豈其仙乎？」公曰：「富公自是崑臺真人，況有壽，九十三歲方還崑府。」〔註160〕

記載進士牛益夢遊至羣玉宮，並於此得知富弼為崑臺真人的特殊身分，文末載富弼九十三歲回崑府，對照其實際享壽八十歲（1004～1083），並不相符，且文獻並未說明崑臺真人的身分。

從《道藏》中載「崑臺」的文獻可知其為地點，推測應是指神仙居住的地方，而「真人」即指修真得道的仙人，為修道者修練的目的。雖然從文獻中無法得知富弼與崑臺真人之間的關聯，但是由記載此前身傳說的文獻可知，

〔註160〕宋・劉斧《青瑣高議》前集卷二，《全宋筆記》，第二編，冊2，頁22～24。

此說於宋代相當盛行，認為富弼即崑臺真人；而從《青瑣高議》載：「益曰：『今見居乎世卿相，率皆仙乎？』公曰：『十中八九焉。』」可見其塑造宋代眾臣多為仙官的形象，因此藉由富弼的名譽與聲望，宣揚道教信仰。

四、王素：玉京黃闕西門侍郎

　　王素（1006～1073），字仲儀，開封人，王旦季子，天聖五年（1027）賜進士出身，官至工部尚書，謚懿敏，《宋史》卷三百二十〔註161〕載其傳。宋代有王素前身為玉京黃闕西門侍郎，見載於阮閱《詩話總龜》前集卷三十三〔註162〕、江少虞《事實類苑》卷四十六〔註163〕、李昌齡《樂善錄》卷七〔註164〕、謝維新《古今合璧事類備要》前集卷三十二「金闕侍郎」〔註165〕、《樂邦遺稿》卷下「通紀諸公前身後報」〔註166〕。據阮閱《詩話總龜》前集卷三十三載：

> 待制王公素仲儀任御史日，嘗夢至玉京，黃闕殿上有紺服翠冠者曰：「吾東門侍郎，公則西門侍郎也。昔以奏牘玉帝前，語傷鯁訐，遂責於世。」公夢回題詩於書窗曰：「似去華胥國裡來，雲霞深處見樓臺。月光冷射雞窗急，驚覺游仙夢一廻。」公晚歲復思玉京之夢，作詩曰：「虛碧中藏白玉京，夢魂飛入黃金城。何時再步烟霄外，皓齒仙童已掃廳。」〔註167〕

〔註161〕《宋史》卷三百二十，頁 10402～10405。

〔註162〕宋·阮閱《詩話總龜》前集卷三十三，據元·方回《桐江集》卷七「漁隱叢話考」：「《詩總》舊本，余求之不能得，今所謂《詩話總龜》者，刪改閬休舊序，合《古今詩話》與《詩總》，添入諸家之說，名為《總龜》。」，《景印文淵閣四庫全書》，集部七六六，臺北：臺灣商務印書館，1986 年，葉三上、下，頁 562。

〔註163〕宋·江少虞《事實類苑》卷四十六，《新雕皇朝類苑》，子部，冊 9，葉七，頁 650。

〔註164〕宋·李昌齡《樂善錄》卷七：「王待制素前生是玉京黃闕西門侍郎。」，葉十二下至十四上，頁 339。

〔註165〕宋·謝維新《古今合璧事類備要》前集卷三十二「金闕侍郎」引《古今詩話》而錄，現應載於宋·阮閱《詩話總龜》，《文津閣四庫全書》，第 942 冊，葉十一，頁 11。

〔註166〕宋·宗曉《樂邦遺稿》卷下據李昌齡《樂善錄》而錄（CBETA, T47, no.1969, p.247, a17）。

〔註167〕宋·阮閱《詩話總龜》前集卷三十三，《景印文淵閣四庫全書》，集部七六六，臺北：臺灣商務印書館，1986 年，葉三，頁 562。

文中記載王素夢至天帝居所玉京黃闕，一位身著紺服戴翠冠者謂昔日王素為
西門侍郎，因為直言不諱進諫而冒犯了玉帝，故被謫降於人間。《詩話總龜》
應是收錄王素詩作而記載王素前身為京黃闕西門侍郎傳說，二首詩言及「華
胥國」、「游仙夢」、「玉京」皆指仙境，即王素夢遊仙境後所作的遊仙詩。

故事中記載的道教神仙官職與人間官僚體制相近，王素為謫降人間的仙
人，被貶謫之因，正與其慶曆年間任諫官，直諫仁宗財政用度應從簡、勸阻
仁宗納王德用進美女等事蹟相對應，可見此前身傳說欲彰顯其政治表現。然
而就王素私下生活的表現而言，其豪奢貪色的陋習亦頗受非議，據黃震《黃
氏日抄》卷五十「王懿敏素」云：

> 公文正公子，起少年，慷慨論天下事，號「獨擊鶻」，帥西邊，吏士
> 驩呼，冠不敢犯，公固偉人也。然公平生淫侈，蓄聲妓誇客，乃必
> 欲其君逐女口。古稱無諸己而後非諸人，況於君耶？〔註168〕

作者肯定王素耿直剛毅的政治才能，但是批評其私下生活與政治表現不符，
因此謂王素「無諸己而後非諸人」。可見前身傳說與史傳所記載的王素，皆著
重描寫其政治上，勇於犯言直諫的表現，卻疏於記載其真實的處世性格，然
筆者認為，誠如本章第一節討論的寇準，雖然性格的缺失為人詬病，但是他
們的政治貢獻亦不可抹滅。

五、韓琦：紫府真人、玉華真人侍者

韓琦（1008～1075），字稚圭，號贛叟，相州安陽人，天聖五年（1027）
中進士，任仁、英、神宗三朝宰相，英宗治平二年（1065）封魏國公，諡忠
獻，《宋史》卷三百一十二〔註169〕有其傳。宋代有韓琦前身為紫府真人與玉
華真人侍者二種傳說，以下將依序探討。

（一）紫府真人

關於韓琦為紫府真人的文獻，依照內容記載的時間可細分為三類：第一
類為未明確記載事件的時間，有劉斧《青瑣高議》前集卷一〈紫府真人記〉
「殺黿被訴於陰府」〔註170〕、張師正《括異志》卷一「大名監埽」〔註171〕、

〔註168〕宋‧黃震《黃氏日抄》卷五十，《全宋筆記》，第十編，冊10，頁25～26。
〔註169〕《宋史》卷三百一十二，頁10221～10232。
〔註170〕宋‧劉斧《青瑣高議》前集卷一，《全宋筆記》，第二編，冊2，頁16～17。
〔註171〕宋‧張師正《括異志》卷一「大名監埽」，《全宋筆記》，第八編，冊9，頁282
～283。

趙與時《賓退錄》卷六〔註172〕、陳葆光《三洞群仙錄》卷五〔註173〕、楊伯嵒
《六帖補》卷六「人物品題」〔註174〕、朱勝非《紺珠集》卷十一〔註175〕；第
二類為事件發生於韓琦在世時，有《玄天上帝啟聖錄》卷五「鄭箭滅龜」〔註
176〕、李昌齡《樂善錄》卷三〔註177〕、陳伀《太上說玄天大聖真武本傳神咒
妙經註》卷二〔註178〕；第三類為事件發生於韓琦薨世後〔註179〕，有王巖叟
《忠獻韓魏王家傳》卷十〔註180〕、蔡絛《鐵圍山叢談》卷五〔註181〕、周煇
《清波雜志》卷七〔註182〕、江少虞《事實類苑》卷六十九〔註183〕、葉夢得
《避暑錄話》卷上〔註184〕、李昌齡《太上感應篇》卷十〔註185〕。三種內容記
載不同時間的傳說，第二種類型可解釋為韓琦前身為紫府真人，而第三種類
型則說明韓琦逝世後成為紫府真人。三種類型的故事內容大致相近，如劉斧
《青瑣高議》前集卷一〈紫府真人記〉「殺黿被訴於陰府」載：

　　右侍禁孫勉受元城埽。岸上一埽多墊陷，頗費工役材料，勉深患之。

〔註172〕宋・趙與時《賓退錄》卷六，《全宋筆記》，第六編，冊10，頁85。
〔註173〕宋・陳葆光《三洞群仙錄》卷五，《道藏》，正一部，設字號，冊32，頁265。
〔註174〕宋・楊伯嵒《六帖補》卷六，葉五下，頁772。
〔註175〕宋・朱勝非《紺珠集》卷十一，葉二十二上，頁700。
〔註176〕宋・佚名《玄天上帝啟聖錄》卷五「鄭箭滅龜」，記載事件時間為「天聖二
　　　　年八月十四日」，《道藏》，洞神部記傳類，流字號，冊19，頁604。
〔註177〕宋・李昌齡《樂善錄》卷三，記載事件時間為「慶曆八年」，葉四下至五下，
　　　　頁229～300。
〔註178〕宋・陳伀集《太上說玄天大聖真武本傳神咒妙經註》卷二，記載事件時間為
　　　　「熙寧二年己酉歲秋」，《道藏》，洞神部玉訣類，陰字號，冊17，頁109。
〔註179〕宋神宗熙寧八年（1075）之後。
〔註180〕宋・王巖叟《忠獻韓魏王家傳》卷十，記載事件時間為「公薨後歲餘」，《續
　　　　修四庫全書》，第550冊，上海：上海古籍出版社，1995年，據北京圖書館
　　　　藏明正德九年張士龍刻本影印，原書版框高一七二毫米，寬二四七毫米，葉
　　　　十五下至十六下，頁120～121。
〔註181〕宋・蔡絛《鐵圍山叢談》卷五，文獻中記載王老志言：「紫府真人，實陰官
　　　　之貴，匪天仙。魏公功德茂盛，近始陞諸天矣。」，《全宋筆記》，第三編，
　　　　冊9，頁227。
〔註182〕宋・周煇《清波雜志》卷七，記載事件時間為「熙寧中」、「政和間」，《全宋
　　　　筆記》，第五編，冊9，頁84。
〔註183〕宋・江少虞《事實類苑》卷六十九，記載事件時間為「熙寧十年四月初」，
　　　　《新雕皇朝類苑》，子部，冊10，葉三下至五上，頁62～63。
〔註184〕宋・葉夢得《避暑錄話》卷上，記載事件時間為「元豐間」，《全宋筆記》，
　　　　第二編，冊10，頁239～240。
〔註185〕宋・李昌齡《太上感應篇》卷十，記載韓琦「身沒之後，今為紫府真人」，
　　　　《道藏》，太清部，義字號，冊27，頁52～53。

乃詢塆卒：「其故何也？」卒曰：「有巨黿，穴於其下。茲塆所以壞也。」勉云：「其黿可得見乎？」卒答以：「平日黿居塆陰，莫得見也。或天氣晴，以黿出水上，或近洲曝背，動經移時。」勉曰：「伺其出，報我。我當射殺之，以絕塆害。」他日，卒報曰：「出矣。」勉馳往觀之。於時雨霽日上，氣候溫煦，黿於沙上迎日曝背。目或開或閉，頗甚舒適。勉蔽於柳陰間，伺其便，連引矢射之。正中其頸，黿匍匐入水。後三日，黿死於水中，臭聞遠近。

勉一日晝臥公宇，有一吏執書召勉，勉曰：「我有官守，子召吾何之？」吏曰：「子已殺黿，今被其訴，召子證事。」勉不得已，隨之行。若百里，道左右宮闕甚壯，守衛皆金甲吏兵。勉詢吏曰：「此何所也？」吏曰：「此乃紫府真人宮也。」勉曰：「真人何姓氏？」曰：「韓魏公也。」勉私念：向蒙魏公提拂，乃故吏，見之求助焉。乃祝守門吏入報，少選，引入。勉望魏公坐殿上，衣冠若世間嘗所見圖畫神仙也，侍立皆碧衣童子。勉再拜立，公亦微勞謝，云：「汝離人世，當往陰府證事乎？」勉曰：「以殺黿被召。」乃再拜曰：「勉久蒙拂持。今入陰獄，慮不得回，又恐陷罪，望真人大庇。」又懇拜。魏公顧左右，於東廡紫襆架中，取青囊中黃誥，公自視之。傍侍立童讀誥曰：「黿不與人同。黿百餘歲，更後五百世，方比人身之貴。」勉曰：「黿穴殘塆岸，乃勉職也。」公以黃誥示勉，公乃遣去。勉出門，見追吏云：」「真人放子，吾安敢攝也。」乃去。一青衣童送勉至家，童呼勉名，勉乃覺。〔註186〕

內容即敘述韓琦故吏孫勉為維護堤防，射殺破壞堤岸的巨黿，因此被控訴而藉由夢境進入冥府，並且揭示韓琦為紫府真人的特殊身分，後在紫府真人的幫助下，免罪獲釋。而李昌齡《太上感應篇》卷十、《玄天上帝啟聖錄》卷五「鄭箭滅龜」、陳伀《太上說玄天大聖真武本傳神咒妙經註》卷二則藉韓琦前身傳說宣揚真武顯聖的靈驗故事，如《玄天上帝啟聖錄》卷五「鄭箭滅龜」：

北京大名府，天聖二年八月十四日，黃河燥口壩捲頓破，燥水打壞，軍民卒難。救捲時，提轄官通判華惇臣等，前去相驗，燥壩基址巖穴下，有一黑殼大龜，兩目俱紅，若或浮起，其浪湍急，壩索衝斷。

〔註186〕宋・劉斧《青瑣高議》前集卷一，《全宋筆記》，第二編，冊2，頁16～17。

遂具中留守司。後因宰相衛公韓琦，守鎮北京，隨行有指使鄭圭巡
轄，因到燥口，其龜復出為患。鄭圭往看，委是水怪，情知容易除
滅，圭備朝服弓箭，焚香禱告天曹，一箭果中其龜，仰落巖下，波
浪不起。兵夫修垮完備。至天聖三年正月三日，鄭圭風涎候起，卒
死於癬宇。經兩日，還魂往見留守衛公云：圭被鬼使二人前來，云：
閻羅王急喚鄭圭，不合射殺黃河燥口五百年龜精。今負冤來訴，急
要證對。及檢交籍，鄭圭壽祿未盡，又令二鬼押去。過一山下，見
立一早旗，隊仗紛紜，圭問：此是何處？鬼卒曰：是下界風坏囉山，
常有天真到此，校量三界事務。圭遙望隊仗問，見石上坐者，乃是
陽間供養真武。圭趨進唱喏，真武降言：汝陽間人，安得到此。鬼
使具述事因。真武云：韋閻羅行事躁急，不詳真偽。其龜是西蕃夢
雲城苑州土地，昔被先朝師父陳忠元破苑州，城隍驅牒，其神蒙天
符，遣往鄭都，為黃河第四燥砂水土地，屬北蕃卓州。因在彼，則
別無供賽，遂化為妖龜，隨水而上，至大宋界北京黃河第七燥，翻
壩捲，損壞軍民，計一萬來口。天道不容，合為鄭圭一箭射死。況
地府未憑天文制勳施行，令符吏懷吾足前小龜，同鄭圭及二鬼卒，
返見韋閻羅。若鬼妖亂有抵對，即令符吏放出小龜，仍告於地府，
其鄭圭壽祿未終，兼圭主人，宰相衛公韓琦，乃是紫府真人，見判
北京，他日寶登，慮為不便。言訖，圭拜辭，即隨符吏鬼使至陰府，
果見鐵籠罩其大龜，左肋帶一箭，呻吟銜冤。二鬼使具言真武教旨。
是時，閻王既聞，即下殿仰空頂戴，遂急令檢到制勳，指實虛牽情
罪，合加所犯，墮於江海，為推潮運砂，四足無名水獸，無形餓鬼。
其妖龜猶作人言，要與鄭圭執對。符吏於懷中取出小龜，放金色光
一道，置於妖龜之前，妖龜被光芒爍射為一塊，更不轉動，被聖龜
挾散於虛空中，化為微塵。鄭圭因此還魂。韓衛公為避紫府真人之
號，以致兵馬鈐轄王琮，通判華惇臣等，同狀保奏。續降朝旨，下
北京於黃河垜口，置立護國真武殿，建醮立碑。仍與鄭圭陞轉一資，
及賜衛公韓琦寶登堂額，仍許隨行所至名館。〔註187〕

文中所記載的內容，相較於其他文獻有四點差異：第一，孫勉的角色變成鄭

〔註187〕宋・佚名《玄天上帝啟聖錄》卷五「鄭箭滅龜」，《道藏》，洞神部記傳類，
　　　　流字號，冊19，頁604。

圭；第二，精怪則由黿變為龜；第三，入冥方式從夢境轉為死而復生；第四，故事原本主要敘述韓琦為紫府真人的特殊身分，變為藉前身傳說見證、彰顯真武護國神威的靈驗事蹟。

《道藏》中有關「紫府真人」的文獻共十則〔註188〕，其中五則記載韓琦為紫府真人的傳說，如：宋代陳伭《太上說玄天大聖真武本傳神咒妙經註》卷二〔註189〕、李昌齡《太上感應篇》卷十〔註190〕、《玄天上帝啟聖錄》卷五「鄭箭滅龜」〔註191〕、陳葆光《三洞群仙錄》卷五〔註192〕，元代苗善時《純陽帝君神化妙通紀》卷四〔註193〕，另外五則文獻並未見紫府真人的身分。

（二）玉華真人侍者

蔡絛《鐵圍山叢談》卷五〔註194〕、周輝《清波雜志》卷七〔註195〕文獻中不僅記載韓琦逝世後為紫府真君，亦記載其前身為玉華真人侍者：

> 老王先生老志，道人前事未來者，凡有幾，罔不中。韓文公粹彥，吾妻父也。嘗得其手字曰：「憑取一真語，天官自相尋。」不月餘，自工部除禮部侍郎。小天一日命吾紹介，往見之。老志喜，即語小天曰：「紫府真人。」小天亦疾應曰：「先公魏國薨後，有家吏孫勔日主灑掃，因射大黿死被追，故有紫府真人事。或書於《青瑣》小說不謬也。」老志又曰：「紫府真人，實陰官之貴，匪天仙。魏公功德茂盛，近始陞諸天矣。其初玉華真人下侍者也。」小天疾應曰：

〔註188〕宋代張君房《雲笈七籤》卷六、陳伭《太上說玄天大聖真武本傳神咒妙經註》卷二、李昌齡《太上感應篇》卷十、《玄天上帝啟聖錄》卷五「鄭箭滅龜」、陳葆光《三洞群仙錄》卷五，金代王處一《雲光集》卷一、卷二、于道顯《離峰老人集》卷上，元代苗善時《純陽帝君神化妙通紀》卷四，明代《道法會元》卷一百八十八。

〔註189〕宋·陳伭集《太上說玄天大聖真武本傳神咒妙經註》卷二，《道藏》，洞神部玉訣類，陰字號，冊17，頁109。

〔註190〕宋·李昌齡《太上感應篇》卷十，《道藏》，太清部，義字號，冊27，頁52～53。

〔註191〕宋·佚名《玄天上帝啟聖錄》卷五「鄭箭滅龜」，《道藏》，洞神部記傳類，流字號，冊19，頁604。

〔註192〕宋·陳葆光《三洞群仙錄》卷五，《道藏》，正一部，設字號，冊32，頁265。

〔註193〕元·苗善時《純陽帝君神化妙通紀》卷四，《道藏》，洞真部記傳類，帝字號，冊5，頁717。

〔註194〕宋·蔡絛《鐵圍山叢談》卷五，《全宋筆記》，第三編，冊9，頁227。

〔註195〕宋·周輝《清波雜志》卷七，《全宋筆記》，第五編，冊9，頁84。

「乃玉華真人下侍者也。」二人相語，即悴喽同時。吾大為之駭。
小天徐語吾及老志曰：「先公晚在鄉郡，但寢與食外，朝夕惟處道室
中靜默，有獨坐至夜分者。未薨之前，遂自悟其身乃玉華真人下侍
者也。」時吾歎息不已，而老志喜色自布宅。此事獨吾得久矣，恨
世猶未知也。仰惟魏忠獻王全德祐世，為本朝宗臣第一，然其始也，
一真人下侍者而已。今人動自負道家真伯，釋氏果位，恐悉過矣。
得不勉旃！〔註196〕

熙寧中，侍禁孫勉，監澶州堤，見一黿自黃河順流而下，射殺之，
繼而暴卒。入冥為黿訴，當償命。殿上主者乃韓魏公，勉實故吏，
乃再三求哀。公教乞檢房簿，既至陰府，如所教，以尚有壽十五年，
遂放還。《韓魏公別錄》所書，其略如此。《魏公家傳》則云：右侍
禁孫勉，監元城埽，埽多墊陷，費工料。勉詢知有巨黿穴其下，乃
伺出射殺之。數日，勉方晝臥，為吏追去：「有黿訴，當往證之。」
既至一宮闕，守衛甚嚴，吏云：「紫府真人宮也。」勉仰視，真人乃
韓魏公也。亟俯伏訴。公微勞之曰：「汝當往陰府證事乎？」勉述殺
黿事。公取黃誥示之，謂曰：「黿不與人同，彼害汝埽，殺之，汝職
也。」遣之使去，出門遂寤。事既播揚，神皇謂輔臣曰：「聞說韓琦
為真人事否？」皆曰：「未之聞也。」上具道所以，咨嗟久之。」二
說不同，當以《家傳》為正。又一說：政和間，方士王老志語公之
子吏部侍郎粹彥曰：「紫府真人乃陰官之貴，未為天仙。」又云：「公
亦嘗為十華真人下侍者。」粹彥曰：「然。」〔註197〕

文中首先介紹王老志能準確道出對方的前事與未來的神奇能力，接著描述王
老志的預言與韓琦五子韓粹彥的驗證對話，透露韓琦卒後為紫府真人，且其
前身為玉華真人侍者。

《道藏》中有關「玉華真人」的文獻有六則〔註198〕，「十華真人」有二

〔註196〕宋・蔡絛《鐵圍山叢談》卷五，文中「玉華真人」亦有其他版本並記為「十
　　　　華真人」，《全宋筆記》，第三編，冊9，頁145～146、227。
〔註197〕宋・周煇《清波雜志》卷七，《全宋筆記》，第五編，冊9，頁84。
〔註198〕《上清高上龜山玄籙》、《上清洞真天寶大洞三景寶錄》卷下、《上清元始變
　　　　化寶真上經九靈太妙龜山玄籙》卷下、唐・杜光庭《太上洞淵三昧神呪齋懺
　　　　謝儀》、元・林靈真《靈寶領教濟度金書》卷一百二十九、卷一百八十二。

十則〔註199〕，內容包含書符籙伏魔之法、齋醮科儀、懺罪解冤等，其中《太上洞淵三昧神呪齋懺謝儀》與《靈寶領教濟度金書》載玉華真人屬十方懺儀中的東北方〔註200〕，《無上黃籙大齋立成儀》載上清十華真人屬醮筵聖位總三百六十位中左列第二班醮位，上界醮位，六十第三等。〔註201〕

據《宋史·韓琦傳》載：

> 益、利歲饑，為體量安撫使。異時郡縣督賦調繁急，市上供綺繡諸物不予直，琦為緩調躬給之，逐貪殘不職吏，汰冗役數百，活飢民百九十萬。

> 琦蚤有盛名，識量英偉，臨事喜慍不見于色，論者以重厚比周勃，政事比姚崇。其為學士臨邊，年甫三十，天下已稱為韓公。嘉祐、治平間，再決大策，以安社稷。當是時，朝廷多故，琦處危疑之際，知無不為。或諫曰：「公所為誠善，萬一蹉跌，豈惟身不自保，恐家無處所。」琦歎曰：「是何言也。人臣盡力事君，死生以之。至於成敗，天也，豈可豫憂其不濟，遂輟不為哉。」聞者愧服。在魏都久，遼使每過，移牒必書名，曰：「以韓公在此故也。」忠彥使遼，遼主問知其貌類父，即命工圖之，其見重於外國也如此。

> 論曰：琦相三朝，立二帝，厥功大矣。當治平危疑之際，兩宮幾成嫌隙，琦處之裕如，卒安社稷，人服其量。歐陽脩稱其「臨大事，決大議，垂紳正笏，不動聲色，措天下於泰山之安，可謂社稷之臣」。

> 豈不信哉！〔註202〕

可見韓琦勤政愛民、盡忠職守、治國安邦的人格特質與政治才能，不論是當

〔註199〕 《太上導引三光九變妙經》、《太上洞玄靈寶業報因緣經》卷六、《太上靈寶朝天謝罪大懺》卷一、元·衛琪《玉清無極總真文昌大洞仙經註》、林靈真《靈寶領教濟度金書》卷二、卷八十四、卷八十九、卷九十、卷九十一、卷九十二、卷九十三、卷九十四、卷九十五、卷九十八、卷三百一十九、《玉籙資度解壇儀》、宋·蔣叔輿《無上黃籙大齋立成儀》卷八、卷三十八、《太上慈悲道場消災九幽懺》卷十、宋·張君房《雲笈七籤》卷一百二十一。

〔註200〕 唐·杜光庭《太上洞淵三昧神呪齋懺謝儀》，《道藏》，洞玄部，威儀類，化字號，冊9，頁829、元·林靈真《靈寶領教濟度金書》卷一百八十二，《道藏》，洞玄部，威儀類，拱字號，冊7，頁795。

〔註201〕 宋·蔣叔輿《無上黃籙大齋立成儀》卷三十八，《道藏》，洞玄部，威儀類，白字號，冊9，頁598。

〔註202〕 《宋史》卷三百一十二，頁10221～10232。

時的宋朝或外族的官員皆給予崇高的評價。清代王夫之《宋論》卷四云：

> 韓公之才，磊落而英多，任人之所不能任，為人之所不敢為，故秉
> 正以臨險阻危疑之地，恢乎其無所疑，確乎其不可拔也。而於纖悉
> 之條理，無曲體求詳之密用。是故其立朝之節，直以伊、周自任，
> 而無所讓。〔註203〕

肯定韓琦在政治上的作為與貢獻。綜合上述文獻可得以下四點：第一，由記
載韓琦前身為紫府真人的文獻，可見其藉前身傳說解釋並塑造韓琦人神合一
的形象，以彰顯其卓然的政治才能；第二，由記載韓琦前身為玉華真人侍者
的文獻，可見因為韓琦今生潛心修道的作為，故得以晉升成為紫府真人，不
僅展現道教神仙階級的樣貌，更是肯定韓琦今世的修習；第三，不論文獻記
載紫府真人為韓琦的前身或後身，皆可透過文獻對於韓琦形象的描述與塑造，
見出韓琦於宋代人們心目中的崇高地位。第四，藉韓琦前身為紫府真人的傳
說，以驗證、宣揚真武的靈驗故事，益加彰顯韓琦與真武護國安邦相近的形
象。

六、狄青：真武

　　狄青（1008～1057），北宋名將，字漢臣，汾州西河人，諡武襄，《宋史》
卷二百九十〔註204〕載其傳。宋代有其前身為真武的傳說，見載於孫升《孫公
談圃》卷上〔註205〕、周煇《清波雜志》卷二〔註206〕、《玄天上帝啟聖錄》卷
二「馬前戲躍」〔註207〕：

> 儂智高陷邕州，狄青討之，列軍陣城下。智高大宴城頭，鼓吹振作。
> 一人衣道服，罵官軍。有善射者，一矢斃之。青隨行倚河東王簡子
> 為先鋒，勇甚，為鑣所殺。青見之，汗出如雨。世言青真武神也。
> 〔註208〕

　　向在建康，於鄰人狄似處見其五世祖武襄公收儂智高時所帶銅面具

〔註203〕清・王夫之《宋論》卷四，頁95。
〔註204〕《宋史》卷二百九十，頁9718～9722。
〔註205〕宋・孫升《孫公談圃》卷上，《全宋筆記》，第二編，冊1，頁147。
〔註206〕宋・周煇《清波雜志》卷二，《全宋筆記》，第五編，冊9，頁25。
〔註207〕宋・佚名《玄天上帝啟聖錄》卷二「馬前戲躍」，《道藏》，洞神部記傳類，
　　　　流字號，冊19，頁583。
〔註208〕宋・孫升《孫公談圃》卷上，《全宋筆記》，第二編，冊1，頁147。

及所佩牌，上刻真武像。世言武襄乃真武神也。〔註209〕

蓋天帥真武，即凡降世，佐助狄青行軍，剪除西蕃李繼遷、趙元昊兵寇二百萬，南蠻儂智高山虜十萬。瓦狄青有神賜面衣，遂若真武之貌，前後勝敵，盡屬真武附助。因詢歷聞奏，遂賜狄青以下免罪，許令赴嘉德廣鎮殿。真武現，一行共二十八人，各帶銅黃面具，被髮，紅綵裹額，身掛介胄，著昏黑背子，銑足，手執衙刀，跨馬擺列。公卿而下，少辨真偽，惟宰相韓琦并御覽於馬上，一人光偉悠悠，馬前有青龜赤蛇，戲躍在地，移刻不見。退後，狄青易服色朝謝。奉聖旨，令問狄青，適在甚位。立馬奏云：在右廂第十人，已副聖情，見現光相之位。因此致齋建醮，願請真武降現。取至和二年五月五日，起建壇醮道場。其日，家神堂有一赤蛇，長二尺四寸，時出堂門蟠躍，殿使用盤合收盛進，上復送還殿。當時，如電閃爍，其殿鳴響，或變黑霧，祇聞暴雷一聲，其蛇不見。〔註210〕

上舉三則文獻中，第一則文獻描述仁宗皇祐四年（1052），狄青於邕州討伐儂智高時驍勇善戰的表現，因此認為其前身為真武；第二則文獻則是透過描繪狄青曾於戰場上佩戴過的面具與佩牌，上刻有真武像，以證實其前身為真武；第三則文獻將狄青於戰場上英勇的表現，解釋為真武顯聖下凡，幫助軍隊剪除西蕃李繼遷、趙元昊兵寇二百萬與南蠻儂智高的靈驗事蹟。

　　真武神格來自玄武，源於中國原始星辰、動物的自然崇拜，為天象二十八宿中的北方七宿玄武〔註211〕，其形象為龜蛇合形，為守護北方天界的神祇。宋真宗為避聖祖名諱於大中祥符五年（1012）改玄武為真武，宋代因為受到北方外族侵擾的政治與軍事需求，因此開始盛行真武信仰，將其視為北方疆土的護國神，並塑造其披髮跣足，身穿金甲械胄，著昏卓袍的特色形象。〔註212〕

〔註209〕宋・周輝《清波雜志》卷二，《全宋筆記》，第五編，冊9，頁25。

〔註210〕宋・佚名《玄天上帝啟聖錄》卷二「馬前戲躍」，《道藏》，洞神部記傳類，流字號，冊19，頁583。

〔註211〕二十八宿：東方七宿蒼龍：角、亢、氐、房、心、尾、箕；北方七宿玄武：斗、牛、女、虛、危、室、壁；西方七宿白虎：奎、婁、胃、昴、畢、觜、參；南方七宿朱雀：井、鬼、柳、星、張、翼、軫。東方蒼龍、北方玄武、西方白虎與南方朱雀合稱為四像、四靈。

〔註212〕真武信仰相關研究請參見：曾召南〈宋元明皇室崇信真武緣由芻議〉，《宗教學研究》，1996年，第2期，頁38～43、肖海明〈真武信仰研究綜述〉，《民俗研究》，2006年，第3期，頁243～249、周師西波《道教靈驗記考探——

　　周輝《清波雜志》卷二與《玄天上帝啟聖錄》卷二中描述狄青於沙場上披髮、戴銅面具的形象，恰與真武披髮跣足的形象相近，《宋史‧狄青傳》卷二百九十載：

> 寶元初，趙元昊反，詔擇衛士從邊，以青為三班差使、殿侍、延州指使。時偏將屢為賊敗，士卒多畏怯，青行常為先鋒。凡四年，前後大小二十五戰，中流矢者八。破金湯城，略宥州，屠嘯咩、歲香、毛奴、尚羅、慶七、家口等族，燬積聚數萬，收其帳二千三百，生口五千七百。又城橋子谷，築招安、豐林、新砦、大郎等堡，皆扼賊要害。嘗戰安遠，被創甚，聞寇至，即挺起馳赴，眾爭前為用。
>
> 臨敵被髮、帶銅面具，出入賊中，皆披靡莫敢當。〔註213〕

可見狄青為真武降世之說於宋代朝野皆相當盛行，反映出當時社會心理對於狄青的期望，而狄青亦善藉此信仰風氣，刻意將自己營造為真武的樣貌，提高軍隊士氣。而在道教經典中，亦藉由狄青戰功彪炳的形象，宣揚真武護國祐民的神威信仰，呈現出狄青與真武信仰相輔相成的面貌。

七、蘇軾：奎宿星官

　　蘇軾（1037～1101）在宋代的前身傳說，除第一節佛教的五祖師戒禪師外，亦有其為奎宿星官降世之說，見載於曾敏行《獨醒雜志》卷一、張端義《貴耳集》卷上：

> 徽宗初，建寶籙宮，設醮，車駕嘗臨幸。迄事之夕，道士以章疏俯伏奏之，逾時不起，其徒與旁觀者，皆怪而不敢近。又久之，方起。上宣問其故，對曰：「臣章疏未上時，偶值奎宿星官入奏，故少候其退。」上曰：「奎宿何神？」對曰：「主文章之星，今乃本朝從臣蘇軾為之。」上默然。〔註214〕
>
> 徽考寶籙宮設醮，一日，嘗親臨之。其道士伏章，久而方起。上問其故，對曰：「適至帝所，值奎宿奏事方畢，始達。」上問曰：「奎

經法驗證與宣揚》，第六章〈修行與救世的歷程——《玄天上帝啟聖錄》，臺北：文津出版社，2009年6月，頁167～203、閻莉〈權威與信仰：以真武神性及信仰內容的衍變為視角〉，《弘道》，2011年，第1期，頁33～42、蕭登福《玄天上帝信仰研究》，臺北：新文豐出版社，2013年6月。

〔註213〕《宋史》卷二百九十，頁9718。
〔註214〕宋‧曾敏行《獨醒雜志》卷一，《全宋筆記》，第四編，冊5，頁126。

宿何神？」答曰：「即本朝蘇軾也。」上大驚，因是使忌能之臣譖言

不入。雖道流之言出于懺恍，然不為無補也。〔註215〕

記載宋徽宗參加上清寶籙宮舉辦的齋醮儀式，道士林靈素跪拜上呈祝禱文許久後才起身，徽宗問其緣故，道士自言至天庭上奏章疏時，正值奎宿星官入奏，因此等候其退下後才上奏，徽宗問奎宿星官為何神，道士言奎宿星官為主文章之星，即今朝的蘇軾，徽宗得知後相當驚訝，遂不再聽信嫉賢妒能者之讒言。

奎宿星官，「奎宿」為二十八宿之一，西宮白虎七宿的首宿，又名封豕、天豕，天之府庫，主溝瀆，後又具主文章才學之意象。〔註216〕宋代《雲笈七籤》卷二十四「二十八宿」：「午從官，仲神也，奎星神主之。仲神六人，姓黑，名石勝。衣丹紗單衣，帶劍，奎星神主之。」〔註217〕記載奎星神的姓名與著丹紗單衣的形象。

由蘇軾前身為奎宿星官的文獻可見以下四點：一、蘇軾與奎宿星官的關聯性，即在於蘇軾斐然的文學才華，正與象徵主文章的奎宿星官相符；二、道士言蘇軾為奎宿星官的前身傳說，相較於第三章王老志言明達皇后前身為上真紫虛元君、林靈素言徽宗前身為長生大帝君、明節皇后為九華天真安妃，以及蔡京前身為玉清左相仙伯等說，更具關連性與可信度；三、由張端義《貴

〔註215〕宋·張端義《貴耳集》卷上，《全宋筆記》，第六編，冊10，頁283。

〔註216〕記載奎宿星主溝瀆之文獻：漢代《史記·天官書》：「奎曰封豕，為溝瀆。《正義》：奎，苦圭反，十六星。婁三星為降婁，於辰在戌，魯之分野。奎，天之府庫，一曰天豕，亦曰封豕，主溝瀆。西南大星，所謂天豕目。占以明為吉。星不欲團圓，團圓則兵起。暗則臣干命之咎，亦不欲開闔無常，當有白衣稱命於山谷者。五星犯奎，人主爽德，權臣擅命，不可禁者。王者宗祀不潔，則奎動搖。若炎炎有光，則近臣謀上之應，亦庶人饑饉之厄。太白守奎，胡、貊之憂，可以伐之。熒惑星守之，則有水之憂，連以三年。填星、歲星守之，中國之利，外國不利，可以興師動眾，斬斷無道。」，頁1305、宋·李思聰《洞淵集》卷八「右北方七宿玄武之精」：「奎宿天將星君，上應太極平育賈奕天，照臨魯國分野，掌海外單于國、地亢國、火胡國，並九小國，下管人間武庫兵甲戈矛，溝瀆池亭、風雨雷電之司。」，《道藏》太玄部，和字號，冊23，頁851；記載奎宿星主文章之文獻：唐·徐堅《初學記》卷二十一引《孝經援神契》：「奎主文，蒼頡效象」，《唐代四大類書》，北京：清華大學出版社，2003年，葉十四上，頁1769、宋·陳景元集註《元始無量度人上品妙經四註》：「少微曰：此天色蒼，炁係西方奎宿，帝諱精上，主度學者之身。」，《道藏》洞真部，玉訣類，冊2，頁217。

〔註217〕宋·張君房輯《雲笈七籤》卷二十四，《道藏》，太玄部，登字號，冊22，頁180。

耳集》卷上文末載徽宗聞後「因是使忌能之臣譖言不入」可見作者認同蘇軾的才能，亦惋惜其懷才不遇的遭遇；四、若蘇軾為奎宿星官降世於以文官政治為主的宋朝，卻在這個朝代屢遭貶謫，正展現北宋帝王雖知人卻不能善任的弊端。

八、安惇：富陵朱真人

安惇（1042～1104），字處厚，廣安軍人，神宗熙寧六年（1073）上舍及第，《宋史・姦臣傳》〔註218〕載其傳記。宋代洪邁《夷堅志》支景卷六「富陵朱真人」載：

> 安處厚，廣安軍人，為成都教授。嘗過太慈寺，主僧待之甚至。寺據一府要會，每歲春時，遊人無虛日，僧倦於將迎，唯帥守監司來始備禮延竚，視他官蔑如也。安蒙其異顧，怪而問之，僧曰：「昨夜三鼓，外人傳呼云：『中書相公且至。』凌晨而公來，知他日必貴，所以奉待。」安以上書論學制，召拜監察御史，後為湖南轉運判官。頓聞詩自御史謫監潭州稅，夢於江岸迎中書相公，識其面目甚悉。是夕報安入境，明日見之，宛然夢中人也。安又自言為諸生時，夢人導至大宮闕，望真官被冠服坐殿上，時江瀆神先在廷下，與同班神居其上。良久，真官命吏引神卻立，揖已居上。既拜謁，召升殿賜坐，某請曰：「江瀆尊神，蜀人素所嚴事，何故班在下？」真官曰：「鬼趣安得處神仙上？汝生前乃富陵朱真人，今生當為宰相，但恨鼻準不正爾。」覺而默喜，嘗作絕句以記所見云：「夢遊仙館逢真侶，為說生前與此身。本是富陵朱隱士，暫來人世秉陶鈞。」孫宗鑑著《東皋雜錄》，書此事，且謂安位止同知樞密院而贈特進，蓋寄祿文階，嘗為左右僕射也。予以其說為不然。安當紹聖中為諫議大夫，一意附章子厚及蔡京、卞，故有「大惇小惇，滅人家門」之語，至指司馬公、呂汲公、劉莘老、梁況之為大逆不道，士大夫以訴理書牘被禍者七八百人，可謂元惡大憝。神仙宰相之夢出於其口，而妄自尊大，冀聞之者不敢議己耳。清都絳闕之人，雖謫墮塵世，必不如是也。唐小說載李林甫、盧杞皆稱為上仙，殊與安相似。安小子郊坐指斥誅，次子邦竆流涪州，其祀遂絕。上天昭

〔註218〕《宋史》卷四百七十一，頁 13717～13718。

昭，疏而不漏也。〔註219〕

文中首先記載寺院住持預言安惇將官至中書相公、位高權重，因此厚待之。而後安惇自言曾夢至仙宮，真官謂其前身為富陵朱真人，今生應官至宰相，卻因鼻準不正而無法如願。安惇夢醒後所作的詩作，用以證實夢境中前身說法的真實性。洪邁言孫宗鑑《東皋雜錄》載錄此事，然今《東皋雜錄》現存《五朝小說》本和《說郛》本兩種輯本皆未見此則文獻。文末洪邁表達自己對於安惇前身傳說的看法，批評其趨炎附勢、陷害忠良，前身為仙人之說，僅是出於妄自尊大、虛張聲勢的胡言，就連貶謫墮入人間的仙人，亦不如安惇妄作胡為的惡行。

富陵朱真人，在《道藏》中並未見此人物的詳細資料。就安惇前身傳說表現手法而言，運用常見的預言與夢境表現模式，藉以透露安惇身分不凡的訊息。安惇自言前身為富陵朱真人，故事主角自述前身的方式，在宋代前身傳說中並不罕見，但是由於安惇在宋代政治上負面的評價，與其前身形象衝突，如此現象與唐朝李林甫、盧杞為謫仙的故事相同〔註220〕，為有意為之的前身傳說，因此受到作者洪邁的批判。由此前身傳說，可見其欲透過前身之說為己塑造神聖、威嚴的形象，並且抬升身分地位，受他人尊重。故事中引安惇夢醒後所作的詩作，其中詩句自言「本是富陵朱隱士，暫來人世秉陶鈞。」與其政治上奸佞的形象形成對比，令人不禁為之噓唏。

九、蔡京：玉清府左相仙伯

蔡京（1047～1126），字元長，興化仙游人，徽宗朝宰相，《宋史姦臣傳》〔註221〕載其傳記。宋代有其前身為玉清府左相仙伯，見載於祖琇《隆興編年通論》卷十八〔註222〕、志磐《佛祖統紀》卷四十六〔註223〕與《宣和遺事》

〔註219〕宋・洪邁《夷堅志》支景卷六「富陵朱真人」，頁924～925。

〔註220〕李林甫為謫仙的故事見錄於《太平廣記》卷十九、卷七十六，盧杞為謫仙的故事見錄於《太平廣記》卷六十四。相關研究請參見李豐楙〈道教謫仙傳說與唐人小說〉文中認為李林甫為謫仙之說的創作動機有故作狡獪之感。《誤入與謫降：六朝隋唐道教文學論集》，臺北：臺灣學生書局，1996年，頁247～285。

〔註221〕《宋史》卷四百七十二，頁13721～13728。

〔註222〕宋・祖琇《隆興編年通論》卷十八（CBETA, X75, no.1512, p.199, a5-a8）。

〔註223〕宋・志磐《佛祖統紀》卷四十六載林靈素言：「上即天上長生帝君居神霄玉清府，弟曰青華帝君。皆玉帝子也。蔡京即玉清左相仙伯。」（CBETA, T49, no.2035, p.42, b14-b20）。

〔註224〕。據祖琇《隆興編年通論》卷十八載：

> 七年正月仲攜入京謁宰相蔡京。京致見　上，靈素大言曰：「天上有
> 神霄玉清府，長生帝君主之，其弟青華帝君，皆玉帝子。次有左相
> 僊伯并書罰僊吏、褚慧等八百餘官。謂徽宗即長生帝君，京乃左相
> 僊伯，靈素即褚慧。」〔註225〕

《宋史‧林靈素傳》亦記載此事：

> 政和末，王老志、王仔昔既衰，徽宗訪方士於左道錄徐知常，以靈
> 素對。既見，大言曰：「天有九霄，而神霄為最高，其治曰府。神霄
> 玉清王者，上帝之長子，主南方，號長生大帝君，陛下是也，既下
> 降于世，其弟號青華帝君者，主東方，攝領之。己乃府仙卿曰褚慧，
> 亦下降佐帝君之治。」〔註226〕

由上舉文獻可見，蔡京前身為玉清府左相仙伯之說，是林靈素為迎合宋徽宗
崇道的心理而產生的說法，因此在宋徽宗前身為長生大帝君的思維體系下，
為徽宗寵信的蔡京亦編造前身傳說，營造帝王與臣子皆為仙官的假象，以獲
得徽宗的信任。

第三節　歷史人物相關之文臣前身傳說

　　本節欲探討宋代文獻中北宋文臣前身傳說與歷史人物相關者，其中共有
七位北宋文臣，分別為：丁謂（966～1037）、王曾（978～1038）、劉沆（995
～1060）、王安石（1021～1086）、郭祥正（1035～1113）、蘇軾（1037～1101）、
范祖禹（1041～1098）。以下將針對七位北宋文臣之前身傳說的內容、表現模
式以及前身對象的身分進行探討，並且分析其中所蘊含的意義。

一、丁謂：李德裕

　　丁謂（966～1037），字謂之，後更字公言，蘇州長洲人，少與孫何友善，
王禹偁讚揚二人文采，合稱「孫丁」〔註227〕。太宗淳化三年（992）登進士

〔註224〕宋‧佚名《宣和遺事》，頁17。
〔註225〕宋‧祖琇《隆興編年通論》卷十八（CBETA, X75, no.1512, p.199, a5-a8）。
〔註226〕《宋史》卷四百六十二〈林靈素傳〉，頁13528～13529。
〔註227〕宋‧王禹偁《小畜集》卷十八〈薦丁謂與薛太保書〉：「有進士丁謂者，今之
　　　　巨儒也，其道師於六經，汎於群史，而斥乎諸子；其文類韓、柳，其詩類杜
　　　　甫，其性孤特，其行介潔，亦三賢之儔也。」，《文淵閣四庫全書》集部43，

第，真宗天禧四年（1020）為宰相，乾興元年（1022）封晉國公。為官初期為地方官安撫邊疆民族、解決國家財政問題有功，仕途順遂。然而真宗時期卻迎合帝王崇仰道教、神仙心理，大肆興修道觀、奏祥異之事，又與寇準政治紛爭，導致國家財政混亂。仁宗即位後因雷允恭山陵事件被罷宰相、貶為海南崖州司戶參軍，《宋史》卷二百八十三〔註228〕載其傳。宋代有其前身為李德裕之說，見載於楊億《楊文公談苑》卷六「呂洞賓」〔註229〕、胡訥《見聞錄》「李衛公後身」〔註230〕、江少虞《事實類苑》卷四十三〔註231〕。

據楊億《楊文公談苑》卷六「呂洞賓」載：

> 呂洞賓者，多遊人間，頗有見之者。丁謂通判饒州日，洞賓往見之，
> 語謂曰：「君狀貌頗似李德裕，它日富貴皆如之。」謂咸平初，與予
> 言其事，謂今已執政。〔註232〕

文中記載丁謂自言昔日任饒州通判時，呂洞賓言其外貌與李德裕相似，並且預示其未來官運仕途將如李德裕般富貴通達，楊億於咸平初年（998）聽聞此事，後丁謂果然執掌政權。胡訥《見聞錄》「李衛公後身」載：「有僧謁丁晉公曰：『公乃李衛公後身，它日位極人臣。』出門不知所之。」〔註233〕，文中載僧人言丁謂為李德裕後身，並且預言其未來仕途將位極人臣。《宋史·丁謂傳》：「謂初通判饒州，遇異人曰：『君貌類李贊皇。』既而曰：『贊皇不及也。』」〔註234〕亦記載此事。

由丁謂前身為李德裕的傳說，可見宋代宋人前身傳說中相當常見的表現模式，即是以異人指點前身。文中以呂洞賓和僧人言前身的表現方式，即是藉呂洞賓當時普遍的名氣、崇敬的形象，以及《高僧傳》敘寫高僧的神通的形象，增添前身之說和預言的神妙性與可信度，使故事更具神奇色彩。

　　　　臺北：台灣商務印書館，葉三上至四上，頁168。

〔註228〕《宋史》卷二百八十三，頁9566～9571。

〔註229〕宋·楊億《楊文公談苑》卷六「呂洞賓」，《全宋筆記》，第八編，冊9，頁104。

〔註230〕宋·胡訥《見聞錄》，《全宋筆記》，第十編，冊11，頁199。

〔註231〕宋·江少虞《事實類苑》卷四十三，引自楊億《楊文公談苑》，《新雕皇朝類苑》，子部，冊9，葉二，頁629。

〔註232〕宋·楊億《楊文公談苑》卷六「呂洞賓」，《全宋筆記》，第八編，冊9，頁104。

〔註233〕宋·胡訥《見聞錄》，《全宋筆記》，第十編，冊11，頁199。

〔註234〕《宋史》卷二百八十三，頁9570～9571。

　　李德裕（787～849），字文饒，趙州贊皇縣人，唐文宗、武宗朝宰相，大和七年（833）爵進贊皇伯，會昌元年（841）封衛國公，為官期間以其為首的李黨，與以牛僧孺為首的牛黨互相爭鬥排擠，史稱「牛李黨爭」，《舊唐書》卷一百七十四〔註235〕、《新唐書》卷一百八十〔註236〕載其傳。唐・李商隱〈太尉衛公會昌一品集序〉稱李德裕：「成萬古之良相，為一代之高士。」〔註237〕、《舊唐書・李德裕傳》：「語文章，則嚴、馬扶輪；論政事，則蕭、曹避席。」〔註238〕、《新唐書・李德裕傳》：「德裕性孤峭，明辯有風采，善為文章。」〔註239〕、宋・歐陽修《集古錄》卷九：「贊皇文辭甚可愛也。其所及禍，或責其不能自免，然古今聰明賢智之士不能免者多矣，豈獨斯人也歟！」〔註240〕、清・王士禎《池北偶談》卷十七：「衛公一代偉人，功業與裴晉公伯仲。其《會昌一品制集》，駢偶之中，雄奇駿偉，與陸宣公上下。別集《憶平泉》五言諸詩，較白樂天、劉夢得不啻過之。」〔註241〕讚頌李德裕卓著的文學表現與政治才能。

　　綜合上述文獻，歸納李德裕與丁謂的相近之處有三：一、外貌，據前身傳說記載二者相貌相似；二、仕途，李德裕、丁謂皆位極人臣，且晚年同樣都被貶至崖州；三、文采，二人於文學上皆有斐然的表現。雖然二人有相似之處，然而在政治上的評價卻不盡相同，《宋史・丁謂傳》評：

> 謂機敏有智謀，憸狡過人，文字累數千百言，一覽輒誦。在三司，
> 案牘繁委，吏久難解者，一言判之，眾皆釋然。善談笑，尤喜為詩，
> 至於圖畫、博奕、音律，無不洞曉。每休沐會賓客，盡陳之，聽人
> 人自便，而謂從容應接於其間，莫能出其意者。〔註242〕

肯定丁謂的機敏才智與待人處世的表現，但是針對他在真宗時期的政治作為

〔註235〕《舊唐書》卷一百七十四，臺北：鼎文書局，1981年，頁4509～4530。
〔註236〕《新唐書》卷一百八十，臺北：鼎文書局，1981年，頁5327～5344。
〔註237〕唐・李商隱〈太尉衛公會昌一品集序〉，《全唐文》卷七百九十九，北京：中華書局，1983年，葉十六上，頁8135。
〔註238〕《舊唐書》卷一百七十四，頁4530。
〔註239〕《新唐書》卷一百八十，頁5342。
〔註240〕宋・歐陽修《集古錄》卷九，《大本原式精印四部叢刊正編》，冊45，臺北：商務印書館，2011年12月，據上海涵芬樓影印元刊本，原書版框高營造尺六寸三分，寬營造尺四寸，葉四下，頁494。
〔註241〕清・王士禎《池北偶談》卷十七，臺北：廣文書局，1991年12月，葉九上。
〔註242〕《宋史》卷二百八十三，頁9566～9571。

也受到非議，如《續資治通鑑長編》卷九十九載：「謂初逐準，京師為之語曰：『欲得天下寧，當拔眼中丁，欲得天下好，莫如招寇老』」〔註243〕，以及《宋史・王欽若傳》載王曾云：「欽若與丁謂、林特、陳彭年、劉承珪，時謂之『五鬼』。姦邪險偽，誠如聖諭。」〔註244〕可見丁謂的歷史評價毀譽參半，再視其自述遇呂洞賓言前身為李德裕之說，應是自神其說。

二、王曾：曾參

　　王曾（978～1038），字孝先，青州益都人。咸平年間，發解試、省試、殿試皆第一，歷仕宋真宗、仁宗二朝，三度為相，仁宗景祐二年（1035）封沂國公，諡文正，《宋史・王曾傳》記載其文采出眾受楊億、寇準稱賞，評其為官剛直方正、為人勤儉樸素〔註245〕，《宋史》卷二百五十五論曰：

> 李迪、王曾、張知白、杜衍，皆賢相也。四人風烈，往往相似。方仁宗初立，章獻臨朝，頗挾其才，將有專制之患。迪、曾正色危言，能使宦官近習，不敢窺覦；而仁宗君德日就，章獻亦全令名，古人所謂社稷臣，於斯見之。知白、衍勁正清約，皆能靳惜名器，裁抑僥倖，凜然有大臣之概焉。宋之賢相，莫盛於真、仁之世，漢魏相，唐宋璟、楊綰，豈得專美哉！〔註246〕

宋代文獻中記載其前身為曾參，見載於張舜民《畫墁集》卷八、俞文豹《吹劍錄外集》：

> 宋王沂公父雖不學問，而酷好儒士，每遇故紙必掇拾滌以香水，嘗發願曰：「願我子孫以文學顯。」一夕夢宣聖撫其背曰：「汝敬吾教何其勤歟？恨汝已老無可成就，當遣曾參來汝家。」晚年果得一子，乃沂公也，因以曾字名之，竟以狀元及第，官至中書侍郎門下平章事，封沂公。〔註247〕

> 王文正公之父見破舊文籍，必加整緝，片言一字不敢委棄，一夕夢孔子曰：「汝敬吾書如此，吾遣曾參為汝子。」因名曰曾，甫弱冠，

〔註243〕宋・李燾《續資治通鑑長編》卷九十九，頁2294。
〔註244〕《宋史・王欽若傳》卷二百八十三，頁9564。
〔註245〕《宋史》卷二百五十五，頁10182～10186。
〔註246〕《宋史》卷二百五十五，頁10192～10193。
〔註247〕宋・張舜民《畫墁集》卷八，《景印文淵閣四庫全書》，集部一○○，臺北：臺灣商務印書館，1986年，葉十四，頁54。

省、殿試俱第一。〔註248〕

由上舉二則文獻內容可知：故事首先說明此前身傳說產生之因，緣於王曾之父好儒士，且對舊紙、書籍抱持恭敬態度加以整理，此舉感動孔子而託夢遣曾參為其子，故王曾之父遂以曾參之「曾」字為王曾之名，最後藉由王曾卓越的仕途成就以證明其前身為曾參之說，驗證此前身傳說之可信度。

曾參（前505～前432），字子輿，春秋魯國南武城人，世稱「宗聖」。《宋史·王曾傳》：「平生自奉甚儉，有故人子孫京來告別，曾留之具饌，食後，合中送數軸簡紙，啟視之，皆它人書簡後裁取者也。」〔註249〕記載王曾節儉、恭敬對待已書寫字紙的態度，與前身傳說中記述王曾父親整理舊籍、廢紙之舉相符。從王曾前身為曾參的傳說可見，其中所蘊含儒家「敬惜字紙」〔註250〕的觀念，運用因果報應、輪迴轉世的觀念透過前身傳說的形式宣揚，欲藉此勸說世人節約、愛惜字紙，如此方能如王曾父親得善果報。

三、劉沆：牛僧孺

劉沆（995～1060），字沖之，號廬山，吉州永新人，大聖八年（1030）庚午科進士第二，為仁宗朝宰相，《宋史·劉沆傳》載其向仁宗進言直指朝政三弊端〔註251〕，評：「沆長於吏事，性豪率，少儀矩。然任數，善刺探權近過

〔註248〕宋·俞文豹《吹劍錄外集》，《百部叢書集成》之二十九，第二十三函，嚴一萍選輯，臺北：藝文印書館，1965年，葉六下至葉七上。

〔註249〕宋史》卷二百五十五，頁10185～10186。

〔註250〕關於「敬惜字紙」的研究請參見：蕭登福〈文昌帝君信仰與敬惜字紙〉，《人文社會學報》，國立臺中技術學院，2005年12月，頁5～16、楊梅〈敬惜字紙信仰論〉，《四川大學學報》，哲學社會科學版，2007年，第6期，頁58～65、楊宗紅，蒲日材〈敬惜字紙信仰的嬗變及現實意義〉，《重慶郵電大學學報》，社會科學版，2009年，第21卷，第5期，頁129～134、白化文〈中國紙文化中特有的「敬惜字紙」之現象〉，《中國典籍與文化》，2011年，總第78期，頁108～117&30。

〔註251〕《宋史》卷二百八十五載：「沆進言三弊曰：『近臣保薦辟請，動踰數十，皆浮薄權豪之流交相薦舉。有司以之貿易，而遂使省、府、臺、閣華資要職，路分、監司邊防寄任，授非公選，多出私門。又職掌吏人遷補有常，而或減選出官、超資換職、堂除便家、先次差遣之類。此近臣保薦之弊一也。審官、吏部銓、三班當入川、廣，乃求近地，當入近地，又求在京，及堂除升陟省府、館職、檢討之類。此近臣陳乞親屬之弊二也。其敘錢穀管庫之勞、捕賊昭雪之賞，常格雖存，僥倖猶甚。以法則輕，以例則厚，執政者不能持法，多以例與之。此敘勞干進之弊三也。願詔中書、樞密，凡三事毋用例，餘聽如舊。』」，頁9606～9607。

失，陰持之以軒輊取事，論者以此少之。」〔註252〕。宋代有其前身為牛僧孺之說，見載於曾鞏《隆平集‧劉沆傳》卷五〔註253〕、王稱《東都事略》卷六十六〔註254〕。據曾鞏《隆平集‧劉沆傳》卷五載：

> 劉沆，字沖之，吉州永新人。父素，不仕，以財雄鄉里。曾祖景洪，事楊行密為江南牙將，有彭玕者，據州稱太保，脅景洪附湖南，偽許之，復以州歸行密，遂不仕，常謂人曰：「我不從彭玕，當活萬餘人，後必有隆者。」因名所居山曰後隆山，山有唐牛僧孺讀書堂故基，即其上築臺曰聰明臺。沆母夢牛相公來而生沆。〔註255〕

文中記載唐代末年劉沆曾祖景洪不從藩鎮彭玕叛變，救百姓於水火之中，遂自言其後代子孫必有非凡成就者，故名所居地為後隆山，並於牛僧孺書堂舊址築聰明臺，而劉沆母親也在夢見牛僧孺後誕下劉沆。《宋史‧劉沆傳》亦載此事：

> 劉沆字沖之，吉州永新人。祖景洪。始，楊行密得江西，衙將彭玕據州自稱太守，屬景洪以兵，欲脅眾附湖南，景洪偽許之。復以州歸行密，退居不仕。及徐溫建國，以禮聘之，不起，官其子煦為殿直都虞候。父素，不仕，以財雄里中，喜賓客。景洪嘗告人曰：「我不從彭玕，幾活萬人，後世當有隆者。」因名所居北山曰後隆山。山有牛僧孺讀書堂，即故基築臺曰聰明臺。沆母夢衣冠丈夫曰牛相公來，已而有娠，乃生沆。〔註256〕

牛僧孺（779～848），字思黯，隴西人，貞元二十一年（805）登進士第，歷仕唐德、順、憲、穆、敬、文、武、宣宗八朝，為唐穆宗、文宗朝宰相，唐穆宗長慶元年（821）因李直臣事件勸戒穆宗而獲賜金紫服，謚文貞，《舊唐書》卷一百七十二〔註257〕、《新唐書》卷一百七十四〔註258〕載其傳。據龍袞《江南野史‧彭昌傳》載：

〔註252〕《宋史》卷二百八十五，頁9605～9608。

〔註253〕宋‧曾鞏《隆平集》卷五，《文津閣四庫全書》，第367冊，北京：商務印書館，2006年，葉二十上至二十一下，頁722～723。

〔註254〕宋‧王稱《東都事略》卷六十六，葉七上，頁1009。

〔註255〕宋‧曾鞏《隆平集》卷五，葉二十上至二十一下，頁722～723。

〔註256〕《宋史》卷二百八十五，頁9605。

〔註257〕《舊唐書》卷一百七十二，頁4469～4473。

〔註258〕《新唐書》卷一百七十四，頁5229～5232。

彭昌者，其先隴西人。世習儒學，為鄉里所推。初，唐相牛僧孺其
祖遠仕交廣，罷秩還至郴衡間，為山賊所摽掠。唯僧孺母子獲存，
遂亡入江南，止於廬陵禾川焉。迨長為母所訓，遂習先業。縣之北
有山名絮芋，源下有古臺，古老傳為聰明臺，其下有湧水曰聰明泉。
古今學者多此成業。僧孺乃舍其上而肄業，迨十數年，博有文學。
會母死，遂葬於縣之西南才德鄉大學里。既隨計入長安。以文投吏
部韓退之，與皇甫湜大為知遇。〔註259〕

記載牛僧孺自幼與母親生活於廬陵禾川，當地絮芋山有聰明臺與聰明泉。文
中記載牛僧孺幼時所居的廬陵，與劉沆祖籍永新同位於唐、宋代時期的吉州：

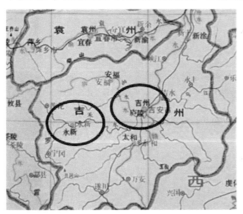 

▲唐代江南西道吉州〔註260〕　　　　　▲北宋江南西路吉州〔註261〕

廬陵（今江西省吉安市）即位於永新東邊，中間有一禾水，應為《江南野史》
所言的禾川。文中所載的聰明臺，恰與劉沆祖父所築之臺名相同。

　　綜合上述文獻可見，牛僧孺與劉沆的關聯有二：一、地緣關係，二人皆
居於吉州，且劉沆居所北山上有牛僧孺讀書堂的舊址；二、夢兆預言，劉沆
母親夢牛僧孺後誕下劉沆，因此二者產生連結而有此前身傳說。將牛僧孺視
為劉沆前身，可驗證劉沆祖父「後隆」之說，亦可解釋為劉沆仕途順遂、位極
人臣的原因。

四、王安石：秦始皇、李煜

　　王安石（1021～1086），字介甫，號半山，撫州臨川人，仁宗慶曆二年

〔註259〕宋・龍袞《江南野史》卷六，《全宋筆記》，第一編，冊3，頁192。
〔註260〕譚其驤主編《中國歷史地圖集》唐時期「江南西道」，頁56～57。
〔註261〕譚其驤主編《中國歷史地圖集》北宋時期「江南西路」，頁26。

（1042）中進士，神宗朝宰相，元豐二年（1079）封荊國公，諡文，《宋史》卷三百二十七〔註262〕在其傳。宋代有其前身為秦始皇與李煜之說，以下將依序探討。

（一）秦始皇

宋代王安石前身為秦始皇的傳說，見載於張端義《貴耳集》卷中、孫升《孫公談圃》卷中：

> 荊公在鍾山讀書，有一長老曰：「先輩必做宰相，但不可念舊惡，改壞祖宗格法。」荊公云：「一第未就，奚暇問作宰相，併壞祖宗格法，僧戲言也。」老僧云：「曾坐禪入定，見秦王入寺來，知先輩秦王後身也。」〔註263〕

> 吳頤云，荊公薨之前一歲，凌晨，閽者見一蓬頭小青衣送白楊木笏，裹以青布。荊公惡甚，棄之墻下，曰：「明年祖龍死。」予因言，唐相趙憬將薨，長安諸城門金吾，見一小兒，衣豹犢鼻，携五色繩子，覓趙相公。不旬日，憬薨。此相類也！〔註264〕

從《孫公談圃》「明年祖龍死」〔註265〕一語可知，《貴耳集》所言「秦王」即指秦始皇（前259～前210）〔註266〕，《孫公談圃》文中引唐代趙憬逝世前出現陌生孩童的傳說〔註267〕，以證實作者所言之真實性。《史記・秦始皇本紀》司馬遷評：「秦王懷貪鄙之心，行自奮之智，不信功臣，不親士民，廢王道，

〔註262〕《宋史》卷三百二十七，頁10541～10553。

〔註263〕宋・張端義《貴耳集》卷中，《全宋筆記》，第六編，冊10，頁312～313。

〔註264〕宋・孫升《孫公談圃》卷中，《全宋筆記》，第二編，冊1，頁153。

〔註265〕《史記・秦始皇本紀》：「秋，使者從關東夜過華陰平舒道，有人持璧遮使者曰：『為吾遺滈池君。』因言曰：『今年祖龍死。』使者問其故，因忽不見，置其璧去。」，頁259。

〔註266〕李華瑞〈宋代筆記小說中的王安石形象〉文中認為張端義《貴耳集》卷中所載王安石前身傳說「秦王」為宋太祖、太宗四弟趙廷美，因太宗即位後屢受貶斥遂抑鬱而終，故作者解釋王安石為趙廷美後身，是指其轉世為降禍於宋，以報前世冤。《中國社會歷史評論》，2007年8月，頁439～456。

〔註267〕唐・韋絢《劉賓客嘉話錄》載：「趙相璟之為入蕃副使，謂二張判官曰：『前幾里合有河，河邊柳樹下合有一官人，著慘服立。』既而悉然。「官人」，置頓官也。二張問之，趙曰：『某年三十前，已夢此行，亦不怨他時相。』趙相將薨時，長安諸城門金吾官見一小兒衣豹犢鼻，携五色繩子，覓趙相。其人見者知異，不經旬日，趙相薨。」，《文津閣四庫全書》，第1039冊，北京：商務印書館，2006年，葉十三，頁445。

立私權，禁文書而酷刑法，先詐力而後仁義，以暴虐為天下始。」〔註268〕，
《貴耳集》載長老勸戒王安石雖然未來將位極人臣，但是「不可念舊惡，改
壞祖宗格法。」，據《宋史·王安石傳》載：

> 安石性強忮，遇事無可否，自信所見，執意不回。至議變法，而在
> 廷交執不可，安石傅經義，出己意，辯論輒數百言，眾不能詘。甚
> 者謂「天變不足畏，祖宗不足法，人言不足恤」。〔註269〕

顯然王安石前身為秦始皇的傳說，是藉秦始皇專制、獨裁的形象，以呈現王
安石於神宗熙寧年間因推動新政變法，造成新舊黨爭，排除異己、剛愎自用
的負面形象。

（二）李煜

宋代王安石前身為李煜的傳說，見載於趙彥衛《雲麓漫鈔》卷四：

> 王荊公之生也，有獾出於市。一道人首常戴花，時人目為戴花道人，
> 來訪其父曰：「此文字之祥，是兒當之，他日以文名天下。」因述其
> 出處甚詳，俟至執政，自常見之。荊公父書於冊，自後休證不少差，
> 荊公甚神之。洎拜兩地，戒閽者，有戴花道人來，不問早暮，即通。
> 一日，道人果來，荊公見之，述父所記渴見之意。道人曰：「自此益
> 得君，謹無復讐。」荊公扣之，曰：「公前身，李王也；戒之。」遂
> 辭去。〔註270〕

文中載戴花道人言王安石前身為李王，即南唐後主李煜（937～978），並且告
誡其「自此益得君，謹無復讐。」應是指北宋滅南唐俘虜後主之事。由上述
文獻可見，李煜為王安石的前身傳說，是藉李煜亡國之恨，欲復仇之說，指
王安石變法失敗、新舊黨爭的影響，北宋政治走向滅亡的結果。〔註271〕

綜合上述文獻可見，不論王安石前身為秦始皇或李煜之說，皆旨在描述
與諷刺其變法的負面形象，《宋史·王安石傳》載：

> 論曰：朱熹嘗論安石「以文章節行高一世，而尤以道德經濟為己任。
> 被遇神宗，致位宰相，世方仰其有為，庶幾復見二帝三王之盛。而

〔註268〕《史記·秦始皇本紀》，頁284。
〔註269〕《宋史》卷三百二十七，頁10550。
〔註270〕宋·趙彥衛《雲麓漫鈔》卷四，《全宋筆記》，第六編，冊4，頁137。
〔註271〕李華瑞〈宋代筆記小說中的王安石形象〉文中認為李煜轉世為王安石，代表
降禍於宋，報前世冤仇之意。《中國社會歷史評論》，2007年8月，頁439～
456。

安石乃汲汲以財利兵革為先務，引用凶邪，排擯忠直，躁迫強戾，使天下之人，囂然喪其樂生之心。卒之羣姦嗣虐，流毒四海，至於崇寧、宣和之際，而禍亂極矣」。此天下之公言也。昔神宗欲命相，問韓琦曰：「安石何如？」對曰：「安石為翰林學士則有餘，處輔弼之地則不可。」神宗不聽，遂相安石。嗚呼！此雖宋氏之不幸，亦安石之不幸也。〔註272〕

朱熹肯定王安石的文采與節操，但是對於其推動新法改革的政治作為抱持批判的態度。自南宋以降，對於王安石及其變法多為否定的評價，然而梁啟超《王荊公》一書，針對新法的內容與作法得失詳細列舉、分析，為王安石平反〔註273〕。王安石為唐宋八大家之一，宋·嚴羽《滄浪詩話》評王荊公體：「公絕句最高，其得意處，高出蘇、黃、陳之上，而與唐人尚隔一關。」〔註274〕、明·茅坤〈臨川文鈔引〉：「王荊公湛深之識、幽渺之思，大較並本之古六藝之旨，而於其中別自為調，鑱刻萬物，鼓鑄羣情，以成一家之言者也。」〔註275〕、清·劉載熙《藝概》：「半山文善用揭過法，只下一二語，便可掃卻他人數大段，是何簡貴！」〔註276〕、「王半山詞瘦削雅素，一洗五代舊習。」〔註277〕皆讚許王安石的文學成就。雖然王安石改革的方法，未能切中北宋官僚體制沉積已久的問題，加上其剛愎自用的性格與小人得勢，導致變法失敗，實為王安石的缺失；然而就王安石欲改革北宋政治與經濟積弊問題的變法目標而言，相當值得肯定，且其文學作品所展現的文采與政治思想，亦不因其改革失敗而抹滅。

五、郭祥正：李白

郭祥正（1035～1113），字功父，又作功甫、公甫、公父，號謝公山人、醉吟先生、淨空居士、漳南浪士等，太平州當塗人，仁宗皇祐五年（1053）中

〔註272〕《宋史》卷三百二十七，頁10553。

〔註273〕梁啟超《王荊公》，臺北：中華書局，1956年。

〔註274〕宋·嚴羽著、郭紹虞校釋《滄浪詩話校釋》，臺北：里仁書局，1987年4月，頁59。

〔註275〕明·茅坤《唐宋八大家文鈔》卷八十，《景印文淵閣四庫全書》，集部五九一，臺北：臺灣商務印書館，1986年7月，頁1。

〔註276〕清·劉載熙撰、袁津琥校注《藝概注稿》〈文概〉，北京：中華書局，2009年5月，頁154。

〔註277〕清·劉載熙撰、袁津琥校注《藝概注稿》〈詞曲概〉，頁495。

進士，歷仕仁宗、英宗、神宗、哲宗、徽宗五朝，《宋史》卷二百五十五〔註278〕在其傳。宋代有其前身為李白（701～762）之說，見載於梅堯臣〈採石月贈郭功甫〉〔註279〕、鄭獬〈寄郭祥正〉〔註280〕、〈酒寄郭祥正〉〔註281〕、劉摯〈還郭祥正詩卷〉〔註282〕、潘興嗣〈戲郭功甫〉〔註283〕、章子平〈與郭祥正太博帖〉〔註284〕、胡仔《苕溪漁隱叢話》前集卷三十七〔註285〕、吳曾《能改齋漫錄》卷十「聖俞諸公以郭功甫為李太白後身」〔註286〕、王稱《東都事略》卷一百十五〔註287〕、謝維新《古今合璧事類備要》前集卷三十二「太白

〔註278〕《宋史》卷二百五十五，頁13123。
〔註279〕宋・梅堯臣《宛陵集》卷四十三〈採石月贈郭功甫〉，《景印文淵閣四庫全書》，集部六七，臺北：臺灣商務印書館，1986年，葉一下，頁315。
〔註280〕宋・鄭獬《鄖溪集》卷二十八〈寄郭祥正〉：「天門翠色未饒雲，姑孰波光欲奪春。怪得溪山不寂寞，江南又有謫仙人。」，《景印文淵閣四庫全書》，集部六四，臺北：臺灣商務印書館，1986年，葉十六下至十七上，頁372～373。
〔註281〕宋・鄭獬《鄖溪集》卷二十八〈酒寄郭祥正〉：「第一荊州白玉泉，蘭舟載與酒中仙。卻須捉住鯨魚尾，恐怕醉來騎上天。」，葉二十一，頁375。
〔註282〕宋・劉摯《忠肅集》卷十六〈還郭祥正詩卷〉：「翁主詩盟世少可，一見旗鼓欣相逢。當友不敢當師禮，呼以謫仙名甚隆。君亦自謂太白出，世姓雖異精靈同。姑蘇江水瑩寒鑑，江上碧玉排羣峰。」，《景印文淵閣四庫全書》，集部六八，臺北：臺灣商務印書館，1986年，葉十下至十一下，頁633～634。
〔註283〕宋・潘興嗣〈戲郭功甫〉：「休恨古人不見我，猶喜江東獨有卿。盡怪阿戎從幼異，人疑太白是前生。雲間鸞鳳人間現，天上麒麟地上行。詩律暮年誰可敵，筆頭談笑掃千兵。」，《全宋詩》，冊10，北京：北京大學出版社，1998年12月，頁6448。
〔註284〕宋・章子平〈與郭祥正太博帖〉：「鄭毅夫吾叔表氏及梅聖俞，皆謂功甫為李謫仙之後身。」宋・魏齊賢、葉棻同編《五百家播芳大全文粹》卷六十七，《景印文淵閣四庫全書》，集部五三四，臺北：臺灣商務印書館，1986年7月，葉十一下至十二下，頁243～244。
〔註285〕宋・胡仔《苕溪漁隱叢話》前集卷三十七，頁250～251。
〔註286〕宋・吳曾《能改齋漫錄》卷十：「章衡子平《答郭功甫書》，其略云：『鄭公毅夫，吾叔表民，及梅聖俞，皆以功甫為李謫仙之後身。吾不知謫仙之如夫子之少時，其標格淵敏，已能如此老成否？』子平所以答功甫之覬，不得不爾。然梅聖諸公以功甫為李白後身，求諸詩文，信不誣矣。蓋聖俞有《贈功甫》云：『采石月下聞謫仙，夜披錦袍坐釣船。』」，《全宋筆記》，第五編，冊4，頁9～10。
〔註287〕宋・王稱《東都事略》卷一百一十五：「郭祥正，字功父，當塗人也。其母夢李太白而生祥正，少有詩名，梅堯臣曰：『天才如此，真太白後身也。』」，葉九上，頁1793。

現夢」〔註288〕、「李白後身」〔註289〕。

郭祥正前身傳說的由來，據楊宏〈郭祥正「謫仙後身」名號由來及內涵〉指出郭祥正為「李白後身」之說，最早源於梅堯臣〈採石月贈郭功甫〉：

> 采石月下聞謫仙，夜披錦袍坐釣船。醉中愛月江底懸，以手弄月身翻然。不應暴落飢蛟涎，便當騎魚上九天。青山有塚人謾傳，卻來人間知幾年。在昔熟識汾陽王，納官貰死義難忘。今觀郭裔奇俊郎，眉目真似攻文章。死生往復猶康莊，樹穴探環知姓羊。〔註290〕

文中運用李白與郭子儀二人的典故，將郭祥正比作李白轉世，讚賞其非凡的文學才能與豪放脫俗的性格。〔註291〕上舉記載郭祥正前身為李白之說的文獻，多為讚賞其文采而撰，王稱《東都事略》卷一百十五〔註292〕、謝維新《古今合璧事類備要》前集卷三十二「太白現夢」〔註293〕則記載郭祥正母親夢李白而生的故事，與其他宋人前身傳說運用的夢境表現模式相同，《宋史・郭祥正傳》：「郭祥正字功父，太平州當塗人，母夢李白而生。少有詩聲，梅堯臣方擅名一時，見而歎曰：『天才如此，真太白後身也！』」〔註294〕亦載此事。

郭祥正對於李白的文學風格之學習與傳承，據楊宏〈郭祥正「謫仙後身」名號由來及內涵〉〔註295〕、陳冬根《「李白後身」郭祥正研究》第三章〈郭祥正的創作思想和文學觀〉〔註296〕，可知郭祥正的文學創作、性格與思想皆承襲、模擬李白的風格，例如追和李白、使用李白所用之韻重新創作，以及直

〔註288〕宋・謝維新《古今合璧事類備要》前集卷三十二，內容與《東都事略》相近，葉九下，頁543。
〔註289〕宋・謝維新《古今合璧事類備要》前集卷三十二引自《苕溪漁隱叢話》，葉十一下，頁544。
〔註290〕宋・梅堯臣《宛陵集》卷四十三〈採石月贈郭功甫〉，葉一下，頁315。
〔註291〕楊宏〈郭祥正「謫仙後身」名號由來及內涵〉，《中北大學學報》，社會科學版，2013年，第29卷，第2期，頁67～72。
〔註292〕宋・王稱《東都事略》卷一百一十五：「郭祥正字功父，當塗人也。其母夢李太白而生祥正。少有詩名，梅堯臣曰：『天才如此，真太白後身也。』」葉九上，頁1793。
〔註293〕宋・謝維新《古今合璧事類備要》前集卷三十二：「郭祥正母夢李太白而生，祥正少有詩名，梅堯臣曰：『天才如此，真太白後身也。』」葉九下，頁543。
〔註294〕《宋史》卷二百五十五，頁13123。
〔註295〕楊宏〈郭祥正「謫仙後身」名號由來及內涵〉，《中北大學學報》，社會科學版，2013年，第29卷，第2期，頁67～72。
〔註296〕陳冬根《「李白後身」郭祥正研究》，江西：江西人民出版社，2017年6月，頁74～77。

接使用李白的詩句的作品，數量相當豐富。〔註297〕可見郭祥正前身為李白之說，除了當時文人對其卓越文采與風格的稱揚外，亦展現其對於李白崇拜的面貌，因此其創作風格、性格和思想，皆與李白相似。

六、蘇軾：鄒陽

宋代文獻亦有蘇軾（1037～1101）前身為西漢的鄒陽之說，見載於何薳《春渚紀聞》卷五「鄒張鄧謝後身」〔註298〕、卷六「鄒陽十三世」〔註299〕、俞文豹《吹劍三錄》〔註300〕。據何薳《春渚紀聞》卷六「鄒陽十三世」：

> 薳一日謁冰華丈於其所居烟雨堂，語次，偶誦人祭先生文，至「降鄒陽於十三世，天豈偶然；繼孟軻於五百年，吾無間也」之句，冰華笑曰：「此老夫所為者。」因請降鄒陽事。冰華云：元祐初，劉貢父夢至一官府，案間文軸甚多。偶取一軸展視，云在宋為蘇某，逆數而上十三世，云在西漢為鄒陽。蓋如黃帝時為火師，周朝為柱下史，只一老聃也。〔註301〕

記載哲宗元祐初年，劉攽夢至官府見文軸書蘇軾為西漢鄒陽後身。

鄒陽（前206～前129），西漢齊國人，《史記·鄒陽傳》：「辭雖不遜，然其比物連類，有足悲者，亦可謂抗直不橈矣，吾是以附之列傳焉。」〔註302〕，《漢書·鄒陽傳》載：「鄒陽，齊人也。漢興，諸侯王皆自治民聘賢。吳王濞招致四方游士，陽與吳嚴忌、枚乘等俱仕吳，皆以文辭著名。」〔註303〕、「陽為人有智略，忼慨不苟合。」〔註304〕，南朝宋·裴松之注《三國志·王燦傳》引魚豢言：「尋省往者，魯連、鄒陽之徒，援譬引類，以解締結，誠彼時文辯之儁也。」〔註305〕，可見鄒陽的性格剛正、文采斐然。

〔註297〕楊宏一文統計郭祥正作品與李白相關的詩作有一百多首；陳冬根統計郭祥正詩題、內容與李白相關者分別有43首與40多首。

〔註298〕宋·何薳《春渚紀聞》卷五：「鄒陽後身為東坡居士。即其習氣，似皆不誣也。」，《全宋筆記》，第三編，冊3，頁231。

〔註299〕宋·何薳《春渚紀聞》卷六，《全宋筆記》，第三編，冊3，頁238。

〔註300〕宋·俞文豹《吹劍三錄》：「劉貢父夢至一官府，見案間文書一軸，云在宋為蘇軾，逆數而上，十三是為漢鄒陽。」，《全宋筆記》，第七編，冊5，頁115。

〔註301〕宋·何薳《春渚紀聞》卷六，《全宋筆記》，第三編，冊3，頁238。

〔註302〕《史記》卷八十三，頁2479。

〔註303〕漢·班固《漢書》卷五十一，臺北：鼎文書局，1986年，頁2338。

〔註304〕《漢書》卷五十一，頁2343。

〔註305〕晉·陳壽撰、南朝宋·裴松之注《三國志》卷二十一，臺北：鼎文書局，1980

蘇轍〈亡兄子瞻端明墓誌銘〉與《宋史》評蘇軾：

> 其於人，見善稱之如恐不及，見不善斥之如恐不盡，見義勇於敢為
> 而不顧其後，用此數困於世，然終不以為恨。〔註306〕

> 器識之閎偉，議論之卓犖，文章之雄雋，政事之精明，四者皆能以
> 特立之志為之主，而以邁往之氣輔之。故意之所向，言足以達其有
> 猷，行足以遂其有為。至於禍患之來，節義足以固其有守，皆志與
> 氣所為也。〔註307〕

綜合上述文獻可見鄒陽與蘇軾相似之處有三：一、才學表現相當卓著，皆具
極高的評價，因此宋人將鄒陽視為蘇軾的前身。二、性格皆剛正不阿、仗義
執言；三、境遇相近，鄒陽為梁孝王門客時，受羊勝、公孫詭嫉妒而陷害入
獄；蘇軾神宗元豐二年（1079）因上奏〈湖州謝上表〉而受人誣害而入獄，史
稱「烏臺詩案」，可見二人皆有遭奸人構陷的遭遇。

七、范祖禹：鄧禹

范祖禹（1041～1098），字淳甫，一字夢得，成都府華陽縣人，范鎮從
孫，嘉祐八年（1063）中進士，同司馬光編修《資治通鑑》，《宋史·范祖禹
傳》載其為人溫和恭敬、明辨是非，善於勸講，獻忠言供采納〔註308〕。宋
代有其前身為東漢鄧禹之說，見載於何薳《春渚紀聞》卷五〔註309〕、朱熹
《宋名臣言行錄》後集卷十三「范祖禹」〔註310〕、黎靖德《朱子語類》卷

年，頁602。

〔註306〕宋·蘇轍〈亡兄子瞻端明墓誌銘〉，《欒城集》後集卷二十二，《大本原式精
印四部叢刊正編》，冊48，臺北：商務印書館，2011年12月，據上海涵芬
樓影印明蜀府活字本，原書版框高營造尺六寸，寬四寸五分，葉十五上，頁
653。

〔註307〕《宋史》卷三百三十八，頁10818～10819。

〔註308〕《宋史》卷三百三十七：「祖禹平居恂恂，口不言人過。至遇事，則別白是非，
不少借隱。在邇英守經據正，獻納尤多。嘗講尚書至『內作色荒，外作禽荒』
六語，拱手再誦，卻立云：『願陛下留聽。』帝首肯再三，乃退。每當講前夕，
必正衣冠，儼如在上側，命子弟侍，先按講其說。開列古義，參之卷。時事，
言簡而當，無一長語，義理明白，粲然成文。蘇軾稱為講官第一。」、「祖禹
長於勸講，平生論諫，不啻數十萬言。其開陳治道，區別邪正，辨釋事宜，
平易明白，洞見底蘊，雖賈誼、陸贄不是過云。」，頁10799～10800。

〔註309〕宋·何薳《春渚紀聞》卷五，《全宋筆記》三編3，頁231。

〔註310〕宋·朱熹《宋名臣言行錄》後集卷十三「范祖禹」，《文津閣四庫全書》，第
447冊，北京：商務印書館，2006年，葉一，頁380。

一百二十六〔註311〕、《錦繡萬花谷》前集卷十八「夢鄧禹」〔註312〕、謝維新《古今合璧事類備要》前集卷三十二「鄧禹復生」〔註313〕。據朱熹《宋名臣言行錄》後集卷十三「范祖禹」載：

> 公未生，河南郡太君夢一偉丈夫披金甲而至寢室，曰：「吾故漢將軍鄧禹也。」既寤，猶見之，是日公生，遂以為名。初字夢得，溫公以傳稱鄧仲華篤行淳備，改字淳甫，故稱淳甫。〔註314〕

記述范祖禹母親夢金甲丈夫進寢室，自言東漢鄧禹，醒後生祖禹，並以「禹」為其名，又據《後漢書‧鄧禹傳》載：「禹內文明，篤行淳備，事母至孝。」〔註315〕改字為淳甫。《宋史》卷九十六亦載此事：

> 祖禹字淳甫，一字夢得。其生也，母夢一偉丈夫被金甲入寢室，曰：「吾漢將軍鄧禹。」既寤，猶見之，遂以為名。〔註316〕

　　鄧禹（2～58），字仲華，南陽新野人，既定河北，復平關中，協助漢光武帝建立東漢，為「雲台二十八將」之首s，諡元侯，《後漢書》卷十六評：「元侯淵謨，乃作司徒。明啟帝略，肇定秦都。勳成智隱，靜其如愚。」〔註317〕。

　　綜合上述文獻可見，鄧禹與范祖禹除前身傳說所載有「夢境」、「名」與「字」等關聯，據史書的記載，二人皆持身謹言，忠誠輔佐帝王，推測應是此政治作為，遂將鄧禹視為范祖禹前身，肯定二人於朝政的貢獻。

第四節　動物相關之文臣武將前身傳說

　　本節欲探討宋代文獻中與動物相關的北宋文臣武將前身傳說，其中共有

〔註311〕宋‧黎靖德編，王星賢點校《朱子語類》卷一百二十六，北京：中華書局，1986年，第八冊，頁3033。
〔註312〕宋‧佚名《錦繡萬花谷》前集卷十八「夢鄧禹」，葉十七下。
〔註313〕宋‧謝維新《古今合璧事類備要》前集卷三十二，葉九，頁543。朱熹《宋名臣言行錄》後集卷十三「范祖禹」、《錦繡萬花谷》前集卷十八「夢鄧禹」、謝維新《古今合璧事類備要》前集卷三十二「鄧禹復生」皆抄錄自范沖《范太史家傳》，共八卷，原書已佚書，有關范沖《范太史家傳》考究請參見梁思樂〈事實與記述：五種范祖禹傳記的分析〉，《中國文化研究所學報》，第50期，2010年，頁41～68。
〔註314〕宋‧朱熹《宋名臣言行錄》後集卷十三「范祖禹」，葉一，頁380。
〔註315〕《後漢書》卷十六，頁605。
〔註316〕《宋史》卷九十六，頁10794。
〔註317〕《後漢書》卷十六：「元侯淵謨，乃作司徒。明啟帝略，肇定秦都。勳成智隱，靜其如愚。」，頁633。

3 位文臣，分別為：陳升之（1011～1079）、王安石（1021～1086）、鄭獬（1022～1072），1 位武將劉法（？～1119），故本節探討的對象共 4 位。以下將針對4 位北宋文臣武將之前身傳說的內容、表現模式進行探討，並且分析其中所蘊含的意義。

一、陳升之、劉法：蛇

宋代有陳升之與劉法前身為蛇之傳說，以下將分別探討。

陳升之（1011～1079），初名旭，字暘叔，建州建陽人，仁宗景祐元年（1034）中進士，神宗朝宰相，謚成肅，《宋史·陳升之傳》評：

> 升之深狡多數，善傅會以取富貴。王安石用事，患正論盈庭，引升之自助。升之心知其不可，而竭力為之用，安石德之，故使先己為相。甫得志，即求解條例司，又時為小異，陽若不與之同者。世以是譏之，謂之「筌相」。升之初名旭，避神宗嫌名，改焉。〔註318〕

可見陳升之因為在政治上協助王安石，而獲得功名富貴，因此有善附會而博取富貴的「筌相」負面稱號。

又據宋·張知甫《可書》載：

> 陳秀公升之，其所生母初夢大白蛇入臥內，溫柔宛轉。母寤，公乃生。後數日，於公臥席下有白蛇蛻，甚異之。及公疾篤，家人見寢室中有大蛇垂於欀木。既薨，大白蛇在墓側三日而去。以此知異才間出，非仙真之謫，即山澤之英也。〔註319〕

文中首先記述陳升之母親夢大白蛇於臥室，醒後誕下陳升之，且發現臥席下有白蛇蛻；其次敘述升之病入膏肓時，其家人見寢室有大蛇，逝世後大白蛇停留墓旁三日方離去；最後作者根據出生與逝世時的異象，認為陳升之為謫仙或山澤之英的異才。

劉法（？～1119），北宋名將，其子劉正彥於高宗建炎三年（1129）與苗傅發動「苗劉兵變」被寸斬。《宋史》卷四百八十六載徽宗宣和元年（1119）童貫威逼劉法征討西夏，戰敗逃遁的過程中墜崖以致雙足重傷，遂被敵人取首級，西夏察哥見其首惻然云：「劉將軍前敗我於古骨龍、仁多泉，吾常避其鋒，

〔註318〕《宋史》卷三百一十二，頁 10238。
〔註319〕宋·張知甫《可書》，《全宋筆記》，第四編，冊3，頁 187。

謂天生神將，豈料今為一小卒梟首哉！其失在恃勝輕出，不可不戒。」〔註320〕。
事後童貫將此次戰爭失敗的責任皆歸咎於劉法，李綱〈弔國殤文〉：「宣和元
年春，用師西鄙，熙河帥劉法與其軍俱殲，用事者以違節制罪之，贈典不及，
予竊哀焉，作斯文以弔之。」〔註321〕為劉法鳴冤與表達自己的不滿。宋代有
其前身為蛇之說，見載於邵博《邵氏聞見後錄》卷三十〔註322〕，《錦繡萬花
谷》前集卷十八「大蛇壓帳」〔註323〕、謝維新《古今合璧事類備要》前集卷
三十二「大蛇壓帳」〔註324〕皆據《邵氏聞見後錄》抄錄。據邵博《邵氏聞見
後錄》卷三十載：

> 劉法欲生，其母幃帳忽若墜壓而下，視之，上有大虵，蜿蜒若被痛
> 楚狀，母怖甚，避之他所。法生再視之，但虵蛻耳。後法為將，有
> 賢稱。崇寧興儒學，則刑舉子之無賴者，宣和興道學，則刑道士之
> 無賴者，坐此謫官。久之，以節度使、檢校少師帥熙河。童貫盡取
> 本道精兵去，俾用老弱下軍，深入策應，遂陷。貫方奏捷，反以不
> 稟節制聞，士大夫冤之。〔註325〕

文中記載劉法即將出生時，忽有大蛇壓帳，其母恐懼地離開，誕下劉法後再
察看原處僅剩蛇蛻。文末記載劉法出征西夏戰敗而亡，童貫卻隱匿以捷報上
呈，事後又將戰敗之因歸咎於劉法違節制，使當時的士大夫為劉法感到冤屈。

　　由上述陳升之與劉法的前身傳說可見，二者相同之處為前身對象同為蛇、
皆以蛇蛻皮、出現蛇蛻的特性，象徵蛇已誕生為人，雖然二人前身皆為蛇，
但是視陳升之與劉法的歷史評價，卻是一正一反，可見蛇的形象於此並不具
道德的意涵，應是藉此傳說說明二人身分特殊，將此異象視為他們於政治上，
不論是出將入相皆有卓越成就的原因。二者故事相異之處為出生時的異象，
陳升之母親為夢見大白蛇，蛇的姿態溫柔婉轉，無恐懼之情；劉法母親則是
忽見大蛇壓帳，蛇的姿態蜿蜒痛楚貌，充滿恐懼、緊張的氣氛。而關於主角

〔註320〕《宋史》卷四百八十六，頁14021。
〔註321〕宋・李綱〈弔國殤文〉，《梁谿集》卷一百六十四，《景印文淵閣四庫全書》，
　　　　　集部一一七，臺北：臺灣商務印書館，1986年7月，葉九上至十一下，頁
　　　　　731～732。
〔註322〕宋・邵博《邵氏聞見後錄》卷三十，《全宋筆記》，第四編，冊6，頁210。
〔註323〕宋・佚名《錦繡萬花谷》前集卷十八「大蛇壓帳」引自邵博《邵氏聞見後錄》
　　　　　卷三十，葉十八。
〔註324〕宋・謝維新《古今合璧事類備要》前集卷三十二，葉七，頁542。
〔註325〕宋・邵博《邵氏聞見後錄》卷三十，《全宋筆記》，第四編，冊6，頁210。

逝世的描述，陳升之家中不僅出現大蛇，其墓更有大白蛇盤據三日的特別現象，透過夢蛇、蛇蛻、大蛇垂於棒木，以及大白蛇於墓旁三日等與蛇相關的事蹟，在在彰顯陳升之與蛇深厚的關聯性，亦使故事更加神奇、有趣。

二、王安石：野狐、獾

宋代亦有王安石（1021～1086）前身為野狐、獾之傳說，分別見載於蔡絛《鐵圍山叢談》卷四：

> 昔與小王先生者言：「王舒公介甫何至於無後？」小王先生曰：「介甫，上天之野狐也。又安得有後？」吾默然不平，歸白諸魯公。魯公曰：「有是哉！」吾益駭。魯公始逦為吾言，曰：「頃有李士寧者，異人也。一旦因上七日入醴泉觀，獨倚殿所之楯柱，視卿大夫絡繹登階拜北神者。適睹一衣冠，亟問之曰：『汝非獾兒乎？』衣冠者為之拜，逦介甫也。士寧謂介甫：『汝從此去，踰二紀為宰相矣。其勉旃。』蓋士寧出入介甫家，識介甫之初誕生，故竟呼小字曰『獾兒』也。介甫見士寧後，果相神廟。而士寧又出入介甫家，適坐宗室世居事幾死，賴介甫得免，即尸解去矣。」吾得此更疑惑，久之，又白魯公：「造化块圠，天道濛鴻。彼實靈物也，獸其形，中則聖賢爾。今我冠佩玉，彼□人也，中或畜產多有焉。要論其心斯可乎？」魯公為領之，而吾始得以自決。〔註326〕

記載道士王仔昔言王安石為天上野狐降世，因此今世無後。邵博《邵氏聞見後錄》卷三十、《錦繡萬花谷》前集卷十八「獾郎」〔註327〕、趙彥衛《雲麓漫鈔》卷四載王安石前身為獾的傳說：

> 傅獻簡云：「王荊公之生也，有獾入其室，俄失所在。故小字獾郎。」〔註328〕

> 王荊公之生也，有獾出於市。一道人首常戴花，時人目為戴花道人，來訪其父曰：「此文字之祥，是兒當之，他日以文名天下。」因述其出處甚詳，俟至執政，自當見之。荊公父書於冊，自後休證不少差，

〔註326〕宋・蔡絛《鐵圍山叢談》卷四，《全宋筆記》，第三編，冊9，頁214～215。
〔註327〕宋・佚名《錦繡萬花谷》前集卷十八「獾郎」引自邵博《邵氏聞見後錄》卷三十，葉十七下。
〔註328〕宋・邵博《邵氏聞見後錄》卷三十，《全宋筆記》四編6，頁212。

荊公甚神之。洎拜兩地，戒閣者，有戴花道人來，不問早暮，即通。
一日，道人果來，荊公見之，述父所記渴見之意。道人曰：「自此益
得君，謹無復讐。」荊公扣之，曰：「公前身，李王也；戒之。」遂
辭去。〔註329〕

二則文獻記載王安石出生時當地有貜出現之異象，藉此暗示王安石前身為貜。
蔡絛《鐵圍山叢談》卷四與邵博《邵氏聞見後錄》卷三十皆載王安石小字名
為貜郎的故事，欲藉此印證其前身為貜之說。

　　貜，同玃，《爾雅·釋獸》：「狼，牡玃，牝狼，其子㺏，絕有力迅。」〔註
330〕、《說文解字注》：「玃：野豕也。从豕矍聲。」〔註331〕。李華瑞〈宋代筆
記小說中的王安石形象〉認為王安石為貜誕世，代表一個野性十足的異類闖
入人世，宋朝將因其有所變異〔註332〕。《宋史·王安石傳》：「安石性強忮，遇
事無可否，自信所見，執意不回。」〔註333〕、《太平治跡統類》卷十二載司馬
光云：「人言安石奸邪，則毀太過。但不曉事又執拗耳。」〔註334〕皆記載王安
石性格剛烈武斷，與貜「絕有力迅」的特性相似，因此而將王安石視為貜轉世。

　　綜合前述王安石前身為狐或貜之傳說，與本章第三節探討其前身為秦始
皇、李煜之說相同，皆是藉由前身對象批判王安石性格剛愎自用、變法失敗
的負面形象。

三、鄭獬：白龍

　　鄭獬（1022～1072），字毅夫，號雲谷，安州安陸人，仁宗皇祐五年（1053）
進士第一，《宋史·鄭獬傳》載：「少負俊材，詞章豪偉峭整，流輩莫敢望。」
〔註335〕可見其才氣卓越出眾。宋代有其前身為龍之說，據孫升《孫公談圃》
卷上載：

　　鄭毅夫未第時，夢浴池中化為大龍，池邊小兒數十，拍手呼為「龍

〔註329〕宋·趙彥衛《雲麓漫鈔》卷四，《全宋筆記》，第六編，冊4，頁137。
〔註330〕《爾雅·釋獸》，《十三經注疏》，臺北：藝文書局，1965年，頁188。
〔註331〕清·段玉裁《說文解字注》，臺北：學海出版社，頁482。
〔註332〕李華瑞〈宋代筆記小說中的王安石形象〉，《中國社會歷史評論》，2007年8
　　　　月，頁439～456。
〔註333〕《宋史·王安石傳》，頁10550。
〔註334〕《太平治跡統類》卷十二，《文津閣四庫全書》，第405冊，北京：商務印書
　　　　館，2006年，葉二十二，頁345。
〔註335〕《宋史》卷三百二十一，頁10417～10419。

公」來。既覺，猶見其尾曳牀間。卒于安州，十年貧不克葬。滕元發為郡，一日，夢毅夫來，但見轎中一白龍身，首即毅夫也。元發因出俸營窆。〔註336〕

文中記述鄭獬尚未進士及第時，夢見自己於浴池中化為大龍，且池邊小兒皆稱其「龍公」，且夢醒後見己龍尾於床間。鄭獬逝世後，滕元發任安州，夢鄭獬於轎中人首白龍身，夢醒後遂為其建墳，與《宋史‧鄭獬傳》載：「家貧子弱，其柩藁殯僧屋十餘年，滕甫為安州，乃克葬。」〔註337〕相符。

明代《大明一統志》卷六十一「白龍池黑龍池」載：「俱在大洪山，白龍池在山南，宋鄭獬嘗病傷寒，忽夢化為龍浴於池中，聞池上人呼曰：『白龍翁來。』因名。」〔註338〕亦記載鄭獬前身為白龍之故事，且大洪山白龍池（今湖北省隨州市）即因此事而得名。鄭獬籍貫與逝世的安州屬北宋荊湖北路，大洪山白龍池位於隨州屬北宋京西南路，二個地點相距不遠：

▲北宋京西南路隨州〔註339〕　　　　▲荊湖北路安州〔註340〕

由上圖可見大洪山即位於隨州、安州西邊。

鄭獬前身為白龍的故事敘述二個夢境：第一，為其夢見自己化為龍的樣貌，可解釋為期許自己未來仕途能登龍門的渴望〔註341〕，亦藉夢境暗指其身

〔註336〕宋‧孫升《孫公談圃》卷上，《全宋筆記》，第二編，冊1，頁145。

〔註337〕《宋史》卷三百二十一，頁10419。

〔註338〕明‧李賢等撰《大明一統志》卷六十一，臺北：文海出版社，1965年，葉六下，頁3750。

〔註339〕譚其驤主編《中國歷史地圖集》北宋時期「京畿路、京西南路、京西北路」，頁12～13。

〔註340〕譚其驤主編《中國歷史地圖集》北宋時期「荊湖南路、荊湖北路」，頁27～28。

〔註341〕請參見陳振禎《中國科舉徵兆文化研究》，福建師範大學，歷史學院博士論文，2011年；黃宇蘭、趙瑤丹〈論宋代的科舉夢兆——以《夷堅志》為中心〉，《雲南社會科學》2015年2月，頁175～180。

分非凡；第二，為滕元發夢鄭獬為人身龍首的形象，是以他者的視角，印證鄭獬前身確實為白龍，更增添此說之可信度。雖然鄭獬確實如其夢境般進士第一，文采的表現亦是同其前身般非凡，但是最後卻因為家貧，十餘年不能安葬的結果，令人不勝唏噓。

第五節　後代敘事作品中之北宋文臣武將前身傳說

除了前四節探討的宋代文獻外，北宋文臣的前身傳說，亦可見於後代敘事作品中。筆者目前蒐集所得的資料有：陳堯咨、狄青、馮京、蘇軾，共四位北宋文臣的前身傳說，以下將分別進行討論。

一、陳堯咨：南庵庵主

第一節探討宋代陳堯咨前身傳說，宋‧李昌齡《樂善錄》卷七〔註342〕、宋‧宗曉《樂邦遺稿》卷下「通紀諸公前身後報」皆載：「陳康肅公堯咨前生是南庵庵主。」〔註343〕。元‧趙道一《歷世真仙體道通鑑》卷四十七〈陳摶傳〉載陳堯咨前身同為南庵庵主，然而故事情節則有所改變：

> 陳康肅公堯咨既登第，過謁先生，坐中有道人，髽髻，意象軒傲。
> 目康肅公，連言曰：南庵。語已，徑去。康肅公深異之，問曰：
> 向來何人？先生曰：鍾離子也。康肅公憫然，欲去追之，先生笑
> 曰：已在數千里外矣。康肅公曰：南庵何謂也？先生曰：他日自
> 知之。其後康肅公轉漕閩中，巡行過墟里間，聞田婦呼其子曰：
> 汝去南庵，趣汝父歸。康肅公大驚，問南庵所在。視之，則廢伽
> 藍也。有碣云：某年月日南庵主入滅，祠其真身於此。乃康肅公
> 生時也。〔註344〕

由上舉文獻可見，此前身傳說與第一節探討宋代陳堯佐前身為南庵修行僧的故事情節相同，然而故事主角則轉變為陳堯咨，筆者推測應是作者創作時的訛誤。

〔註342〕宋‧李昌齡《樂善錄》卷七，葉十二下至十四上，頁339。
〔註343〕宋‧宗曉《樂邦遺稿》卷下（CBETA, T47, no.1969, p.247, a10）。
〔註344〕元‧趙道一《歷世真仙體道通鑑》卷四十七〈陳摶傳〉，《道藏》，洞真部記
　　　　傳類，潛字號，冊5，文物出版社、上海書店、天津古籍出版社，1988年3
　　　　月，頁369。

二、狄青：武曲星

宋代狄青的前身傳說對象為真武，宋代以後的敘事作品，前身對象則轉變為武曲星，見載於明代《水滸傳》，清代《女仙外史》、《萬花樓演義》〔註345〕，以及延續《萬花樓演義》故事，敘寫宋仁宗命狄青等五虎將征西的《五虎平西前傳》〔註346〕，與敘寫狄青等五虎將征伐南天國儂智高故事的《五虎平南後傳》〔註347〕。據明代《水滸傳》，清代《女仙外史》與《萬花樓演義》載：

> 這仁宗皇帝乃是上界赤腳大仙，降生之時，晝夜啼哭不止。朝廷出給黃榜，召人醫治，感動天庭，差遣太白金星下界，化作一老叟前來揭了黃榜，自言能止太子啼哭。……那老叟直至宮中，抱著太子耳邊低低說了八個字，太字便不啼哭。那老叟不言姓名，只見化陣清風而去。耳邊道八個甚字？道是：「文有文曲，武有武曲。」端的是玉帝差遣紫微宮中兩座星辰下來輔佐這朝天子！文曲星乃是南衙開封府主龍圖閣大學士包拯，武曲星乃是征西夏國大元帥狄青。這兩個賢臣出來輔佐這朝皇帝，廟號仁宗天子，在位四十二年，改了九個年號。〔註348〕

（《水滸傳》楔子）

> 宋朝真宗皇帝，因艱於嗣胤，建造昭靈宮祈子。誠格上天。玉帝問仙真列宿：「誰肯下界為大宋太平天子？」兩班中絕無應者，止有赤腳大仙微笑。上帝曰：「笑者未免有情。」遂命大仙降世。誕生之後，號哭不止，御醫無方可療。忽宮門有一老道人，自言能治太子啼哭，真宗召令看視。道人撫摩太子之頂曰：「莫叫莫叫，何似當年莫笑。文有文曲，武有武曲，休哭休哭。」太子就不啼哭。是為仁宗皇帝。此道人乃是長庚星，說的文曲是文彥博，武曲是狄青，皆輔佐仁宗

〔註345〕清‧李雨堂《萬花樓演義》，又名《大宋楊家將文武曲星包公狄青初傳》，講述狄青、包拯和楊宗保抗擊外侮、摒佞除奸、忠君報國的故事，《古本小說集成》，上海：上海古籍出版社，1990年。

〔註346〕清‧不題撰人《五虎平西前傳》，故事接續《萬花樓演義》，《古本小說集成》，上海：上海古籍出版社，1990年。

〔註347〕清‧小瑯環主人《五虎平南後傳》，故事接續《五虎平西前傳》，《古本小說集成》，上海：上海古籍出版社，1990年。

〔註348〕明‧施耐庵《水滸傳》，頁2。

致治之將相。〔註349〕

(《女仙外史》第一回「西王母瑤池開宴」)

　　且說狄青原是武曲星君降世，為大宋撐持社稷之臣。狄門三代忠良，
衛民保國，是以武曲降生其家，先苦後甘，以磨礪其志。另有江南
省盧州府內包門，三代行孝，初時玉帝，原命武曲星下界，降生包
門。文曲星得知，亦向玉帝求請下凡，先到包氏家降生了，故玉旨
敕命武曲往狄府臨凡。還有許多凶星私自下凡。原因大宋訟獄兵戈
不少，文武二星應運下凡，除寇攘奸。故在仁宗之世，文包武狄都
能安邦定國。〔註350〕

(《萬花樓演義》第三回)

　　上舉三則文獻皆敘述武曲星降世為狄青，目的是為輔佐宋朝、安邦定國。比
較三則文獻而言，《水滸傳》與《女仙外史》的內容較為相近，故事承接宋代
仁宗前身為赤腳大仙的傳說，將武曲星降世歸因於為輔佐仁宗之外，亦是安
撫赤腳大仙降世為仁宗日夜啼哭的情緒，使故事中的神仙形象更具人性化，
使故事情節更具趣味性。然而就宋仁宗（1010～1063）與狄青（1008～1057）
的出生先後順序而言，並非如故事中所敘述的樣貌，但是這個故事內容與史
實的出入，並不影響狄青捍衛北宋國土、輔佐仁宗的貢獻與英勇形象，反而
使故事更引人入勝。《萬花樓演義》故事中未言仁宗的前身傳說，直接闡述武
曲星降世即為護衛宋朝，且原本武曲星將為包拯，然而因為文曲星自請下凡，
遂變成二星下凡，文曲星為包拯、武曲星為狄青，使武曲星降世的故事情節
更加曲折。

　　狄青前身對象由真武轉變為武曲星的原因，應與真武信仰地位提昇有關。
宋代時期的真武為護國神，至元成宗大德七年（1303）加封真武為元聖仁威玄
天上帝，明代真武信仰達到極盛時期，奉玄天上帝為明朝皇室的保護神，甚至
將真武的形象與明成祖結合，其宗教信仰地位已與人間帝王相等〔註351〕，因此

〔註349〕清‧呂雄《女仙外史》，第一回「西王母瑤池開宴」，葉一下，頁2。
〔註350〕清‧李雨堂《萬花樓演義》，第三回「奸用好謀圖正士　蟄龍蟄作陌生靈」，
　　　　《古本小說集成》，上海：上海古籍出版社，1990年，葉九上，頁37。
〔註351〕真武信仰相關研究請參見：曾召南〈宋元明皇室崇信真武緣由芻議〉，《宗教
　　　　學研究》，1996年，第2期，頁38～43、肖海明〈真武信仰研究綜述〉，《民
　　　　俗研究》，2006年，第3期，頁243～249、周師西波《道教靈驗記考探──
　　　　經法驗證與宣揚》，第六章〈修行與救世的歷程──《玄天上帝啟聖錄》〉，

將狄青的前身轉變為位階較低的武曲星。真武與武曲星所象徵的意義相同，皆具主管武事的特徵，塑造狄青武將身分的神聖、傳奇色彩，以彰顯其彪炳、保家衛國的表現，讓狄青在宋朝所創下的戰績與形象，透過文學的流傳繼續傳頌於世人心中。

三、馮京：玉虛尊者

宋代馮京的前身傳說對象為僧人，宋代以後的敘事作品，前身對象轉變為玉虛尊者，同樣與佛教有關。明‧凌濛初《初刻拍案驚奇》卷二十八〈金光洞主談舊跡‧玉虛尊者悟前身〉〔註352〕講述玉虛尊者為救渡眾生而投胎轉世為宋代馮京，並與金光洞尊者約定於五十年後提點其後身，馮京五十六歲時故地重遊，並且經過金光洞尊者的點化而感悟前身的故事：

> 玉虛洞中尊者來對金光洞中尊者道：「吾佛以救度眾生為本，吾每靜修洞中，固是正果。但只獨善其身，便是辟支小乘。吾意欲往震旦地方，打一轉輪迴，遊戲他七八十年，做些濟人利物的事，然後回來，復居於此。可不好麼？」金光洞尊者道：「塵世紛囂，有何好處？雖然可以濟人利物，只怕為慾火所燒，迷戀起來。沒人指引回頭，忘卻本來面目，便要墮落輪迴道中，不知幾劫才得重修圓滿？怎麼說得『復居此地』這樣容易話？」
>
> 玉虛洞尊者見他說罷，自悔錯了念頭。金光洞尊者道：「此念一起，吾佛已知。伽藍韋馱，即有密報，豈可復悔？須索向閻浮界中去走一遭，受享些榮華富貴，就中做些好事，切不可迷了本性。倘若恐怕濁界汩沒，一時記不起，到得五十年後，我來指你個境頭，等你心下洞徹罷了。」
>
> 玉虛洞尊者當下別了金光洞尊者，自到洞中，吩咐行童：「看守著洞中，原自早夜焚香誦經，我到人間走一遭去也。」一靈真性，自去揀那善男信女、有德有福的人家好處投生，不題。

臺北：文津出版社，2009 年 6 月，頁 167～203、閻莉〈權威與信仰：以真武神性及信仰內容的衍變為視角〉，《弘道》，2011 年，第 1 期，頁 33～42、蕭登福《玄天上帝信仰研究》，臺北：新文豐出版社，2013 年 6 月。

〔註352〕明‧凌濛初《初刻拍案驚奇》卷二十八〈金光洞主談舊跡‧玉虛尊者悟前身〉，上海：上海古籍出版社，1990 年，據日本日光山輪王寺慈眼堂法庫藏尚友堂初刊影印，葉一至十四，頁 1165～1192。

　　卻說宋朝鄂州江夏有個官人，官拜左侍禁，姓馮各式，乃是個好善積德的人。夫人一日夢一金身羅漢下降，產下一子，產時異香滿室。看那小廝時，生得天庭高聳，地角方圓，兩耳垂珠，是個不凡之相。兩三歲時，就穎悟非凡。看見經卷上字，恰像原是認得的，一見不忘。送入學中，取名馮京，表字當世。過目成誦，萬言立就。雖讀儒書，卻又酷好佛典，敬重釋門。時常瞑目打坐，學那禪和子的模樣。不上二十歲，連中了三元。〔註353〕

　　馮相猶豫不決，逐步走至後院。忽見一個行童，憑案誦經。馮相問道：「此洞何獨無僧？」行童聞言，掩經離榻，拱揖而答道：「玉虛尊者遊戲人間，今五十六年，更三十年方回。此洞緣主者未歸，是故無人相接。」金光洞主道：「相公不必問，後當自知。此洞有個空寂樓臺，迥出群峰，下視千里，請相公登樓，款歌而歸。」〔註354〕

　　其時，日影下照，如萬頃琉璃。馮相注目細視良久，問金光洞主道：「此是何處，其美如此！」金光洞主愕然而驚，對馮相道：「此地即雙摩訶池也。此處溪山，相公多曾遊賞，怎麼就不記得了？」

　　馮相聞得此語，低頭仔細回想，自兒童時，直至目下，一一追算來，並不記曾到此，卻又有些依稀認得。正不知甚麼緣故，乃對金光洞主道：「京心為事奪，壯歲舊遊，悉皆不記。不知幾時曾到此處？隱隱已如夢寐。人生勞役，至於如此！對景思之，令人傷感！」

　　金光洞主道：「相公儒者，當達大道，何必浪自傷感？人生寄身於太虛之中，其間榮瘁悲歡，得失聚散，彼死此生，投形換殼，如夢一場。方在夢中，原不足問。及到覺後，又何足悲？豈不聞《金剛經》云：『一切有為法，如夢幻泡影，如露亦如電，應作如是觀。』自古皆以浮生比夢，相公只要夢中得覺，回頭即是，何用傷感！此盡正理，願相公無輕老僧之言！」馮相聞語，帖然敬伏。

　　方欲就坐款話，忽見虛簷日轉，晚色將催。馮相意要告歸，作別金光洞主道：「承契遊觀，今盡興而返，此別之後，未知何日再會？」

〔註353〕明・凌濛初《初刻拍案驚奇》卷二十八〈金光洞主談舊跡・玉虛尊者悟前身〉，葉四上至五上，頁1171～1173。
〔註354〕明・凌濛初《初刻拍案驚奇》卷二十八〈金光洞主談舊跡・玉虛尊者悟前身〉，葉十下，頁1184。

金光洞主道：「相公是何言也？不久當與相公同為道友，相從於林下，日子正長，豈無相見之期？」

馮相道：「京病既癒，旦夕朝參，職事相索，自無暇日，安能再到林下，與吾師遊樂哉？」

金光洞主笑道：「浮世光陰迅速，三十年只同瞬息。老僧在此，轉眼間伺候相公來，再居此洞便了。」

馮相道：「京雖不才，位居一品。他日若荷君恩，放歸田野，苟不就宮祠微祿，亦當為田舍翁，躬耕自樂，以終天年。況自此再三十年，京已壽登耄耋，豈更削髮披緇，坐此洞中為衲僧耶？」

金光洞主但笑而不答。

馮相道：「吾師相笑，豈京之言有誤也？」

金光洞主道：「相公久羈濁界，認殺了現前身子。竟不知身外有身耳。」

馮相道：「豈非除此色身之外，別有身耶？」

金光洞主道：「色身之外，原有前身。今日相公到此，相公的色身又是前身了。若非身外有身，相公前日何以離此？今日怎得到此？」

馮相道：「吾師何術使京得見身外之身？」

金光洞主道：「欲見何難？」就把手指向壁間畫一圓圈，以氣吹之，對馮相道：「請相公觀此景界。」

馮相遂近壁視之，圓圈之內，瑩潔明朗，如掛明鏡。注目細看其中，見有：

風軒水榭，月塢花畦。小橋跨曲水橫塘，垂柳籠綠窗朱戶。

遍看池亭，皆似曾到，但不知是何處園圃在此壁間？馮相疑心是障眼之法，正色責金光洞主道：「我佛以正法度人，吾師何故將幻術變現，惑人心目？」

金光洞主大笑而起，手指園圃中東南隅道：「如此景物，豈是幻也？請相公細看，真偽可見。」

馮相走近前邊，注目再者，見園圃中有粉牆小徑，曲檻雕欄。向花木深處，有茅庵一所。半開竹牖，低下疏簾。閒階日影三竿，古鼎

香煙一縷。茅庵內有一人，疊足瞑目，靠蒲團坐禪床上。

馮相見此，心下躊躇。金光洞主將手拍著馮相背上道：「容膝庵中，爾是何人？」大喝一偈道：「五十六年之前，各占一所洞天。容膝庵中莫誤，玉虛洞裡相延。」向馮相耳畔叫一聲：「咄！」

馮相於是頓省：遊玉虛洞者，乃前身；坐容膝庵者，乃色身。不覺失聲道：「當時不曉身外身，今日方知夢中夢。」因此頓悟無上菩提，喜不自勝。方欲參問心源，印證禪覺，回顧金光洞主，已失所在。〔註355〕

馮相想著境界了然，語話分明，全然不像夢境。曉得是禪靜之中，顯見宿本。況且自算其壽，正是五十六歲，合著行童說尊者遊戲人間之年數，分明己身是金光洞主的道友玉虛尊者的轉世。

自此每與客對，常常自稱老僧。後三十年，一日，無疾而終。自然仍歸玉虛洞中去矣。詩曰：

玉虛洞裡本前身，一夢回頭八十春。

要識古今賢達者，阿誰不是再來人？〔註356〕

文中敘述馮京母親夢見金身羅漢後產下馮京，描述其相貌不凡，預示未來將有非凡的成就，果然其天資聰穎、過目不忘，連中舉人、貢士、進士三狀元。

故事記載馮京為玉虛尊者轉世，前身對象較宋代明確，文中記載玉虛尊者的形象為金身羅漢，應是羅漢信仰興盛而產生的連結，從前身對象的轉變可見馮京的形象與地位已提升。為彰顯馮京前身為玉虛尊者，與佛教之間深厚的關聯，因此描述馮京喜好佛典、敬重釋門，以及學習出家人打坐的特質。文中馮京（1021～1094）五十六歲遊玉虛洞，行童言玉虛尊者將於三十年後回歸本位，即指馮京歲壽為八十六歲，但是實際上其歲壽為七十四歲，與故事內容不相符合。故事內容具鮮明的佛教色彩，藉由玉虛尊者言「吾佛以救度眾生為本，吾每靜修洞中，固是正果。但只獨善其身，便是辟支小乘」因此下凡人間，宣揚大乘佛教救度眾生的觀念；降生為馮京後，才智過人、連中三元、功成名就的表現，傳遞輪迴轉世、因果報應的思想；金光洞尊者與馮

〔註355〕明・凌濛初《初刻拍案驚奇》卷二十八〈金光洞主談舊跡・玉虛尊者悟前身〉，葉十一上至十四上，頁1185～1191。
〔註356〕明・凌濛初《初刻拍案驚奇》卷二十八〈金光洞主談舊跡・玉虛尊者悟前身〉，葉十四下，頁1192。

京問答的過程，可見禪學的智慧。

四、蘇軾：五戒禪師

宋代文獻記載蘇軾的前身有五祖師戒禪師、奎宿星與鄒陽三種說法，而宋代以後的敘事作品，則有五戒禪師〔註357〕轉世為蘇軾的故事，可見於明代洪楩《清平山堂話本》〈五戒禪師私紅蓮記〉〔註358〕、陳汝元《金蓮記》〔註359〕、《紅蓮債》〔註360〕、蘭陵笑笑生《金瓶梅》第七十三回〔註361〕、馮夢龍《喻世明言》〈明悟禪師趕五戒〉〔註362〕、余公仁《燕居筆記》〈東坡佛印二世相會傳〉〔註363〕，上述文學作品有小說與戲曲體裁，可見蘇軾的前身傳說相當盛行。張惠珍《蘇東坡故事形象研究》〔註364〕、黃守正〈〈明悟禪師趕五戒〉中蘇東坡的前世今生──從傳說、話本到小說的寓意探究〉〔註365〕、

〔註357〕朱剛、趙惠俊〈蘇軾前身故事的真相與改寫〉文中探討「五祖師戒禪師」稱謂轉變成「五戒禪師」之因，有雙音節化的省稱、佛教五條基本戒律兩種因素，故事五戒禪師破淫戒之舉，與稱謂形成強烈的對比。《嶺南學報》，第九期，2018 年 11 月，頁 123～141。

〔註358〕明·洪楩《清平山堂話本》〈五戒禪師私紅蓮記〉，《續修四庫全書》，第 1784 冊，上海：上海古籍出版社，2005 年，據明嘉靖刻本影印，原書版框高一七六毫米，寬二五六毫米，頁 55～59。

〔註359〕明·陳汝元《金蓮記》，明·毛晉輯《六十種曲》，《續修四庫全書》，第 1771 冊，上海：上海古籍出版社，2002 年，據上海圖書館藏明末毛氏汲古閣刻本影印，原書版框高二〇二毫米，寬二六六毫米，頁 1～65。

〔註360〕明·陳汝元《紅蓮債》，明·沈泰、清·鄒式金輯編，《盛明雜劇》二集，《續修四庫全書》，第 1765 冊，上海：上海古籍出版社，2002 年，據民國十四年董氏誦芬室刻本影印，原書版框高一九七毫米，寬二八四毫米，頁 221～233。

〔註361〕明·蘭陵笑笑生《金瓶梅》，第七十三回「潘金蓮不憤憶吹簫　西門慶新試白綾帶」，五南圖書出版社，2009 年，頁 731。

〔註362〕明·馮夢龍《喻世明言》〈明悟禪師趕五戒〉，臺北：桂冠圖書股份有限公司，1984 年 3 月，頁 457～471。

〔註363〕明·余公仁《燕居筆記》卷九〈東坡佛印二世相會傳〉，《古本小說集成》，上海：上海古籍出版社，1990 年，葉六十二下至六十八下，頁 1622～1634。

〔註364〕張惠珍《蘇東坡故事形象研究》探討有關蘇軾轉世的故事，分析故事之間的差異性，以及其中所蘊含的意義。東海大學，中國文學系碩士論文，2010 年。

〔註365〕黃守正〈〈明悟禪師趕五戒〉中蘇東坡的前世今生──從傳說、話本到小說的寓意探究〉探討〈明悟禪師趕五戒〉的文本主題包含「輪迴的證成」、「高僧破色戒」與「友情與道情」等議題；而其中的文化寓意包含藉蘇軾名氣為故事主角的「名牌效應」，與時人的「八卦心態」。《有鳳初鳴年刊》，第 8 期，2012 年 7 月，頁 457～474。

朱剛、趙惠俊〈蘇軾前身故事的真相與改寫〉〔註366〕已針對宋以後有關蘇軾前身傳說進行全面且深入的探究。

前述有關蘇軾為五戒禪師轉世的文獻，故事內容相近，據《清平山堂話本》〈五戒禪師私紅蓮記〉載：

> 大宋英宗治平年間，去這浙江路寧海軍錢塘門外，南山淨慈孝光禪
> 寺，乃名山古剎。本寺有二個得道高僧，是師兄師弟，一個喚做五
> 戒禪師，一個喚作明悟禪師。這五戒禪師三十一歲，形容古怪，左
> 邊瞽一目，身不滿五尺。本貫西京洛陽人，自幼聰明，舉筆成文，
> 琴棋書畫，無所不通。長成出家，禪宗釋教，如法了得，參禪訪道。
> 俗姓金，法名五戒。〔註367〕

五戒禪師，俗姓金，法名五戒，西京洛陽人，為杭州淨慈寺的得道高僧。形象盲左眼，身高不滿五尺，「五戒」即指「一戒，不殺生命；二戒，不偷盜財物；三戒，不聽淫聲美色；四戒，不飲酒茹葷；五戒，不妄言綺語。」〔註368〕。五戒禪師養育一名被遺棄的女嬰，命名為紅蓮，十六年後對紅蓮起了邪念、破淫戒，被明悟禪師識破後坐化轉世為蘇軾。故事主要著重於五戒禪師轉世前的敘述，轉世為蘇軾的篇幅較為簡短，其中將蘇軾因為烏臺詩案被貶黃州之事，講述為「學士被宰相王荊公尋件風流罪過，把學士奏貶黃州安置去了。」恰與五戒禪師因破淫戒而坐化轉世相互呼應。

小結

本章探討宋代與宋以後北宋文臣武將之前身傳說，前身傳說的類型包含佛教人物、道教人物、歷史人物與動物四種，前身傳說的數量與類型相當豐富。由第一節至第四節可見，透過前身對象為佛、道、歷史相關人物與動物，以解釋宋人外貌特徵、性格、文采與仕途成就卓越的原因，賦予宋人身分非凡與神奇的色彩，更藉前身傳說宣揚宗教的思想。本章所探討的文臣前身傳說，多以僧人為前身對象，二者產生連結的原因有三：一為僧人與文臣同為社會中的知識份子；二為宋人與佛教的關係密切，如王旦與張商英；三為佛

〔註366〕朱剛、趙惠俊〈蘇軾前身故事的真相與改寫〉，《嶺南學報》，第九期，2018
　　　　年11月，頁123～141。
〔註367〕明・洪楩《清平山堂話本》〈五戒禪師私紅蓮記〉，頁55。
〔註368〕明・洪楩《清平山堂話本》〈五戒禪師私紅蓮記〉，頁55。

教思想之宣揚，如草堂和尚為報恩而依願轉世為曾公亮、黃庭堅前身為女子之傳說為宣揚《法華經》的靈驗記。第五節「後代敘事作品中之北宋文臣武將前身傳說」，可見後代敘事作品對於宋代前身傳說的繼承與創新，如狄青的前身對象由宋代的真武轉變為明清時期的武曲星，馮京的前身對象由宋代的五臺山僧人轉變為明代的玉虛尊者，透過前身對象的改變可見出朝代信仰對象與人物形象的變化，亦可見前身對象之間的異同性。蘇軾前身對象雖同以宋代五祖師戒禪師為原型，然而前身傳說卻產生明顯的改變，故事內容主要著重於五戒禪師破戒的故事。透過本章所探討的北宋文臣武將之前身傳說，不僅窺見這些人物於宋代的形象，亦呈現北宋文臣武將前身傳說大致的樣貌。

第五章　南宋文臣武將之前身傳說

　　本章以南宋文臣武將的前身傳說為探討對象，分別有趙仲湜、李彌遜、秦檜、陳康伯、王十朋、陸游、魏了翁、陳塏八位文臣，以及岳飛一位武將，共計九位，十種前身傳說。首先依照九位南宋文臣武將的前身傳說類型分為三節：第一節，佛教相關之前身傳說；第二節，歷史人物相關之前身傳說；第三節，動物相關之前身傳說，分析他們與前身對象之間的關聯性，探討前身傳說所蘊含的意義。第四節，則探究南宋文臣武將前身傳說於後代敘事作品中的展現。

第一節　佛教人物相關之文臣前身傳說

　　本節欲探討宋代文獻與佛教人物相關的南宋文臣前身傳說，其中共有六位南宋文臣，分別為：趙仲湜（1073～1137）、李彌遜（1089～1153）、秦檜（1091～1155）、陳康伯（1097～1165）、王十朋（1112～1171）、陳塏（1197～1241）。以下將針對六位北宋文臣之前身傳說的內容、表現模式，以及前身對象的身分依時代先後分別探討，並且分析其中所蘊含的意義與佛教之間的關係。

一、趙仲湜：文殊菩薩

　　趙仲湜（1073～1137），字巨源，初名仲泹，宋太宗玄孫，楚榮王趙宗輔子，諡恭孝，《宋史》卷二百四十五載其傳〔註1〕。宋代記載其前身為文殊菩

────────────────

〔註 1〕《宋史》卷二百四十五，頁 8714。

薩，據葉紹翁《四朝聞見錄》甲集「恭孝儀王大節」載：

> 恭孝儀王，諱仲湜。王之生也，有紫光照室，及視則肉塊，以刃剖塊，遂得嬰兒。先兩月，母夢文殊而孕動。二帝北狩，六軍欲推王而立之，仗劍以卻黃袍，曉其徒曰：「自有真主。」其徒猶未退，則以所仗劍自斷其髮。其徒又未退，則欲自伏劍以死。六軍與王約，以踰月而真主不出，則王當即大位。王陽許，而陰實款其期。未幾，高宗即位於應天。王間關渡南，上屢嘉歎。王祭濮園，嘗自贊其容，曰：「熙寧六載，歲在癸丑，月當孟夏，二十有九，予乃始生，濮祖之後。性比山麇，貌同野叟，隨圓就方，似無惟有，惟忠惟孝，不污不苟。皓月清風，良朋益友，湛然靈臺，確乎不朽。」「不污不苟」，蓋自敘其推戴事也。嘗遊天竺，有「山禽忽驚起，衝落半巖花」之句。按二句是劉禹錫《甘棠館詩》。葬西湖顯明寺。子孫視諸邸最為繁衍，蓋恭孝之報云。〔註2〕

文中記載趙仲湜母親懷孕時夢文殊菩薩，且其生產時出現紫光照室、誕下一肉塊，剖開得嬰孩的異象。後敘述徽、欽二宗北狩時，眾人推舉趙仲湜自立為王卻堅決不受的態度，並且記載趙仲湜自讚：「性比山麇，貌同野叟，隨圓就方，似無惟有，惟忠惟孝，不污不苟。皓月清風，良朋益友，湛然靈臺，確乎不朽。」。

　　文殊菩薩，又稱文殊師利（Mañjuśrī），意譯為妙德、妙吉祥、妙樂、法王子。與普賢菩薩同為釋迦牟尼佛之脅侍，位於左側，司智慧，形象為持劍表智慧，駕青獅表威猛。文殊菩薩為大乘佛教中最具代表性、出現最早的菩薩之一，文殊信仰與佛教初傳中國同時期，唐代確立文殊菩薩道場清涼山為山西五臺山，又因密教而文殊信仰受到帝王重視廣為流傳。五臺山位北宋與遼之邊境，為軍事要地，宋代帝王推崇文殊信仰，以鞏固國勢與安撫民心，官方與民間文殊信仰皆相當盛行，常見文殊信仰體現於文學作品當中。〔註3〕

　　綜合上舉文獻可見，葉紹翁藉趙仲湜前身為文殊菩薩，以及出生時的祥

〔註2〕宋・葉紹翁《四朝聞見錄》甲集，《全宋筆記》第六編，冊9，頁223。

〔註3〕文殊信仰相關研究參見：孫曉崗《文殊菩薩圖像學研究》，甘肅：人民美術出版社，2006年、林韻柔《五臺山與文殊道場──中古佛教聖山信仰的形成與發展》，臺灣大學，歷史學博士論文，2009年、高裕昂《北宋五臺山文殊菩薩信仰研究》，河北大學，歷史學碩士論文，2014年、查彩虹《文殊信仰與宋代社會》，上海師範大學，人文與傳播學院碩士論文，2016年。

瑞異象，以表彰趙仲湜高潔忠孝、隨和不苟、真誠純樸的性情與作為，遂於文末言「子孫視諸邸最為繁衍，蓋恭孝之報云。」故事敘寫趙仲湜前身為文殊菩薩的篇幅相當簡短，實屬可惜，若能加以描述二者之間的關聯性，更能彰顯趙仲湜的獨特之處。

二、李彌遜：遜道和尚

李彌遜（1089～1153），南宋詩人，字似之，號筠溪翁，蘇州吳縣人。徽宗大觀三年（1109）登進士，累官至起居郎，後因觸犯秦檜，乞歸，遂以徽猷閣直學士知漳州，高宗紹興十年（1140）歸隱連江西山，《宋史》卷三百八十二載其傳記〔註4〕。宋代有其前身為遜道和尚的傳說，見載於洪邁《夷堅志》甲志第六「李似之」〔註5〕、丁志第十二「遜長老」〔註6〕，張端義《貴耳集》卷中〔註7〕與宗曉《樂邦遺稿》卷下〔註8〕。據洪邁《夷堅志》甲志第六「李似之」載：

> 李子約撰生六子，長彌性，次彌倫、彌大，皆預鄉貢未第。子約議更其名，以須申禮部乃得易，先改第四子彌遠曰正路。正路年十六，入太學，夢人告曰：「李秀才，君已及第。」出片紙，闊二寸許，上有「彌遜」二字以示之。李曰：「我舊名彌遠，今為正路，是非我。」其人曰：「此真郎君也，何疑之有？」辨論久之，方寤，頗喜。憚其父嚴毅，未敢白。以告母柳夫人，夫人為言之，遂令名彌遜，而以似之為字。後數年，兄似矩尚書主曹州冤句簿，子約罷克簽就養。似之試上舍畢，亦歸侍旁。報榜者一人先至曰：「已魁多士。」索其榜，無有。但探懷出片紙，上書「李彌遜」三字，方疑未信，似之云：「五年前所夢豈非今日事乎？紙上廣狹，字之大小，無不同，但夢中不著姓耳。必可信！」已而果然。時大觀戊子也。〔註9〕

李彌遜原名彌遠，後更名為正路，然而在其十六歲時夢見有人稱其為「彌遜」且將登榜的預言，遂夢醒後便更名為彌遜，五年後果真如夢境所預示進士及

〔註4〕《宋史》卷三百八十二，頁11774～11776。
〔註5〕宋·洪邁《夷堅志》甲志第六，頁46～47。
〔註6〕宋·洪邁《夷堅志》丁志第十二，頁636。
〔註7〕宋·張端義《貴耳集》卷中，《全宋筆記》，第六編，冊10，頁322。
〔註8〕宋·宗曉《樂邦遺稿》卷下（CBETA, T47, no.1969B, p.244, a1-a14）。
〔註9〕宋·洪邁《夷堅志》甲志第六，頁46～47。

第。文中藉由李彌遜更名的歷程故事記載前身傳說，使故事富有神奇色彩與趣味性。《夷堅志》丁志第十二「遜長老」載：

> 李似之侍郎彌遜為臨川守，以父少師公忌日往疏山設僧供，與長老行滿共飯。滿年八十餘矣，飯且竟。熟睨李曰：「公乃遜老乎？」李不應，左右皆愕。俄又曰：「此老僧同門兄也，名上下二字皆與公同。自聞公出守，固已疑之。今日察公言笑動作、精采容貌，了不見少異，公其後身復何疑？」李扣其以何年終，則元佑戊辰，正李初生之歲也。李亦感異，還家，揭燕寢曰小雲堂，而賦詩曰：「老子何因一念差？肯將簪紱換袈裟。同參尚有滿兄在，異世猶將遜老誇。結習未忘能作舞，因緣那得見拈花？卻修淨業尋來路，澹泊如今居士家。」李初命名時固得於夢兆，甲志載之矣。〔註10〕

記載李彌遜至江西疏山設齋供奉僧眾時，遇行滿長老言其與同門師兄遜長老名字相同，就連言談動作、外貌神采亦相似，因此認為李彌遜為遜長老的後身，又以李彌遜出生於哲宗元佑戊辰年（1088）正好與遜長老坐化時間相符，驗證二者的關聯。文末作者引李彌遜〈小雲堂〉詩作「老子何因一念差？肯將簪紱換袈裟。同參尚有滿兄在，異世猶將遜老誇。結習未忘能作舞，因緣那得見拈花？卻修淨業尋來路，澹泊如今居士家。」〔註11〕欲藉此詩印證前身傳說的真實性。

而在張端義《貴耳集》卷中載：

> 遜道者，明水開山第一代，通慧，入定片時，便知未來已往。有一士人志誠，懇請問自己功名，遜答云：「待老僧及第時，公也及第。」其人以為戲己，大不樂而去。後二十年唱第，殿廷期集，所拜黃甲，推最少者拜年高者，問者適當年高選，眾推一少年者，即遜道者，名李彌遜，狀貌與前身無異。其人大驚，急往西江明水問遜道，已遷化，年月即彌遜所生之年月。二十七年中書舍人，二十八歲見圜悟，云「遜師兄錯了也」，公不覺潸然淚下。二十八歲便致其事，年六十餘坐脫而逝，珏、琪，皆孫也。〔註12〕

〔註10〕宋・洪邁《夷堅志》丁志第十二，頁636。

〔註11〕李彌遜作品集《筠溪集》二十四卷未見〈小雲堂〉。《全宋詩》卷一七一七據洪邁《夷堅志》丁志卷十二收錄此詩，北京：北京大學出版社，1998年，頁19344。

〔註12〕宋・張端義《貴耳集》卷中，《全宋筆記》第六編，冊10，頁322。

描述遜道和尚神通能知未來事，因此預知自己將轉世為李彌遜及其仕途發展。果然於二十年後，當年求問功名於遜道和尚的士人與李彌遜同年考取進士，並且見其與前世樣貌相同，二人生卒年月相符，藉此彰顯李彌遜前身為遜道和尚的真實性。文中敘述李彌遜二十八歲見圜悟禪師時，禪師對其言「遜師兄錯了也！」，其聞後潸然淚下，頗具有「點化」的色彩。

　　遜道和尚的身分，透過上述文獻所提及的行滿長老〔註13〕與圜悟禪師二人的同門師兄相關文獻，並未見名為遜道者。然而圜悟禪師（1063～1135），又名昭覺克勤、圜悟克勤，為臨濟宗楊岐派五祖法演之法嗣，與佛眼清遠和太平慧勤三人有「法演下三佛」之稱。據《五燈會元目錄》卷二載李彌遜為昭覺勤禪師法嗣〔註14〕，雖然《貴耳集》卷中載圜悟禪師對李彌遜言「遜師兄錯了也」，但是從其為遜道和尚轉世的說法而言，可見其與佛禪深厚之淵源〔註15〕。

　　綜合洪邁《夷堅志》與張端義《貴耳集》文獻記載李彌遜前身為遜道和尚的傳說可見以下相同之處：第一，仕途發展，二位作者皆透過預言展示李彌遜將進士及第；第二，容貌相同，《夷堅志》丁志與《貴耳集》卷中分別透過遜道和尚的同門師弟行滿長老與圜悟禪師二位證實李彌遜與遜道和尚的形貌相同；第三，生卒年月相承，文獻中皆藉以遜道和尚坐化的時間正好是李彌遜出生的哲宗元祐戊辰年（1088）為印證；第四，轉世差錯，《夷堅志》丁志引詩句「老子何因一念差？肯將簪紱換袈裟。」與《貴耳集》卷中圜悟禪師言：「遜師兄錯了也」展現遜道和尚轉世為李彌遜並非修道者看破塵世、跳脫輪迴最好的結果，蘊含惋惜與遺憾的情感。

三、秦檜：雁蕩靈峰寺僧人

　　秦檜（1091～1155），字會之，江寧人，被列於《宋史‧奸臣傳》〔註16〕

〔註13〕據「佛學規範資料庫－人名規範檢索」檢索所得名為行滿者有五，其中四位為隋唐時期人物，另一位為北宋天台行滿（881～968/976）然就《夷堅志》丁志第十二「遜長老」內容所載的時間與地點並不相符，故未能得知文中所言疏山行滿長老的真實身分。

〔註14〕宋‧普濟集《五燈會元目錄》卷二（CBETA, X80, no.1564, p.25, c24-p.26, a14）。

〔註15〕李彌遜與佛教的關聯可參見：郝天培《李彌遜及其詩歌研究》，第二章「李彌遜的交游──方外之士的交游」，西南大學，中國古代文學專業碩士論文，2009 年，頁 16。仇玲玲《李彌遜詞研究》第二章「李彌遜詞的思想內容」第三節「超脫現實的佛道思想」，山東師範大學，中國古代文學碩士論文，2010 年，頁 37～43。

〔註16〕《宋史》卷四百七十三，頁 13747～13756。

中。宋代《樂邦遺稿》卷下「秦太師留題雁蕩靈峯寺」記載其前身為雁蕩靈峰寺僧人：

> 高廟朝太師秦公檜，太夫人未生公之日，忽夢一僧古貌魁岸登門化
> 緣，夫人諾之。「汝何處僧？」答曰：「我自溫州雁峰來，自省與宅
> 中有緣，求託一宿也。」夫人喜諾之，繼而乳於公。洎公之長登士
> 路，一宵偶夢，入巖穴中禪坐，心甚異之。後因歷官即道台溫，洎
> 于靈峰即游五百羅漢洞，顧見巖穴幽奇、石壁峭崿晃然如舊物，遂
> 思太夫人初生之夢，乃作絕句題于壁：「夢中石室尚依然，游宦于今
> 二十年；欲了世緣何日了，服膺至教但拳拳。」〔註17〕

文中記述秦檜母親尚未懷秦檜前，夢見一位身形魁梧的僧人登門化緣，秦母問僧人來自何處，僧人自言來自溫州雁蕩山靈峰寺，因與秦氏有緣故求住一宿。秦母歡喜地答應他，後誕下秦檜。秦檜為官時，一夜夢見自己在一個巖洞中坐禪，醒後覺此夢相當怪異。高宗紹興五年（1135）至溫州任官，至靈峰寺便遊五百羅漢洞，觀賞巖穴幽奇陡峭有似曾相識之感，憶起秦母之異夢，遂於石壁上題：「夢中石室尚依然，游宦已二十年；欲了世緣何日了，服膺至教但拳拳。」詩中敘述昔日自己夢見的石室，依然存在，如今為官二十年想要了卻世俗塵緣，卻不知何時才能達成，只能誠心信奉修習佛法的心願。

此前身傳說運用宋人前身傳說常見的夢境預言與故地重遊手法，先以秦檜母親之夢為故事開首，接著描述秦檜的夢境，最後以秦檜故地重遊悟前身的方式，印證秦檜母親與秦檜的夢境真實性。文中並未詳細說明僧人的身分，然就以文末記述秦檜於石壁上所題的詩作而言，雖然作者透過詩作展現秦檜欲潛心修習佛法的真誠，然而《宋史》記載紹興八年原本任職溫州的秦檜再次拜相，進而獨攬大權促成南宋與金朝第二次議和、構陷岳飛等事件，秦檜諸多的政治選擇，皆與詩作的觀念不符，可見作者紀錄此詩作，意在彰顯秦檜與雁蕩山靈峰寺僧人的關聯性與真實性。另外，就秦檜前身為僧人的角度而言，亦可藉由因果報應的觀念，解釋秦檜位居高位的緣故。

四、陳康伯：羊毛筆菴主

陳康伯（1097～1165），字長卿，信之弋陽人，宣和三年（1121）中上舍丙科。累遷太學正，高宗、孝宗朝宰相，諡文恭，後改諡文正，《宋史》卷三

〔註17〕宋‧宗曉《樂邦遺稿》卷下（CBETA, T47, no.1969B, p.244, a1-a14）。

百八十四有其傳〔註18〕。宋代有其前身為羊毛筆菴主之傳說，據《樂邦遺稿》卷下「陳康伯前身羊毛筆菴主」載：

> 昔閩地有張聖者，幼時嘗牧牛於竹林中，偶見二道人著碁，張看之不覺終局，道人憫張久而飢，折與苦筍一莖，張食之，初甜後苦，乃棄其餘。洎還家子孫已四世矣，從此不食煙火之物，而能作頌斷人死生禍福等事，由此人稱之為張聖者。後為僧遊方，至興化軍。時陳康伯未第，往求頌，但書羊毛筆三字，康伯不曉其意。繼中秋選將過省，復詣求頌，仍寫前三字與之，自此一舉成名。初作尉某處差往漳州漳甫，驗事手吏具路程，次日早飯羊毛筆菴，康伯問其處，吏答：「昔有一道人居此頗有高行，善繫羊毛筆，每日只賣二十管，得錢六伯，以養道眾，餘時杜門而已。後坐亡，人敬之，以漆飾其身，尚在，由此得名羊毛筆菴。」康伯至彼，頂拜之餘問道人死之日，乃康伯生之辰，於此始悟前身是羊毛筆菴主也。張聖者所寫真不謬矣，康伯遂題石紀其事，仍給俸置田，廣菴宇延接方來，至今不絕，康伯淳熙中官至左丞相〔註19〕。

文中記載陳康伯二次問功名於張聖者，張聖者皆書「羊毛筆」三字，後陳康伯為官至漳州造訪羊毛筆菴，聽聞羊毛筆菴主的故事後，又核對自己的生辰與對方的卒日相符，遂悟自己前身即羊毛筆菴主。

　　羊毛筆菴主的身分未明，然而就文獻的內容可見，羊毛筆菴主具高深的修行，常以手作的羊毛筆換錢供養道眾，因此得眾人敬重而以漆飾其坐化之身，遂得名。藉由羊毛筆菴主善舉之敘述，解釋陳康伯當世能夠位極人臣、達官顯貴的果報。

五、王十朋：嚴闍梨

　　王十朋（1112～1171），南宋詩人，字龜齡，號梅溪，溫州樂清人，紹興二十七年（1157）進士及第，諡號忠文，《宋史》三百八十七載其傳〔註20〕。宋代有王十朋前身為嚴闍梨（或言嚴首座〔註21〕）的傳說，見載於王十朋《梅

〔註18〕《宋史》卷三百八十四，頁 11807～11811。
〔註19〕宋・宗曉《樂邦遺稿》卷下（CBETA, T47, no.1969B, p.246, b19-c9）。
〔註20〕《宋史》三百八十七，頁 11882～11887。
〔註21〕首座：又作上座、首眾，居一座之首位而為眾僧之表儀者，通常專用於禪家。

溪集》前集卷十九「記人說前生事」〔註 22〕、後集卷二〈題石橋二絕〉其二〔註 23〕、後集卷七〈種蔬〉〔註 24〕，葉寘《愛日齋叢抄》卷二〔註 25〕、宗曉《樂邦遺稿》卷下「王狀元前身萬年嚴首座」〔註 26〕。據王十朋《梅溪集》前集卷十九「記人說前生事」載：

> 予少時有鄉僧每見子必謂曰：「此郎嚴伯威後身也。」予不曉所謂。既而，訪諸叔父寶印大師，叔父曰：「嚴闍梨，字伯威，汝祖母賈之兄、吾之舅氏，且法門之師也。博學工詩文，戒行修飭，有聲江浙間，為士俗所推重。汝父母恒以無子為憂，禱求甚力。至政和壬辰之正月，吾師卒。汝祖一夕夢吾師至其家，手集眾花，結成一大毬字，顧汝祖而遺之曰：『孝祖君家求此久矣，吾是以來。』忽不見。是月汝母有娠，至十月而汝生。吾師眉濃黑而垂，目深而神藏，兒時能誦千言，喜作詩。人以汝眉目及趣好類之，且符所夢，又謂吾師死之月而汝受胎也，故云。」予幼從學鹿巖，人有指予眉垂目藏而靳之者，表丈賈元達曰：「此子眉目類吾伯嚴闍梨，他日能文未可知也。然嚴闍梨智慧名德卓卓如許，縱未脫輪回當復生人間，世為大善知識，胡為於滅度之後，鍾成迂愚魯鈍之性，現此窮薄困苦相耶。」予嘗寫字作文詒寶印叔父，叔父曰：「人言汝吾師也，文僅似之字，乃爾不同耶。」嚴闍梨尤工筆札，予最不善書故也。紹興庚午七月二十日，因作文寫字兩俱不佳，媿而曰：「嚴闍梨汝前生食蔬何多智；今生食肉何許愚也。」用說之。〔註 27〕

由上舉文獻可知：嚴闍梨為王十朋的舅公，博學擅於詩文，修持操守有度，享譽江浙地區。王十朋父母因長年未得子而求子於佛，嚴闍梨卒（1112），後王十朋祖父遂夢其欲託生王家。十月後王十朋誕生（1112），其眉毛濃黑長垂，興趣與嚴闍梨相近，又加上託生之夢與二人生卒日相承接，故眾人皆言王十朋為嚴闍梨後身。文中透過前身傳說常見的夢境、生卒日相承、

〔註 22〕宋・王十朋《梅溪集》前集卷十九，《景印文淵閣四庫全書》，集部 165，臺北：臺灣商務印書館，1986 年 7 月，葉十六上至十八上，頁 292～293。

〔註 23〕宋・王十朋《梅溪集》後集卷二，葉十下，頁 322。

〔註 24〕宋・王十朋《梅溪集》後集卷七，葉七下至八上，頁 369～370。

〔註 25〕宋・葉寘《愛日齋叢抄》卷二，《全宋筆記》第八編，冊 5，頁 378～379。

〔註 26〕宋・宗曉《樂邦遺稿》卷下（CBETA, T47, no.1969B, p.247, c18-c28）。

〔註 27〕宋・王十朋《梅溪集》前集卷十九，葉十六上至十八上，頁 292～293。

外貌相似、文采相當等四個表現手法，塑造、印證王十朋與嚴闍梨二者之間的關聯性。據《梅溪集》後集卷二〈題石橋二絕〉其二與後集卷七〈種蔬〉載：

> 石橋未到已先知，入眼端如入夢時。僧喚我為嚴首座，前生曾寫此橋碑。〔註28〕

> 歸來日彈鋏，食無肉與魚。卻將種花地，町畦毓嘉蔬。驕陽每抱甕，時雨親荷鋤。青青有生意，令我顏色舒。寧憂饉與飢，亦有瓶中儲。前身老闍梨，蔬氣端未除。文字亦宿業，復生魚蠹書。蠹書仍食蔬，苦淡味有餘。況茲清淨根，分來自僧居。端能納須彌，聊爾秀郊墟。洗我腥羶腸，襟宇生清虛。豈惟陶淵明，吾亦愛吾廬。荒園涉成趣，枯藤當安輿。困枕案頭卷，飢著盤中蒩。孔門陳蔡色，借問何如予。
>
> 〔註29〕

由上述二則文獻可見，王十朋藉前身為嚴闍梨之說，表達自己對於天台山石橋似曾相識的熟悉感；亦藉前身為嚴闍梨與自己作為對比，展現嚮往寧靜無擾的生活。

　　嚴闍梨（1059～1112），俗名賈伯威，法名處嚴，號潛澗，為法華宗高僧，善詩文，世稱「處嚴阿闍梨」，亦稱「嚴闍梨」〔註30〕。宋代王十朋《梅溪集》前集卷二十〈潛澗嚴闍梨塔銘〉〔註31〕、明代明河《補續高僧傳》卷二十三「潛澗闍黎傳」〔註32〕載其傳記。王十朋《梅溪集》前集卷十七〈潛澗嚴闍梨文集序〉讚賞嚴闍梨的為人志節高妙、文采斐然〔註33〕；《梅溪集》後集卷二十七〈跋嚴伯威墨蹟〉云嚴闍梨所書的八幅唐宋詩文實為「近世所無」〔註34〕。由此可見王十朋對於嚴闍梨抱持尊敬與頌揚的態度，故在《梅溪集》前集卷十九「記人說前生事」文末記錄自己作文、寫字表現不佳時，自言：「嚴闍梨汝前生食蔬何多智；今生食肉何許愚也。」藉此自我調侃。

〔註28〕宋・王十朋《梅溪集》後集卷二，葉十上，頁322。
〔註29〕宋・王十朋《梅溪集》後集卷七，葉七下至八上，頁369～370。
〔註30〕闍梨：阿闍梨，梨亦作黎。指僧徒之師，以其智慧與道德教授弟子，使之行為端正合宜，而自身又堪為弟子楷模之師已為弟子軌範。
〔註31〕宋・王十朋《梅溪集》前集卷二十，葉十三上至十六上，頁300～301。
〔註32〕明・明河《補續高僧傳》卷二十三（CBETA, X77, no.1524, p.520, a6-b19）。
〔註33〕宋・王十朋《梅溪集》前集卷十七，葉四上至六上，頁260～261。
〔註34〕宋・王十朋《梅溪集》後集卷二十七葉十二上至十二下，頁598。

宋・俞成《瑩雪叢說》卷下記載王十朋前身為劉道者：

> 余因以類彰，羊祜自省前身為李氏之子，邊鎬為謝靈運後身。韋皋既生一月，有一胡僧造其家曰：「兒若有喜色。」韋氏問之，僧曰：「此子乃諸葛武侯後身。」因以武侯字之，見《宣室志》。及觀王十朋絕句：「石橋未到神先到，日裏還同夢裏時。僧教我名劉道者，前身曾寫石橋碑。」石橋乃天台五百尊羅漢洞口也。今世所以聰明，所以福德，所以不昧，本來面目皆前世有以胎之。不是大修行僧道，便是大有德官員，功成行滿，道洽政治，故有如是滅，亦復有如是生。彼有靈物，託化星辰降誕，神道出世，為我等相者，應見自性如來。豈他人之所能知哉！〔註35〕

文中作者明顯引用王十朋詩作〈題石橋二絕〉其二，但是前身對象卻變成劉道者，然而就前述文獻可見，王十朋前身應為嚴闍梨，故推測應是流傳的過程中，作者誤抄產生的結果。

六、陳塤：僧人

陳塤（1197～1241），字和仲，號習菴，慶元府鄞人，寧宗嘉定十年（1217）進士及第，《宋史》卷四百二十三有其傳〔註36〕。宋代有其前身為和尚之說，據張端義《貴耳集》卷下載：

> 陳習菴名塤，省元，父母求子于佛，照光禪師就上寫一偈，末後二句云：「諸佛菩提齊著力，只今生箇大男兒。」此十月三十日書，至十二月三十日習菴生，父母乞名于佛，照光曰覺老。余親見二狀，習菴無髭，有則去之，凡有除目，即先夢見住院，前身即一尊宿也。〔註37〕

敘述陳塤父母求子、求名於佛的過程，並記載作者親見陳塤不留髭鬚、夢見佛院等佛教關聯的特徵，因此認為其前身為高僧。

文中作者認為陳塤前世為高僧，僅依據其不續髭鬚、夢見佛寺二個線索，且未言高僧的身分，僅有陳塤父母求名於佛時，照光禪師言「覺老」二字。然而陳塤的名字皆與「覺老」二字無關，故推測作者在宋代前身觀念盛行的風

〔註35〕宋・俞成《瑩雪叢說》卷下，《全宋筆記》第七編，冊5，頁244～245。
〔註36〕《宋史》卷四百二十三，頁12638～12641。
〔註37〕宋・張端義《貴耳集》卷下，《全宋筆記》第六編，冊10，頁351。

氣下，因為陳塏父母求子與求名於佛之舉，以及陳塏的行為，因此認為陳塏前身為高僧。

第二節　歷史人物相關之文臣前身傳說

本節欲探討宋代文獻中與歷史人物相關的南宋文臣前身傳說，其中共有2位南宋文臣，分別為：陸游（1125～1210）、魏了翁（1178～1237）。以下將針對2位南宋文臣之前身傳說的內容、表現模式以及前身對象的身分進行探討，並且分析其中所蘊含的意義。

一、陸游：秦觀

陸游（1125～1210），字務觀，號放翁，越州山陰人，高宗紹興二十三年（1153）參加省試脫穎而出，主考官陳阜卿擢置第一，秦檜孫秦塤居其次，因此遭秦檜所嫉，翌年（1154）殿試黜陸游，使其失去由科舉得功名的機會，紹興三十二年（1162）蔭補登仕郎，《宋史》卷三百九十五〔註38〕載其傳。宋代有其前身為秦觀之說，據葉紹翁《四朝見聞錄》乙集「陸放翁」載：

> 陸游，字務觀，山陰人。名游，字當從觀，至今謂觀。蓋母氏夢秦
>
> 少游而生公，故以秦名為字，而字其名。或曰公慕少游者也。〔註39〕

記載陸游名字的由來有二：一為陸游母親夢見秦觀後生下陸游，並且以秦觀之名為字「務觀」，以字為名「游」；二為陸游因為欽慕秦觀而命名。文中記載陸游前身為秦觀的傳說，以常見的母親孕夢的筆法，再藉由出生、名、字等印證前身之說的真實性。〔註40〕

秦觀（1049～1100），字少游、太虛，號淮海居士，揚州高郵人，北宋詞人，「蘇門四學士」之一。陸游〈題陳伯予主簿所藏秦少游像〉：「晚生常恨不從公，忽拜英姿繪畫中。妄欲步趨端有意，我名公字正相同」〔註41〕可知秦觀與陸游名字的關聯並非刻意為之，而是出於巧合。清‧譚獻《復堂詞話》評

〔註38〕《宋史》卷三百九十五，頁12057～12059。

〔註39〕宋‧葉紹翁《四朝見聞錄》乙集，《全宋筆記》，第六編，冊9，頁281。

〔註40〕關於陸游姓名的考究，請參見歐明俊〈秦觀陸游名字考釋〉，《中國典籍與文化》，總60期，2007年，頁105～113。

〔註41〕宋‧陸游〈題陳伯予主簿所藏秦少游像〉，《劍南詩稿》卷六十六，《文津閣四庫全書》，第1167冊，北京：商務印書館，2006年，葉二十二下，頁118。

陸游詞：「放翁穠纖得中，精粹不少。南宋善學少游者惟陸。」〔註42〕可見陸游的詞作亦受到秦觀的影響，因此不論陸游前身為秦觀之說真實與否，其對秦觀的仰慕之情為真誠的表現，前身之說的產生，反映出時人對於陸游文學成就的肯定與想像，遂而藉此增添其身分的奇幻色彩。

二、魏了翁：陳瓘

魏了翁（1178～1237），字華父，四川蒲江人，寧宗慶元五年（1199）進士及第，諡文靖，《宋史‧魏了翁傳》〔註43〕載其為官正直廉明、善陳直言，寧宗嘉定三年（1210）創辦鶴山書院弘揚理學，學者尊之為鶴山先生，與真德秀（1178～1235）齊名，世稱「真魏」。

陳瓘，字瑩中，號了翁，又號華嚴居士，南劍州沙縣人，神宗元豐二年（1079）探花，諡忠肅，與陳師錫同論蔡京、蔡卞，時稱「二陳」，《宋史‧陳瓘傳》載其剛正不阿、勇敢直諫的性格：「瓘謙和不與物競，閑居矜莊自持，語不苟發。通於易，數言國家大事，後多驗。」〔註44〕、「嗚呼，賢哉！陳瓘、任伯雨抗迹疏遠，立朝寡援，而力發章惇、曾布、蔡京、蔡卞羣姦之罪，無少畏忌，古所謂剛正不撓者歟！。」〔註45〕。

宋代有魏了翁前身為陳瓘（1057～1124）之說，據張端義《貴耳集》卷下載：

> 鶴山先生母夫人方坐蓐時，其先公畫寢，夢有人朝服入其臥內，因問為誰？答曰：「陳了翁。」覺而鶴山生，所以用其號而命名。陳瑩中前三名登第，後兩甲子，鶴山中第，亦第三名。其出處風節相似處極多。在東南時，有了翁家子孫，必異遇之。〔註46〕

文中記述魏了翁母親即將生產時，魏了翁父親夢見陳瓘身著朝服入臥內，醒後魏了翁誕生，因此以陳瓘之號「了翁」為名，此手法為前身傳說常見的表現技巧。文末敘述陳瓘與魏了翁的科舉考試結果皆是前三名，正好相距兩甲子，比較陳瓘（1079）與魏了翁（1199）二人科舉登進士的時間，正與文中講

〔註42〕清‧譚獻《復堂詞話》，唐圭璋《詞話叢編》，第 11 冊，臺北：廣文書局，1970 年 1 月，頁 4020。
〔註43〕《宋史》卷四百三十七，頁 12965～12971。
〔註44〕《宋史》卷三百四十五，頁 10964。
〔註45〕《宋史》卷三百四十五，頁 10967。
〔註46〕宋‧張端義《貴耳集》卷下，《全宋筆記》，第六編，冊 10，頁 344。

述的一百二十年相符。據《宋史》的記載，陳瓘與魏了翁二者的人格特質相近，為官清廉剛正、不畏權貴、正言直諫，從魏了翁前身為陳瓘的傳說可見，故事透過夢兆、名號、功名與性格等凸顯二人的關聯性，藉以說明魏了翁因身分不凡而有卓越的成就。

第三節　動物相關之武將岳飛前身傳說

本節欲探討宋代文獻中與動物相關的南宋武將前身傳說，其中僅岳飛（1103～1142）一人，以下前身傳說的內容、表現模式以及前身對象的身分進行探討，並且分析其中所蘊含的意義。

岳飛（1103～1142），字鵬舉，相州湯陰人，徽宗宣和四年（1122）應劉韐（1067～1127）募敢戰士而投軍，紹興十年（1140）出兵大破金兵，卻為高宗以十二道金牌召回京城，後遭秦檜、張俊等人構陷入獄，紹興十二年（1142），以「莫須有」謀反罪名賜死，宋孝宗為其追諡武穆，封鄂王，《宋史》卷一百二十四〔註47〕載其傳。宋代有其前身為豬精與鵠鳥之說，以下將分別探討。〔註48〕

一、豬精

岳飛前身為豬精的傳說，見載於曾敏行《獨醒雜志》卷十、洪邁《夷堅志》甲志卷十五「豬精」：

> 岳公飛微時，嘗于長安道中遇一相者曰「舒翁」。飛時貧甚，翁熟視之曰：「子異日當貴顯，總重兵，然死非其命。」飛曰：「何謂也？」翁曰：「第識之，子，豬精也，豬碩大而必受害。子貴顯則睥睨者眾矣。」飛，靖、炎間起偏裨為大將，位至三孤，竟為讒邪所害。〔註49〕

〔註47〕《宋史》卷一百二十四，頁 11375～11397。
〔註48〕有關岳飛形象與前身傳說之研究，請參見洪素真《岳飛故事研究》，臺灣師範大學，國文研究所碩士論文，1998 年、張清發《岳飛故事研究》，成功大學，中國文學系碩士論文，1999 年、李琳〈中國古代英雄誕生故事與民間敘事傳統——以岳飛出身、出生故事為例〉，《鄭州大學學報》，哲學社會科學版，第 39 卷，第 5 期，2006 年 9 月，頁 154～158、朱文廣〈佛教輪回果報觀下岳飛轉世故事的演變〉，《集美大學學報》，哲學社會科學版，第 12 卷，第 1 期，2009 年 1 月，頁 56～60、莊嘉純《岳飛英雄形象與臺灣岳王信仰研究》，中興大學，中國文學系所碩士論文，2012 年。
〔註49〕宋・曾敏行《獨醒雜志》卷十，《全宋筆記》，第四編，冊 5，頁 199。

紹興十年春，樂平人馬元益赴大理寺監門，與婢意奴俱行，至上
饒道中，同謁一神祠丐福。是歲六月，婢夢與馬至所謁祠下，有
親事官數輩傳呼曰：「大卿請。」指前高樓云：「大卿在彼宰豬為
慶，會召僚屬。」明日，馬以語寺卿周三畏，意建亥之月，當有
遷陟。明年冬，寺中作制院鞫岳飛。遇夜，周卿往往間行至鞫所。
一夕月微明，見古木下一物，似豕而角。周疑駭卻步。此物徐行，
往獄旁小祠而隱。經數夕復往，月甚明，又見前怪，首上有片紙
書「發」字。周謂獄成當有恩渥。既而聞岳之門僧惠清言：「岳微
時居相台，為市游徼，有舒翁者善相人，見岳必烹茶設饌，嘗密
謂之曰：『君乃豬精也。精靈在人間，必有異事，它日當為朝廷握
十萬之師，建功立業，位至三公。然豬之為物，未有善終，必為
人屠宰。君如得志，宜早退步也。』岳笑不以為然，至是方驗。」
〔註50〕

上舉二則文獻皆記載岳飛尚未顯達時，舒翁言其為豬精轉世，未來將位高
權重，並勸戒其應當於得志時急流勇退，否則將死於非命。《夷堅志》甲志
卷十五「豬精」中首先敘述馬元益婢女夢周三畏將宰豬，以及周三畏於監獄
旁見似豕而角之物，以「豬」、「豕」喻岳飛，意指周三畏將負責審理岳飛之
事，其後講述舒翁言岳飛為豬精之事，使前述的事件作為岳飛即為豬精的
印證。

岳飛前身為豬精的傳說，即是以《獨醒雜志》卷十言「豬碩大而必受害」、
《夷堅志》甲志：「豬之為物，未有善終，必為人屠宰。」的結局，預言與解
釋岳飛聲名大噪、位高權重之後，遭秦檜、万俟卨等奸人構陷入獄、迫害而
亡的命運。將豬精比附為岳飛，雖然與其驍勇善戰的英雄形象不相符合，但
是透過此前身傳說可見佛教輪迴轉世、因果報應的觀念。

二、鵠鳥

岳飛前身為鵠鳥的傳說，見載於岳珂《金佗稡編》卷四〈先臣和遺事初
歲遺事〉與《金佗續編》卷十七〈章尚書穎經進鄂王傳〉之一：

及生先臣之夕，有大禽若鵠，自東南來，飛鳴于寢室之上。先臣和
異之，因名焉。未彌月，黃河決，內黃西水暴至，姚氏倉皇襁抱坐

〔註50〕宋・洪邁《夷堅志》甲志卷十五「豬精」，頁132～133。

巨甕中，衝濤而下，乘流滅沒，俄及岸，得免。〔註51〕

岳飛，字鵬舉，相州湯陰人也。世力田，父和有賢德，河北薦饑，
和能自節食以濟饑者，人皆賢之。飛之在母也，有老父過，聞其母
聲曰：「必生男也，當以功名顯，致位三孤。」及生，有大禽若鵠，
飛鳴於室之上，因名焉。未彌月，河決，內黃西水暴至，母姚氏寘
之巨甕中，衝濤乘而下，及岸得不死。〔註52〕

岳珂（1183～1243）為岳飛之孫，《金佗稡編》卷四與《金佗續編》卷十七記
載岳飛出生之時，有大禽若鵠飛鳴於室上的異象，因此即以「飛」為名。《宋
史·岳飛傳》亦載此事：

岳飛，字鵬舉，相州湯陰人。世力農。父和，能節食以濟饑者。有
耕侵其地，割而與之；貰其財者不責償。飛生時，有大禽若鵠，飛
鳴室上，因以為名。未彌月，河決內黃，水暴至，母姚抱飛坐甕中，
衝濤及岸得免，人異之。〔註53〕

可見《宋史》與《金佗稡編》、《金佗續編》所載內容相近，應是據此而錄。

　　鵠鳥，體形似雁而較大，頸長，腳短。行走不便，但在水中能迅速划行，
姿態優雅。能高飛，且鳴聲洪亮。俗稱為「天鵝」。〔註54〕將鵠鳥比附岳飛，
即是取「鴻鵠」志向高遠的象徵〔註55〕，比喻岳飛將如鴻鵠般施展抱負、一
鳴驚人，彰顯其馳騁沙場、英勇抗金的形象，使其身分更顯不凡與傳奇。

第四節　後代敘事作品中之南宋文臣武將前身傳說

　　除前三節探討的宋代文獻外，南宋文臣武將的前身傳說，亦可見於後代
敘事作品中。筆者目前蒐集所得的資料有秦檜與岳飛二人，秦檜前世為鐵背

〔註51〕宋·岳珂《金佗稡編》卷四，《文津閣四庫全書》，第 445 冊，北京：商務印
　　　　書館，2006 年，葉二上，頁 78。

〔註52〕宋·岳珂《金佗續編》卷十七〈章尚書穎經進鄂王傳〉之一，《文津閣四庫全
　　　　書》，第 445 冊，北京：商務印書館，2006 年，葉三下，頁 384。

〔註53〕《宋史》卷一百二十四，頁 11375。

〔註54〕教育部「重編國語辭典修訂本」：http://dict.revised.moe.edu.tw/cgi-bin/cbdic/
　　　　gsweb.cgi?o=dcbdic&searchid=W00000004987（2020.05.10 瀏覽）。

〔註55〕《史記·陳涉世家》：「陳涉少時，嘗與人傭耕，輟耕之壟上，悵恨久之，曰：
　　　　『苟富貴，無相忘。』庸者笑而應曰：『若為庸耕，何富貴也？』陳涉太息曰：
　　　　『嗟乎，燕雀安知鴻鵠之志哉！』」，頁 1949。

虬龍，岳飛則有前世為大鵬金翅明王與張飛二種故事，其中秦檜為鐵背虬龍，以及岳飛為大鵬金翅明王的故事有密切關係，以下將分別探討。

一、秦檜：鐵背虬龍

宋代有秦檜前身為雁蕩靈峰寺僧人之傳說，宋代以後的敘事作品則有秦檜為鐵背虬龍轉世的故事，據清・錢彩、金豐《說岳全傳》載：

> 當初東晉時，許真君爺斬蛟，那蛟精變作秀才，改名慎郎，入贅在長沙賈刺史家，被真君擒住，鎖在江西城南井中鐵樹上，饒了他妻賈氏，已後往烏龍山出家。所生三子，真君已斬了兩個，其第三子逃入黃河岸邊虎牙灘下，後來修行得道，名為「鐵背虬王」。這一日，變做個白衣秀士，聚集了些蝦兵蟹將，在那山崖前排陣玩耍，恰遇著這大鵬飛到。那大鵬這雙神眼認得是個妖精，一翅落將下來，望著老龍，這一嘴正啄著左眼，霎時眼睛突出，滿面流血，叫一聲：「呵呀！」滾下黃河深底藏躲。那些水族連忙跳入水中去躲。〔註56〕

> 常言道：「冤家宜解不宜結。」那人來惹我，尚然要忍耐，讓他幾分，免了多少是非。何況那蛟精，在真君劍下逃出命來，躲在這黃河岸邊修行了八百幾十年，纔掙得個「鐵背虬龍」的名號，滿望有日功成行滿，那裡想到被這大鵬鳥驀地一嘴，把這左眼啄瞎，這口氣如何出得！所以後來弄出許多事來。此雖是大數，也是這大鵬結下的冤讎。那陳摶老祖預知此事，又恐怕那大鵬脫了根基，故此與他取了名字，遺授玄機。當時同岳員外走出廳來，見天井內有兩隻大花缸排列在階下，原是員外新近買來要養金魚的，尚未貯水。老祖假意道：「好一對花缸！」將那拐杖在缸內畫上靈符，口中默默念咒，演法端正，然後出門。岳和在後相送到大門首。〔註57〕

> 那岳員外在房中，見兒子啼哭不止，沒法處治，安人埋怨不絕。岳員外忽然想起，前日那個道人曾說，我兒「三日內倘有甚驚恐，卻叫安人抱出來，坐在花缸內方保無事」的話，對安人說了。安人正

〔註56〕清・錢彩、金豐《說岳全傳》第一回「天遣赤鬚龍下界　佛謫金翅鳥降凡」，《古本小說集成》，葉五，頁9～10。

〔註57〕清・錢彩、金豐《說岳全傳》第二回「泛洪濤虬王報怨　撫孤寡員外施恩」，《古本小說集成》，葉十一，頁21～22。

在沒做理會處，便道：「既如此，快抱出去便了。」說罷，把衣裳穿好，叫丫鬟拿條絨氈鋪在花缸之內。姚氏安人抱了岳飛，方纔坐定在缸內，祇聽得天崩的一聲響亮，頓時地裂，滔滔洪水漫將起來，把個岳家莊變成大海，一村人民俱隨水漂流。

列位，你道這水因何而起？乃是黃河中的鐵背虯龍要報前日一啄之讎，打聽得大鵬投生在此，卻率了一班水族兵將興此波濤，枉害了一村人性命。卻是犯了天條，玉帝命下，著屠龍力士在剮龍臺上吃了一刀。這虯精一靈不忿，就在東土投胎，後來就是秦檜，連用十二道金牌將岳爺召回，在風波亭上謀害，以報此仇。後話不表。〔註58〕

故事中記載鐵背虯龍為許真君劍下逃離的蛟龍，躲在黃河邊修行了八百多年，一日卻被大鵬鳥啄瞎了左眼，因而心生怨恨，得知大鵬鳥投世為岳飛，為報昔日之仇，遂投胎為秦檜。故事中亦講述秦檜妻王氏的前世身分：

且說西方極樂世界大雷音寺我佛如來，一日端坐九品蓮臺，旁列著四大菩薩、八大金剛、五百羅漢、三千偈諦、比丘尼、比丘僧、優婆夷、優婆塞，共諸天護法聖眾，齊聽講說妙法真經。正說得天花亂墜、寶雨繽紛之際，不期有一位星官，乃是女土蝠，偶在蓮臺之下聽講，一時忍不住，撒出一個臭屁來。我佛原是個大慈大悲之主，毫不在意。不道惱了佛頂上頭一位護法神祇，名為大鵬金翅明王，眼射金光，背呈祥瑞，見那女土蝠污穢不潔，不覺大怒，展開雙翅落下來，望著女土蝠頭上，這一嘴就啄死了。那女土蝠一點靈光射出雷音寺，徑往東土認母投胎，在下界王門為女，後來嫁與秦檜為妻，殘害忠良，以報今日之讎。〔註59〕

秦檜妻原為天上二十八星宿之一的星官女土蝠，卻在如來佛講經時擾亂了清淨，被護法神祇大鵬金翅明王啄死，因此投胎為王氏，後為秦檜妻。

故事藉由秦檜前世為鐵背虯龍、秦檜妻為女土蝠，二人投胎轉世皆是為向轉世為岳飛的大鵬金翅明王報仇，三人前世產生的仇怨，解釋秦檜夫婦構

〔註58〕清・錢彩、金豐《說岳全傳》第二回「泛洪濤虯王報怨　撫孤寡員外施恩」，《古本小說集成》，葉十三，頁25～26。

〔註59〕清・錢彩、金豐《說岳全傳》第一回「天遣赤鬚龍下界　佛謫金翅鳥降凡」，《古本小說集成》，葉二下至三上，頁4～5。

陷岳飛之因果，蘊含佛教輪迴轉世、因果報應的觀念，使三人的關係更加錯綜複雜具戲劇性。

二、岳飛：大鵬鳥、張飛

宋代文獻記載岳飛前身為豬精與鵰鳥，而宋代以後的敘事作品則有岳飛前世為大鵬鳥與張飛二種說法，以下將分別探討。

（一）大鵬鳥

岳飛前世為大鵬鳥形象的故事，可分為兩種：第一種為明・熊大木《大宋中興通俗演義》第七回「岳鵬舉辭家應募」：

> 卻說相州湯陰人姓岳名飛，表字鵬舉，世以農為業。其父岳和能勤儉節食，以濟飢者。耕田有侵其地界，和即割與之，亦不與辯。人借錢穀有負其債者，再不索齲由是鄉人皆感德之。其妻姚氏尤賢，生岳飛時，有大禽若鵬，飛鳴室上，因以為名。未滿月，黃河內決，大水暴至，飛母抱飛坐在甕中，隨水衝激及岸邊，子母無事，人皆異之。〔註60〕

文中所記載岳飛出生時的異象，內容與宋代文獻相近，其中將「大禽若鵰」轉變為「大禽若鵬」，應是取《莊子・逍遙遊》：「北冥有魚，其名為鯤，鯤之大，不知其幾千里也。化而為鳥，其名為鵬，鵬之背，不知其幾千里也。怒而飛，其翼若垂天之雲。」〔註61〕中鵬鳥的意象，與宋代文獻所載的鵰形象相近，皆為大鳥能高遠飛翔，都具有弘遠、英勇的象徵。

第二種為清・錢彩、金豐《說岳全傳》言岳飛前世為佛教的大鵬金翅明王：

> 今徽宗皇帝元旦郊天，那表章上原寫的是『玉皇大帝』，不道將『玉』字上一點，點在『大』字上去，卻不是『王皇犬帝』了？玉帝看了大怒道：『王皇可恕，犬帝難饒！』遂命赤鬚龍下界，降生於北地女真國黃龍府內，使他後來侵犯中原，攪亂宋室江山，使萬民受兵革之災，豈不可慘！」二童道：「師父，今日就是這赤鬚龍下界麼？」

〔註60〕明・熊大木《大宋中興通俗演義》「岳鵬舉辭家應募」，《古本小說集成》，葉二十九下，頁78。

〔註61〕周・莊周，郭象註《莊子・逍遙遊》，臺北：藝文印書館，2007年3月，頁9～10。

老祖道：「非也！此乃我佛如來恐赤鬚龍無人降伏，故遣大鵬鳥下界，保全宋室江山，以滿一十八帝年數。你看，這孽畜將近飛來，你兩個看好洞門，待我去看他降生何處。」就把雙足一登，駕起祥雲，看那大鵬一氣飛到黃河邊。〔註62〕

卻有一個不識時務的團魚精，仗著有些氣力，舞著雙叉，大叫道：「何方妖怪，擅敢行兇！」叫聲未絕，早被大鵬一嘴，啄得四腳朝天，嗚呼哀哉！一靈不滅，直飛至東土投胎，後來就是萬俟卨，鍛煉岳爺爺冤獄，屈死風波亭上，以報此讎。這也是後話。當時老祖看得明白，點頭嘆道：「這孽畜落了劫，尚且行兇，這冤冤相報，何日得了！」一面嗟嘆，一面駕著雲頭，跟著大鵬。那大鵬飛到河南相州一家屋脊上立定，再看時就不見了。當時老祖也就落下雲頭，搖身一變，變做一年老道人，手持一根拐杖，前來訪問。

卻說那個人家姓岳名和，安人姚氏，年已四十，纔生下這一個兒子。丫鬟出來報喜。這員外年將半百，生了兒子，自然快活，忙忙的向家堂神廟點燭燒香，忙個不了。不道這陳摶老祖變了個道人，搖搖擺擺來到莊門首，向著那個老門公打個稽首道：「貧道腹中飢餓，特來抄化一齋，望乞方便。」那個老門公把頭搖一搖，說道：「師父，你來得不湊巧。我家員外極肯做好事，往常時不要說師父一個，就是十位、二十位俱肯齋的。祇因年已半百，沒有公子，去年在南海普陀去進香求嗣，果然菩薩靈驗，安人回來就得了孕。今日生下了一位小官人，家裡忙忙碌碌，況且廚下不潔淨，不便，不便！你再往別家去罷。」老祖道：「貧道遠方到此，或者有緣，你祇與我進去說一聲。允與不允，就完了齋公的好意了。」門公道：「也罷，老師父且請坐一坐，待我進去與員外說一聲看。」〔註63〕

道人看了，讚不絕口道：「好個令郎！可曾取名字否？」員外道：「小兒今日初生，尚未取名。」老祖道：「貧道斗膽，替令郎取個名字如何？」員外道：「老師肯賜名，極妙的了！」老祖道：「我

〔註62〕清・錢彩、金豐編次《說岳全傳》第一回，《古本小說集成》，葉四下至葉五上，頁8～9。

〔註63〕清・錢彩、金豐編次《說岳全傳》第一回，《古本小說集成》，葉五下至葉七上，頁10～13。

> 看令郎相貌魁梧，長大來必然前程萬里，遠舉高飛，就取個『飛』
> 字為名，表字『鵬舉』，何如？」員外聽了心中大喜，再三稱謝。
> 〔註64〕

文中記載徽宗因為誤寫玉皇大帝名號，玉帝遂命赤鬚龍降生為女真族的金兀朮，使其屢屢侵擾北宋，百姓苦於戰爭民不聊生；而如來佛祖為保全宋室江山，故遣大鵬金翅明王投世為岳飛，對抗金朝保衛宋朝疆土。

大鵬金翅明王，即指佛教的迦樓羅（Garuḍa），漢譯大鵬金翅鳥、金翅鳥或妙翅鳥，《妙法蓮華經文句》卷二載：

> 迦樓羅，此云金翅，翅翮金色，居四天下大樹上，兩翅相去三百三
> 十六萬里，有人言：《莊子》呼為鵬，鵬行眾鳥翼之，亦稱為鳳皇。
> 私謂鳳不踐生草，啄竹實，棲乳桐；金翅啄龍，云何是類？「大威
> 德」者，威勝群輩，又威攝諸龍也。〔註65〕

其居四天下之大樹，取龍為食，為佛教保護神八部眾之一〔註66〕。岳飛與金翅鳥，二者同樣具有保衛、守護的象徵，將岳飛英勇保家衛國的表現，歸因於與生俱來的天賦。

由上述文獻可見，不論是中國傳統的大鵬鳥，或是佛教信仰的金翅鳥，皆以二者神奇、威猛、宏大的形象，彰顯岳飛驍勇善戰、抵抗金兵的傳奇色彩，透過轉世、因果輪迴的前身傳說，使其事蹟廣泛流傳，深植人心。

（二）張飛

岳飛前世為張飛的故事，見載於元·苗善時編《純陽帝君神化妙通紀》卷六「宮中勸崇第八十二化」、明·徐道《歷代神仙通鑑》卷十九、明·馮夢龍《喻世明言》〈遊酆都胡母迪吟詩〉、清·潘昶《金蓮仙史》第二回「林靈素興玄談道德　呂洞賓護國滅妖邪」、清·西湖墨浪子《西湖佳話》第七卷「岳墳忠跡」：

> 政和中，宮禁有祟白晝現形，盜金寶姦妃嬪，獨有上所居元患。自
> 林靈素王文卿諸侍宸等治之，息而復作。上精齋虔禱，奏詞九天。
> 晝寢，見東門外有一道士，碧蓮冠紫鶴氅，手執水晶如意。前揖上

〔註64〕清·錢彩、金豐編次《說岳全傳》第一回，《古本小說集成》，葉九上，頁17。
〔註65〕隋·智顗《妙法蓮華經文句》卷二（CBETA, T34, no.1718, p.25, c1-c6）。
〔註66〕八部眾：又稱天龍八部，一天，二龍，三夜叉，四乾闥婆，五阿修羅，六迦
　　　　樓羅，七緊那羅，八摩睺羅伽。

日：臣奉上帝敕來治祟。良久一金甲丈夫捉祟，劈而啗之且盡。上
問丈夫何人，道士曰：乃陛下所封崇寧真君關羽也。上勉勞之再四，
復問張飛何在，羽曰：飛乃臣累劫弟兄，今已為陛下生于相州岳家，
他日輔佐中興，飛將有功焉。上問師何姓名，曰：姓陽，四月十四
日生。陛下性尚奇怪，多心不正，致使邪犯宮庭。當正心清靜，治
化天下，免將來奸盜侵亂。帝不省，遂隱去，意其為洞賓也。自是
宮禁帖然。遂詔天下有洞賓香火處，皆正妙道神化之號。仍塑像于
景靈宮，歲時奉祠焉。〔註67〕

（《純陽帝君神化妙通紀》卷六「宮中勤祟第八十二化」）

宋徽宗時，關羽現於宮中，帝問：「張飛何在？」羽曰：「飛與臣累
劫為兄弟，世世為男子身，在唐為張巡，今已為陛下生於相州岳家。
他日輔佐中興，飛將有功。」相州湯陰岳和，存心寬厚，妻姚氏尤
賢。有娠晝寢，一鐵甲丈夫入曰：「漢冀德，當住此。」醒產一子，
有大鳥若鵠，飛鳴屋上，因名飛。〔註68〕

（《歷代神仙通鑑》卷十九）

岳飛係三國張飛轉生，忠心正氣，千古不磨。一次托生為張巡，改
名不改姓；二次托生為岳飛，改姓不改名。雖然父子屈死，子孫世
代貴盛，血食萬年。〔註69〕

（《喻世明言》〈遊酆都胡母迪吟詩〉）

忽宮中有鬼祟，白晝現形，盜竊金寶，姦淫嬪妃，不得休息。眾人
惶懼。帝召靈素治之，息而復作。帝精誠虔禱，奏詞齋醮。一日晝
寢，見一道士，頭戴碧蓮冠，身披紫鶴氅，手持水晶如意，向帝揖
曰：「吾奉上帝命，特來除此妖祟。」良久，閃出一位金甲神，捉祟
擘而啖之。帝問：「披金甲者何神？」道士曰：「所封崇寧真君關羽
也。」帝問：「張飛何在？」關羽曰：「飛與臣累劫兄弟，世世為男

〔註67〕元・苗善時編《純陽帝君神化妙通紀》卷六「宮中勤祟第八十二化」，《道藏》，
　　　　洞真部，記傳類，帝字號，冊5，頁726。
〔註68〕明・徐道《歷代神仙通鑑》卷十九，王秋桂、李豐楙主編《中國民間信仰資
　　　　料彙編》，臺北：學生書局，1989年，頁3181。
〔註69〕明・馮夢龍《喻世明言》〈遊酆都胡母迪吟詩〉，臺北：桂冠書局，1984年3
　　　　月，頁494。

子身，在唐時為張巡，今已為陛下社稷，生於相州岳家。他日為陛
下臣，輔佐中興，飛將有功焉。」帝問道士姓名，答曰：「姓陽，四
月十四日生辰是也。」帝覺，召靈素問之，素曰：「此呂仙師也。」
詔天下皆進純陽妙道真人之號，崇奉祀典。〔註70〕

（《金蓮仙史》第二回「林靈素與玄談道德　呂洞賓護國滅妖邪」）

你道這本英雄是誰？他姓岳，單諱一個人字，表字鵬舉。父母生他
時節，夢見一個金甲紅袍，身長丈餘的將軍，走進門來，大聲道：
「我是漢朝張翼德也，今暫到汝家。」說畢，即時分娩，父親因此
就取名為飛。〔註71〕

（《西湖佳話》卷七「岳墳忠跡」）

由上舉五則文獻可見其中的異同之處三：第一，《純陽帝君神化妙通紀》與
《金蓮仙史》皆以記載呂洞賓事蹟為主，和《歷代神仙通鑑》三則文獻所記
載的內容較為相近，皆描述關羽現於皇宮，謂徽宗張飛投世為岳飛，並且預
言岳飛將輔佐南宋中興有功；第二，《歷代神仙通鑑》與《喻世明言》〈遊酆
都胡母迪吟詩〉記載張飛二次托生的對象；第三，《西湖佳話》所記載的故
事內容較前四則文獻不同，以夢境的方式講述岳飛前身為張飛，內容描述岳
飛母親懷孕時，夢見身著金甲紅袍的將軍，自言漢代的張飛欲托生岳家，醒
後遂誕下岳飛，其父親因此以「飛」為名。從五則文獻可知，岳飛前身為張
飛之說始於元代《純陽帝君神化妙通紀》，而明代《歷代神仙通鑑》、《喻世
明言》〈遊酆都胡母迪吟詩〉，清代《金蓮仙史》、《西湖佳話》延續此說創作
與流傳。

　　張飛（？～221），字益德，東漢末年幽州涿郡人，《三國志·張飛傳》卷
三十六：「初，飛雄壯威猛，亞於關羽，魏謀臣程昱等咸稱羽、飛萬人之敵也。
羽善待卒伍而驕於士大夫，飛愛敬君子而不恤小人。」〔註72〕，張飛與岳飛
不僅同名，二人忠肝義膽、英勇威猛的形象亦是相互輝映，岳飛前身為張飛
的傳說，正好符合百姓心中的形象，因此廣為流傳。

〔註70〕清·潘昶《金蓮仙史》第二回「林靈素與玄談道德　呂洞賓護國滅妖邪」，《古
　　　　本小說集成》，上海：上海古籍出版社，1990年，葉四下至五上，頁26～27。
〔註71〕清·古吳墨浪子《西湖佳話》卷七「岳墳忠跡」，《古本小說集成》，上海：上
　　　　海古籍出版社，1990年，葉一，頁253～254。
〔註72〕晉·陳壽撰、南朝宋·裴松之注《三國志》卷三十六，頁944。

小結

　　本章探討宋代與宋以後所記載的南宋文臣武將之前身傳說，前身傳說類型包含佛教人物、歷史人物與動物三種，透過這些前身傳說，可見作者對於南宋文臣武將獨特的性格、才華表現，以及仕途經歷的想像與解釋。後代敘事作品在宋代文獻的基礎上，運用前世今生的思維，創作曲折、精彩的宋人前身傳說，如《說岳全傳》描述鐵背虯龍與大鵬金翅明王之間的恩怨，解釋秦檜與岳飛之間的關係，使人物性格更加鮮明，故事背景更富趣味性。

第六章　結　論

　　本論文「宋人前身傳說研究」，以宋代文獻中宋人的前身傳說為主要研究
對象，全文探討九位帝王后妃、三十五位文臣、三位武將，共計四十七位宋
代人物，六十五種前身傳說；以前述宋人前身傳說為基礎，延伸探究宋代既
有的宋人前身傳說，於後代敘事作品中的發展情形。根據本文各章研究所得
的結果，將其整理、歸納為三大部分：一為「宋人前身傳說多元的表現模式」，
二為「宋人前身傳說內容蘊含之意義」，三為「後代敘事作品承繼與創新之宋
人前身傳說」。

一、宋人前身傳說多元的表現模式

　　本文所探討之宋代宋人前身傳說的表現模式可歸納為以下七點：

　　第一「夢境」，宋人前身傳說常以夢境的形式敘述宋人與其前身之間的關
係，其中又可將夢境分為三種：第一為親人孕夢，敘寫方式與感生神話中的
感夢而孕筆法相近，故事模式為親人夢見前身對象或相關事物，夢醒後主角
母親遂懷孕或主角即誕生，如：第三章第一節《甕牖閒評》載惠恭王皇后夢
「喆」而誕宋欽宗、第四章第三節《畫墁集》載王曾父親夢孔子遣曾參為子；
第二為他人夢前身，藉由他人夢境說明主角的前身對象，如：第三章第二節
《括異志》載楊礪夢宋真宗前身為來和天尊、第四章第二節《青瑣高議》載
韓琦故吏夢韓琦前身為紫府真人；第三為自夢前身，描寫主角自言夢前身對
象，如：第四章第一節《冷齋夜話》載蘇軾夢前身為五祖師戒禪師、《春渚紀
聞》載黃庭堅夢前身為女子。

　　第二「人物特徵」，透過描述宋人與前身相同的外貌特徵，以證明二者之關聯性，如：第三章第二節《貴耳集》載宋仁宗前身為赤腳大仙的傳說，描述宋仁宗幼時好跣足的特質，以及第三章第三節《遵堯錄》載仁宗前身為燧人氏的傳說，描寫其幼時常以筋鑽槐木片取火之舉與燧人氏相符。

　　第三「死與生」，透過描寫前身逝世之日即宋人誕生之日，以及依據二者的年歲相同，驗證二者之間的關係，如：第四章第一節《續墨客揮犀》載草堂和尚坐化後曾公亮即誕世、第三章第四節《賓退錄》載吳越錢鏐（852～932）與高宗（1107～1187）二人同為 81 歲。

　　第四「異人指點前身」，宋人前身傳說常以特殊身分者預言或點明宋人的前世身分，藉此增加前身傳說之可信度。如：第三章第一節《曲洧舊聞》卷一載僧人預言定光佛再世天下將太平，因此世人認為統一天下的宋太祖即定光佛。第四章第二節《曲洧舊聞》載白閣道者預示陳堯佐前身與南庵有關，故地重遊遂感悟前身為南庵修行僧，具有度脫的色彩。

　　第五「生命經歷」，藉前身以解釋宋人的文學藝術的表現，以及生命境遇，如：第三章第三節《貴耳集》載宋徽宗前身為李煜，二人於文學藝術上皆有突出的表現，且同有被俘虜的命運。第四章第三節《春渚紀聞》載蘇軾前身為鄒陽，二人文學表現皆相當卓越，同有剛正不阿的性格，皆有遭奸人構陷的經歷。

　　第六「以前身諷刺」，藉由前身對象塑造人物的負面形象，以批判人物的缺失，如：第四章第三、四節《孫公談圃》、《雲麓漫鈔》、《鐵圍山叢談》、《邵氏聞見後錄》分別記載王安石前身為秦始皇、李煜、野狐、獾等傳說，藉前身對象批判王安石剛愎自用的性格，以及變法失敗的結果。

　　第七「相同前身」，宋人前身傳說中可見相同的前身對象附會於不同的宋代人物，其中可分為兩種類型，一為寓意相同者，如：第三章第一節《曲洧舊聞》卷一、卷八分別記載宋太祖與宋高宗前身為定光佛，皆為彰顯趙宋政權的正統性。二為寓意互異者，如：第三章第三節《貴耳集》載宋徽宗前身為李煜，為凸顯二人文學藝術上的成就與生命的境遇，然而第四章第三節《雲麓漫鈔》載王安石前身為李煜，則著重於批判其變法失敗、新舊黨爭的負面形象。第四章第四節《可書》與《邵氏聞見後錄》分載陳升之、劉法前身為蛇的傳說，二人雖前身對象相同，但是歷史的評價卻是一邪一正。

二、宋人前身傳說內容蘊含之意義

本文所探討之宋人前身傳說蘊含的意義，可整理歸納為以下五點：

第一，帝王后妃的前身傳說具有鮮明的政治色彩，「君權天授」的思想貫穿其中，透過前身傳說將帝王后妃與宗教信仰對象結合，塑造帝王后妃神聖的形象，鞏固趙宋政權的穩定性，如：第三章第一節《曲洧舊聞》卷一、卷八分載宋太祖與宋高宗為定光佛再世的傳說，即是為北宋與南宋初創時期鞏固趙氏政權的正統性。其中亦可見藉前身傳說解釋宋朝的國運發展，如：第三章第三節《貴耳集》載宋徽宗前身為南唐李煜、《賓退錄》載宋高宗前身為吳越錢鏐的傳說，運用前身對象的生命經歷，解釋徽宗被俘虜的命運，以及高宗政權南遷的結果，皆為說明北宋與南宋的國運發展。

第二，宋人前身傳說深蘊「天賦才能」的思想，藉由前身傳說塑造不凡的身分，以解釋宋代人物卓越表現與仕途成就的原因，其中尤以文臣武將特別顯著，如：第三章第三節《貴耳集》載宋徽宗前身為李煜，即是彰顯徽宗於文學藝術上卓越的成就。第四章第三節《畫墁集》以王曾前身為曾參，解釋其三度為相超群的仕途成就。第四章第二節《孫公談圃》載狄青為真武降凡的傳說，解釋狄青出眾的軍事才能。

第三，本文研究之六十五種宋人前身傳說，前身與佛教人物相關者有二十四種，與道教人物相關者有二十一種，與儒家相關者僅有王曾前身為曾參一種，可見宋人前身傳說與佛道之間的關係相當密切，藉由前身傳說宣揚佛道信仰，亦解釋宋人傑出才能與成就之因，如：第三章第一節《甕牖閒評》載喆和尚修習佛法積累福報，今生方能為宋欽宗帝王之尊。第四章第一節《冷齋夜話》載蘇軾前身為五祖師戒禪師，藉由前身傳說為以證臨濟宗黃龍派得正法。第四章第二節《玉壺清話》載楊億為道教神仙武夷君、《青瑣高議》載劉沆為羅浮山玉源道君的前身傳說，藉此傳播道教神仙信仰，以及解釋其才華出眾之因，呈現宋代眾臣多為仙官的樣貌。

第四，宋人前身傳說文獻的作者，可分為兩類：一、以他人的角度敘寫宋代人物的前身故事，創作者的心態可能出於相信、純粹記錄或批判的目的而作，然而不論作者的動機為何，透過這些前身傳說的流傳，皆可反映宋代人物於時人心中的形象與信仰風氣，如：第四章第一節《東齋記事》載王旦前身為僧人的傳說，即與其清廉自持的形象相符。第四章第三節《貴耳集》、《雲麓漫鈔》分別記載王安石前身為秦始皇與李煜的傳說，即反映宋人對其

變法的批判。二、作者自述前身故事，或故事主角有意營造自身的前身傳說，從這些文獻可見，透過前身傳說的創作，表達對於自己生命的期許，以及對於自己神奇形象的塑造，如：第四章第二節《清波雜志》載狄青有意營造自己為真武降世的形象，藉此提高軍隊士氣。第五章第一節王十朋《梅溪集》自述前身為嚴闍梨的故事，展現自己嚮往寧靜無擾的生活。

第五，本文研究四十七位宋代帝王后妃、文臣武將之前身傳說，屬北宋者計三十六位，屬南宋者計十一位，可見前身傳說數量北宋者較南宋者多；全文探討三十五位文臣、三位武將之前身傳說，從數量可見文臣多於武將，反映出宋朝重文輕武的風氣。

三、後代敘事作品承繼與創新之宋人前身傳說

宋代既有的宋人前身傳說，於後代敘事作品中的呈現方式可歸類成兩大類：

第一，「承繼宋代前身之說」，後代敘事作品以宋代前身傳說為基礎，創作關於宋代人物的前身故事。此類型可再分為二種，第一種為與宋代前身傳說內容相近，如：第三章第四節明代《水滸傳》、清代《說岳全傳》載宋太祖前身為霹靂大仙、元代《湖海新聞夷堅續志》載宋真宗前身為來和天尊，與宋代文獻所記載的對象相同、內容相似；第二種為與宋代前身對象相同，但是故事內容創新，如：第四章第五節《喻世明言》載五祖戒禪師因破淫戒而坐化轉世為蘇軾，內容著重於五戒禪師的故事。

第二，「新創之宋人前身傳說」，後代敘事作品記載宋代人物的前身對象、故事內容皆與宋代文獻不同，如：第三章第四節《說岳全傳》載宋徽宗為長眉大仙降世、第五章第四節《說岳全傳》載鐵背虬龍為報仇而轉世為秦檜。

綜觀本論文所蒐集的文獻與分析，可大致呈現宋代宋人前身傳說的面貌，其中涵蓋宋人前身思想、表現的模式以及蘊含的意義。而透過後代敘事作品的宋人前身傳說，可見宋代宋人前身傳說產生的影響與流變，更可見後代敘事作品對宋人前身傳說的承演與創新。

參考文獻

一、古籍（按朝代及作者姓氏筆畫排序）

1. 〔東周〕莊周著、郭象註《莊子》，臺北：藝文印書館，2007 年 3 月。

2. 〔西漢〕司馬遷、〔劉宋〕裴駰集解、〔唐〕司馬貞索隱、〔唐〕張守節正義《史記》，臺北：鼎文書局，1981 年。

3. 〔東漢〕班固、〔唐〕顏師古注《漢書》，臺北：鼎文書局，1986 年。

4. 〔西晉〕陳壽、〔南朝宋〕裴松之注《三國志》，臺北：鼎文書局，1980 年。

5. 〔姚秦〕鳩摩羅什譯《法華經》，《大正新修大藏經》，第九冊，臺北：新文豐出版社，1983 年。

6. 〔東晉〕王嘉《拾遺記》，北京：中華書局，1931 年 6 月。

7. 〔東晉〕佛陀跋陀羅譯《大乘本生心地觀經》，《大正新修大藏經》，第十五冊，臺北：新文豐出版社，1983 年。

8. 〔北齊〕魏收《魏書》，臺北：鼎文書局，1980 年。

9. 〔南朝梁〕蕭統《文選》，域外漢籍珍本文庫編纂出版委員會編《域外漢籍珍本文庫》，重慶：西南師範大學出版社；北京：人民出版社，2011 年。

10. 〔隋〕智顗《妙法蓮華經文句》，《大正新修大藏經》，第三十四冊，臺北：新文豐出版社，1983 年。

11. 〔唐〕韋絢《劉賓客嘉話錄》，《文津閣四庫全書》，第 1039 冊，北京：
    商務印書館，2006 年。

12. 〔唐〕徐堅《初學記》，《唐代四大類書》，北京：清華大學出版社，2003
    年。

13. 〔唐〕般若譯《大乘本生心地觀經》，《大正新修大藏經》，第三冊，臺北：
    新文豐出版社，1983 年。

14. 〔唐〕釋寒山《寒山子詩集》，域外漢籍珍本文庫編纂出版委員會編《域
    外漢籍珍本文庫》，集部，第一冊，重慶：西南師範大學出版社；北京：
    人民出版社，2011 年。

15. 〔後晉〕劉昫撰《舊唐書》，楊家駱主編，臺北：鼎文書局，1981 年。

16. 〔宋〕孔平仲《談苑》，《全宋筆記》，第二編，冊 5，朱易安等人主編，
    鄭州：大象出版社出版，2006 年 1 月。

17. 〔宋〕方勺《泊宅編》，《全宋筆記》，第二編，冊 8，朱易安等人主編，
    鄭州：大象出版社出版，2006 年 1 月。

18. 〔宋〕王稱《東都事略》，臺北：中央圖書館，1991 年 2 月。

19. 〔宋〕王十朋《梅溪集》，《景印文淵閣四庫全書》，集部一六五，臺北：
    臺灣商務印書館，1986 年 7 月。

20. 〔宋〕王日休《龍舒增廣淨土文》，《大正新修大藏經》，第四十七冊，臺
    北：新文豐出版社，1983 年。

21. 〔宋〕王明清《揮麈後錄》，《全宋筆記》，第六編，冊 1，朱易安等人主
    編，鄭州：大象出版社出版，2013 年 7 月。

22. 〔宋〕王巖叟《忠獻韓魏王家傳》，《續修四庫全書》，第 550 冊，上海：
    上海古籍出版社，1995 年，據北京圖書館藏明正德九年張士龍刻本影
    印，原書版框高一七二毫米，寬二四七毫米。

23. 〔宋〕司馬光《溫國文正司馬公文集》，張元濟、王雲五主編《四部叢刊》，
    臺北：臺灣商務印書館，2011 年 12 月。

24. 〔宋〕朱弁《曲洧舊聞》，《全宋筆記》，第三編，冊 7，朱易安等人主編，
    鄭州：大象出版社出版，2008 年 1 月。

25. 〔宋〕朱彧《萍洲可談》，《全宋筆記》，第二編，冊 6，朱易安等人主編，

鄭州：大象出版社出版，2006 年 1 月。

26. 〔宋〕朱勝非《紺珠集》，《文津閣四庫全書》，第 874 冊，北京：商務印書館，2006 年。

27. 〔宋〕江少虞《新雕皇朝類苑》，《域外漢籍珍本文庫》，第二輯，子部，冊 9、10，北京：人民出版社，2011 年，據日本東京大學東洋文化研究所藏日本元和間活字印本影印。

28. 〔宋〕何薳《春渚紀聞》，《全宋筆記》，第三編，冊 3，朱易安等人主編，鄭州：大象出版社出版，2008 年 1 月。

29. 〔宋〕佚名《玄天上帝啟聖錄》，《道藏》，洞神部記傳類，冊 19，文物出版社、上海書店、天津古籍出版社，1988 年 3 月。

30. 〔宋〕佚名《宣和遺事》，王雲五主編《叢書集成初編》，上海：商務印書館，1939 年 12 月。

31. 〔宋〕佚名《異聞總錄》，王雲五主編《叢書集成初編》，上海：商務印書館，1937 年 6 月。

32. 〔宋〕佚名《道山清話》，《全宋筆記》，第二編，冊 1，朱易安等人主編，鄭州：大象出版社出版，2006 年 1 月。

33. 〔宋〕佚名《錦繡萬花谷》前集，東京大學東洋文化研究所藏嘉靖十五年序錫山秦汸鏽石書堂刊本後修：漢籍善本全文影像資料庫，編號 C5924800，內容分類：子－類書－彙考　宋，索書號：大木－子部－類書類－31。

34. 〔宋〕吳曾《能改齋漫錄》，《全宋筆記》，第五編，冊 4，朱易安等人主編，鄭州：大象出版社出版，2012 年 1 月。

35. 〔宋〕李昉等編《太平御覽》，北京：中華書局，1960 年 2 月。

36. 〔宋〕李昉等編《太平廣記》，北京：中華書局，1961 年 9 月。

37. 〔宋〕李綱《梁谿集》，《景印文淵閣四庫全書》，集部一一七，臺北：臺灣商務印書館，1986 年 7 月。

38. 〔宋〕李綱《靖康傳信錄》，《全宋筆記》，第三編，冊 5，朱易安等人主編，鄭州：大象出版社出版，2008 年 1 月。

39. 〔宋〕李燾《續資治通鑑長編》，北京：中華書局，2004 年 9 月。

40. 〔宋〕李心傳《建炎以來朝野雜記》,《全宋筆記》,第六編,冊8,朱易安等人主編,鄭州:大象出版社出版,2013年7月。

41. 〔宋〕李昌齡注《太上感應篇》,《道藏》,太清部,冊27,文物出版社、上海書店、天津古籍出版社,1988年3月。

42. 〔宋〕李昌齡注《樂善錄》,《續修四庫全書》,第1266冊,上海:上海古籍出版社,1995年,據民國二十四年上海涵芬樓續古逸叢書影印宋刻本影印,原書版框高二二七毫米,寬三四〇毫米。

43. 〔宋〕杜大珪編《名臣碑傳琬琰》,《文津閣四庫全書》,第448冊,北京:商務印書館,2006年。

44. 〔宋〕沈作喆《寓簡》,《全宋筆記》,第四編,冊5,朱易安等人主編,鄭州:大象出版社出版,2008年9月。

45. 〔宋〕阮閱《詩話總龜》,《景印文淵閣四庫全書》,集部七六六,臺北:臺灣商務印書館,1986年。

46. 〔宋〕周密《志雅堂雜鈔》,《全宋筆記》,第八編,冊1,朱易安等人主編,鄭州:大象出版社出版,2017年6月。

47. 〔宋〕周輝《清波雜志》,《全宋筆記》,第五編,冊9,朱易安等人主編,鄭州:大象出版社出版,2012年1月。

48. 〔宋〕宗曉《樂邦遺稿》,《大正新修大藏經》,第四十七冊,臺北:新文豐出版社,1983年。

49. 〔宋〕岳珂《金佗稡編》,《文津閣四庫全書》,第445冊,北京:商務印書館,2006年。

50. 〔宋〕岳珂《金佗續編》,《文津閣四庫全書》,第445冊,北京:商務印書館,2006年。

51. 〔宋〕邵博《邵氏聞見後錄》,《全宋筆記》,第四編,冊6,朱易安等人主編,鄭州:大象出版社出版,2008年9月。

52. 〔宋〕俞成《瑩雪叢說》,《全宋筆記》,第七編,冊5,朱易安等人主編,鄭州:大象出版社出版,2015年12月。

53. 〔宋〕俞文豹《吹劍三錄》,《全宋筆記》,第七編,冊5,朱易安等人主編,鄭州:大象出版社出版,2015年12月。

54. 〔宋〕俞文豹《吹劍錄外集》,《百部叢書集成》之二十九,第二十三函,
嚴一萍選輯,臺北:藝文印書館,據清乾隆鮑廷博校刊知不足齋叢書本
影印,1965 年。

55. 〔宋〕洪邁《夷堅志》,何卓點校,北京:中華書局,1981 年 10 月。

56. 〔宋〕胡仔《苕溪漁隱叢話》,臺北:木鐸出版社,1982 年 8 月。

57. 〔宋〕胡訥《見聞錄》,《全宋筆記》,第十編,冊 11,朱易安等人主編,
鄭州:大象出版社出版,2018 年 4 月。

58. 〔宋〕孫升《孫公談圃》,《全宋筆記》,第二編,冊 1,朱易安等人主編,
鄭州:大象出版社出版,2006 年 1 月。

59. 〔宋〕祖琇《隆興編年通論》,《卍續藏經》,第七十五冊,臺北:新文豐
出版社,1993 年。

60. 〔宋〕袁文《甕牖閒評》,《全宋筆記》,第四編,冊 7,朱易安等人主編,
鄭州:大象出版社出版,2008 年 9 月。

61. 〔宋〕張淏《雲谷雜記》,《全宋筆記》,第七編,冊 1,朱易安等人主編,
鄭州:大象出版社出版,2015 年 12 月。

62. 〔宋〕張知甫《可書》,《全宋筆記》,第四編,冊 3,朱易安等人主編,
鄭州:大象出版社出版,2008 年 1 月。

63. 〔宋〕張師正《括異志》,《全宋筆記》,第八編,冊 9,朱易安等人主編,
鄭州:大象出版社出版,2017 年 6 月。

64. 〔宋〕張舜民《畫墁集》,《景印文淵閣四庫全書》,集部一〇〇,臺北:
臺灣商務印書館,1986 年。

65. 〔宋〕張端義《貴耳集》,《全宋筆記》,第六編,冊 10,朱易安等人主
編,鄭州:大象出版社出版,2013 年 7 月。

66. 〔宋〕梅堯臣《宛陵集》,《景印文淵閣四庫全書》,集部六七,臺北:臺
灣商務印書館,1986 年。

67. 〔宋〕畢仲詢《幙府燕閒錄》,《全宋筆記》第十編,冊 12,朱易安等人
主編,鄭州:大象出版社出版,2018 年 4 月。

68. 〔宋〕陳善《捫蝨新話》,《全宋筆記》,第五編,冊 10,朱易安等人主
編,鄭州:大象出版社出版,2012 年 1 月。

69. 〔宋〕陳師道《後山談叢》,《全宋筆記》,第二編,冊 6,朱易安等人主編,鄭州:大象出版社出版,2006 年 1 月。

70. 〔宋〕陸游〈《劍南詩稿》,《文津閣四庫全書》,第 1167 冊,北京:商務印書館,2006 年。

71. 〔宋〕彭乘《續墨客揮犀》,《全宋筆記》,第三編,冊 1,朱易安等人主編,鄭州:大象出版社出版,2008 年 1 月。

72. 〔宋〕彭百川《太平治跡統類》,《文津閣四庫全書》,第 405 冊,北京:商務印書館,2006 年。

73. 〔宋〕曾慥《類說》,《文津閣四庫全書》,第 875 冊,北京:商務印書館,2006 年。

74. 〔宋〕曾鞏《隆平集》,《文津閣四庫全書》,第 367 冊,北京:商務印書館,2006 年。

75. 〔宋〕曾敏行《獨醒雜志》,《全宋筆記》,第四編,冊 5,朱易安等人主編,鄭州:大象出版社出版,2008 年 9 月。

76. 〔宋〕黃震《黃氏日抄》,《全宋筆記》,第十編,冊 10,朱易安等人主編,鄭州:大象出版社出版,2018 年 4 月。

77. 〔宋〕黃庭堅《山谷集》,《景印文淵閣四庫全書》,集部九三、九四,臺北:臺灣商務印書館,1986 年。

78. 〔宋〕楊億《楊文公談苑》,《全宋筆記》,第八編,冊 9,朱易安等人主編,鄭州:大象出版社出版,2017 年 6 月。

79. 〔宋〕楊億《武夷新集》,《景印文淵閣四庫全書》,集部四四,臺北:臺灣商務印書館,1986 年。

80. 〔宋〕楊仲良《皇宋通鑑長編紀事本末》,《續修四庫全書》,第 387 冊,上海:上海古籍出版社,1995 年,據宛委別藏清抄本影印。

81. 〔宋〕楊伯嵒《六帖補》,《文津閣四庫全書》,第 951 冊,北京:商務印書館,2006 年。

82. 〔宋〕葉寘《坦齋筆衡》,《全宋筆記》,第十編,冊 12,朱易安等人主編,鄭州:大象出版社出版,2018 年 4 月。

83. 〔宋〕葉紹翁《四朝聞見錄》,《全宋筆記》,第六編,冊 9,朱易安等人

主編，鄭州：大象出版社出版，2013 年 7 月。

84. 〔宋〕葉夢得《避暑錄話》，《全宋筆記》，第二編，冊 10，朱易安等人主編，鄭州：大象出版社出版，2006 年 1 月。

85. 〔宋〕趙溍《養疴漫筆》，《全宋筆記》，第八編，冊 4，朱易安等人主編，鄭州：大象出版社出版，2017 年 6 月。

86. 〔宋〕趙彥衛《雲麓漫鈔》，《全宋筆記》，第六編，冊 4，朱易安等人主編，鄭州：大象出版社出版，2013 年 7 月。

87. 〔宋〕趙與時《賓退錄》，《全宋筆記》，第六編，冊 10，朱易安等人主編，鄭州：大象出版社出版，2013 年 7 月。

88. 〔宋〕劉斧《青瑣高議》，《全宋筆記》，第二編，冊 2，朱易安等人主編，鄭州：大象出版社出版，2006 年 1 月。

89. 〔宋〕劉摯《忠肅集》，《景印文淵閣四庫全書》，集部六八，臺北：臺灣商務印書館，1986 年。

90. 〔宋〕劉一清《錢塘遺事》，《全宋筆記》，第八編，冊 6，朱易安等人主編，鄭州：大象出版社出版，2017 年 6 月。

91. 〔宋〕劉應時《頤菴居士集》，《景印文淵閣四庫全書》，集部四，別集類三，臺北：臺灣商務印書館，1986 年。

92. 〔宋〕歐陽修《集古錄》，《大本原式精印四部叢刊正編》，冊 45，臺北：商務印書館，2011 年 12 月，據上海涵芬樓影印元刊本，原書版框高營造尺六寸三分，寬營造尺四寸。

93. 〔宋〕歐陽修《集古錄》，《大本原式精印四部叢刊正編》，冊 45，臺北：商務印書館，2011 年 12 月。

94. 〔宋〕歐陽修、宋祁等撰《新唐書》，楊家駱主編，臺北：鼎文書局，1981 年。

95. 〔宋〕蔡絛《鐵圍山叢談》，《全宋筆記》，第三編，冊 9，朱易安等人主編，鄭州：大象出版社出版，2008 年 1 月。

96. 〔宋〕鄭獬《鄖溪集》，《景印文淵閣四庫全書》，集部六四，臺北：臺灣商務印書館，1986 年。

97. 〔宋〕黎靖德編，王星賢點校《朱子語類》，北京：中華書局，1986 年。

98. 〔宋〕錢世昭《錢氏私誌》,《全宋筆記》,第二編,冊 7,朱易安等人主編,鄭州:大象出版社出版,2006 年 1 月。

99. 〔宋〕謝維新《古今合璧事類備要》,《文津閣四庫全書》,第 942 冊,北京:商務印書館,2006 年。

100. 〔宋〕羅從彥《遵堯錄》,《全宋筆記》,第二編,冊 9,朱易安等人主編,鄭州:大象出版社出版,2006 年 1 月。

101. 〔宋〕贊寧撰、范祥雍點校《宋高僧傳》,臺北:文津出版社,1991 年。

102. 〔宋〕蘇軾《東坡全集》,《景印文淵閣四庫全書》,集部八五,臺北:臺灣商務印書館,1986 年。

103. 〔宋〕蘇轍《欒城集》,《大本原式精印四部叢刊正編》,冊 48,臺北:商務印書館,2011 年 12 月,據上海涵芬樓影印明蜀府活字本,原書版框高營造尺六寸,寬四寸五分。

104. 〔宋〕釋正受《嘉泰普燈錄》,第七十九冊,臺北:新文豐出版社,1993 年。

105. 〔宋〕釋惟白《建中靖國續燈錄》,《卍續藏經》,第七十八冊,臺北:新文豐出版社,1993 年。

106. 〔宋〕釋惠洪《冷齋夜話》,《全宋筆記》,第二編,冊 9,朱易安等人主編,鄭州:大象出版社出版,2006 年 1 月。

107. 〔宋〕釋惠洪《禪林僧寶傳》,《卍續藏經》,第七十九冊,臺北:新文豐出版社,1993 年。

108. 〔宋〕釋道融《叢林盛事》,《全宋筆記》,第七編,冊 1,朱易安等人主編,鄭州:大象出版社出版,2015 年 12 月。

109. 〔宋〕釋道謙編《大慧普覺禪師宗門武庫》,《大正新修大藏經》,第四十七冊,臺北:新文豐出版社,1983 年。

110. 〔宋〕釋曉瑩《雲臥紀談》,《全宋筆記》,第五編,冊 2,朱易安等人主編,鄭州:大象出版社出版,2012 年 1 月。

111. 〔元〕念常《佛祖歷代通載》,《大正新修大藏經》,第四十九冊,臺北:新文豐出版社,1983 年。

112. 〔元〕苗善時編《純陽帝君神化妙通紀》,《道藏》,洞真部,記傳類,

冊 5，文物出版社、上海書店、天津古籍出版社，1988 年 3 月。

113. 〔元〕脫脫等撰《宋史》，楊家駱主編，臺北：鼎文書局，1980 年。

114. 〔元〕無名氏《湖海新聞夷堅續志》，金心點校，北京：中華書局，1985 年。

115. 〔元〕趙道一《歷世真仙體道通鑑》，《道藏》，洞真部，記傳類，冊 5，文物出版社、上海書店、天津古籍出版社，1988 年 3 月。

116. 〔明〕不署撰人《五鼠鬧東京傳》，《古本小說集成》，上海：上海古籍出版社，1990 年，據英國倫敦博物館藏書林刊本影印。

117. 〔明〕朱國禎《湧幢小品》，《續修四庫全書》，第 1172～1173 冊，上海：上海古籍出版社，1995 年，據復旦大學圖書館藏明天啟二年刻本影印，原書版框高二一三毫米，寬三〇〇毫米。

118. 〔明〕周清原《西湖二集》，《古本小說集成》，上海：上海古籍出版社，1990 年，據傅惜華藏本影印，缺卷以日本內閣文庫本補，原書版心高二〇〇毫米，寬一三三毫米。

119. 〔明〕施耐庵《水滸傳》，羅貫中纂修、金聖嘆批、繆天華校，臺北：三民書局，1972 年 11 月。

120. 〔明〕凌濛初《拍案驚奇》，《古本小說集成》，上海：上海古籍出版社，1990 年，據日本日光山輪王寺慈眼堂法庫藏尚友堂初刊影印。

121. 〔明〕徐道《歷代神仙通鑑》，王秋桂、李豐楙主編《中國民間信仰資料彙編》，臺北：學生書局，1989 年。

122. 〔明〕馮夢龍編著《喻世明言》，臺北：桂冠圖書股份有限公司，1984 年 3 月。

123. 〔明〕馮夢龍編著《新平妖傳》，《古本小說集成》，上海：上海古籍出版社，1990 年，據日本內閣文庫藏墨憨齋本影印。

124. 〔明〕熊大木《大宋中興通俗演義》，《古本小說集成》，上海：上海古籍出版社，1994 年，據日本內閣文庫藏嘉靖三十一年楊氏清江堂刊本影印。

125. 〔明〕蘭陵笑笑生《金瓶梅》，五南圖書出版社，2009 年。

126. 〔清〕尤侗《艮齋雜說》，《續修四庫全書》，第 1136 冊，上海：上海古

籍出版社，1995 年，據復旦大學圖書館藏清康熙刻西堂全集本影印，原書版框高一七七毫米，寬二七六毫米。

127. 〔清〕王士禎《池北偶談》，臺北：廣文書局，1991 年 12 月。

128. 〔清〕王夫之著、舒士彥點校《宋論》，北京：中華書局，1964 年 4 月

129. 〔清〕古吳墨浪子搜輯《西湖佳話》，《古本小說集成》，上海：上海古籍出版社，1990 年，據康熙金陵王衙本影印，原書板心高一七八毫米，寬一一五毫米。

130. 〔清〕石玉崑《七俠五義》，《古本小說集成》，上海：上海古籍出版社，1990 年，據復旦大學圖書館藏光緒十六年上海廣百宋齋石印本影印，原書版框高一五二毫米，寬一〇四毫米。

131. 〔清〕呂雄《女仙外史》，《古本小說集成》，上海：上海古籍出版社，1990 年，據復旦大學圖書館藏璜軒本影印，原書板框高一九二毫米，寬一二九毫米。

132. 〔清〕呂撫《歷代興衰演義》第三十一回，北京：北京燕山出版社，1996 年 11 月。

133. 〔清〕李雨堂《萬花樓演義》，《古本小說集成》，上海：上海古籍出版社，1990 年，據北京大學圖書館藏經綸堂藏板本影印，原書板框高一四五毫米，寬九〇毫米。

134. 〔清〕屈大均《廣東新語》，《續修四庫全書》，第 734 冊，上海：上海古籍出版社，1995 年，據清康熙水天閣刻本影印，原書版框高一七五毫米，寬二六八毫米。

135. 〔清〕徐松輯《宋會要輯稿》，《續修四庫全書》史部，政書類，776 冊，上海：上海古籍出版社，1995 年，據北京圖書館藏稿本影印，原書版框高一六五毫米，寬二三〇毫米。

136. 〔清〕張爾崎《蒿庵閑話》，《續修四庫全書》，第 1136 冊，上海：上海古籍出版社，1995 年，據北京圖書館藏清康熙徐氏真合齋磁版印本影印，原書版框高一九三毫米，寬二四〇毫米。

137. 〔清〕陸耀遹《金石續編》，《續修四庫全書》，第八九三冊，史部，金石類，上海：上海古籍出版社，1995 年，據上海圖書館藏清嘉業堂抄本影

印，原書版框高一九一毫米，寬二八四毫米。

138. 〔清〕劉載熙撰、袁津琥校注《藝概注稿》，北京：中華書局，2009 年 5 月。

139. 〔清〕潘昶《金蓮仙史》，《古本小說集成》，上海：上海古籍出版社，1990 年，據上海圖書館藏翼化堂本影印，原書版框高一六八毫米，寬一〇五毫米。

140. 〔清〕錢彩、金豐《說岳全傳》，全稱《精忠演義說本岳王全傳》，《古本小說集成》，上海：上海古籍出版社，1994 年，據大連圖書館藏錦春堂刊本影印，原書版框高一八五毫米，寬一二九毫米。

141. 〔清〕譚獻《復堂詞話》，唐圭璋《詞話叢編》，第 11 冊，臺北：廣文書局，1970 年 1 月。

二、專書（依作者姓氏筆畫排序）

1. 丁傳靖《宋人軼事彙編》，臺北：遠流出版社，1982 年。

2. 王年双《洪邁生平及其《夷堅志》之研究》，臺北：花木蘭文化出版社，2010 年 3 月。

3. 任繼愈主編《中國佛教史》，北京：中國社會科學出版，1985 年 6 月。

4. 何冠環《北宋武將研究》，香港：中華書局，2003 年 6 月。

5. 吳立民主編《禪宗宗派源流》，北京：中國社會科學出版社，1998 年 8 月。

6. 呂宗力、鑾保群編《中國民間諸神》，臺北：台灣學生書局，1991 年，10 月。

7. 李遠國《神霄雷法：道教神霄派沿革與思想》，四川：四川人民出版社，2003 年。

8. 李潤生《佛家輪迴理論》，香港：利通圖書發行，1999 年。

9. 周西波《道教靈驗記考探：經法驗證與宣揚》，臺北：文津出版社，2009 年 6 月。

10. 屈萬里《詩經詮釋》，臺北：聯經出版事業公司，1983 年。

11. 林國平、彭文宇《福建民間信仰》，福州：福建人民出版社，1993 年 12 月。

12. 阿部肇一，關世謙譯《中國禪宗史》，臺北：東大圖書公司，1988 年 7 月。

13. 侯傳文《佛經的文學性解讀》，北京：中華書局，2004 年。

14. 孫曉崗《文殊菩薩圖像學研究》，甘肅：人民美術出版社，2006 年。

15. 徐治平《中國古代神話選注》，臺北，里仁書局，2006 年 8 月。

16. 梁啟超《王荊公》，臺北：中華書局，1956 年。

17. 陳冬根《「李白後身」郭祥正研究》，江西：江西人民出版社，2017 年 6 月。

18. 陳清香《羅漢圖像研究》，臺北：文津出版社，1995 年。

19. 黃啟江《北宋佛教史論稿》，臺北：台灣商務印書館，1997 年 4 月。

20. 黃啟江《泗洲大聖與松雪道人：宋元社會菁英的佛教信仰與佛教文化》，臺北：臺灣學生書局，2009 年 3 月。

21. 楊家駱主編《佛學五書》，臺北：鼎文書局，1975 年 1 月。

22. 楊曾文《宋元禪宗史》，北京：中國社會科學出版社，2006 年。

23. 葉珠紅《寒山詩集論叢》，秀威資訊，2006 年 9 月。

24. 劉長東《宋代佛教政策論稿》，四川：巴蜀書社，2005 年 7 月。

25. 蔣維喬《中國佛教史》，香港：中和出版有限公司，2013 年 1 月。

26. 魯迅《中國小說史略》，北京：人民文學出版社，1952 年 2 月。

27. 蕭登福《玄天上帝信仰研究》，臺北：新文豐出版社，2013 年 6 月。

28. 譚其驤主編《中國歷史地圖集》，上海：地圖出版社，1996 年。

29. 釋印光《印光大師說故事》，淨土宗文教基金會，2008 年 2 月。

三、期刊論文（依作者姓氏筆畫排序）

1. 王頲〈宋、元代神靈「崔府君」及其演化〉，《社會科學》，2007 年，第 3 期，頁 131～138。

2. 白化文〈中國紙文化中特有的「敬惜字紙」之現象〉，《中國典籍與文化》，2011 年，總第 78 期，頁 108～117&30。

3. 朱剛、趙惠俊〈蘇軾前身故事的真相與改寫〉，《嶺南學報》，2018 年 11 月，第 9 期，頁 123～141。

4. 朱文廣〈佛教輪回果報觀下岳飛轉世故事的演變〉,《集美大學學報》,哲學社會科學版,第 12 卷,第 1 期,2009 年 1 月,頁 56～60。

5. 李琳〈中國古代英雄誕生故事與民間敘事傳統——以岳飛出身、出生故事為例〉,《鄭州大學學報》,哲學社會科學版,第 39 卷,第 5 期,2006年 9 月,頁 154～158。

6. 李春曉、韓傳強〈北宋琅琊山慧覺廣照禪師考略〉,《法音》,北京:中國佛教學會,2019 年第 9 期,頁 14～19。

7. 李華瑞〈宋代筆記小說中的王安石形象〉,《中國社會歷史評論》,2007 年8 月,頁 439～456。

8. 李豐楙〈出身與修行:明代小說謫凡敘述模式的形成及其宗教意識——以《水滸傳》、《西遊記》為主〉,《國文學誌》,第七期,2003 年 12 月,頁 85～113。

9. 李豐楙〈道教謫仙傳說與唐人小說〉,《誤入與謫降:六朝隋唐道教文學論集》,臺北:臺灣學生書局,1996 年,頁 247～285。

10. 李豐楙〈暴力敘述與謫凡神話:中國敘事學的結構問題〉,《人文中國學報》,第 19 期,2013 年,頁 147～180。

11. 肖海明〈真武信仰研究綜述〉,《民俗研究》,2006 年,第 3 期,頁 243～249。

12. 周西波〈道教冥界組織與雷法信仰系統之關係〉,《中國俗文化研究》,第9 期,2014 年 12 月,頁 97～108。

13. 林平國〈定光古佛探索〉,《圓光佛學學報》,第 3 期,1999 年 2 月,頁223～242。

14. 林珊妏〈明代短篇小說之「僧轉世」故事研究〉,《德霖學報》,第 19 期,2005 年 6 月,頁 27～37。

15. 施譯涵〈天命、夢兆與婦德實踐——《宋史·高宗憲聖慈烈吳皇后傳》內容試探〉,《興大人文學報》,第 56 期,2016 年 3 月,頁 151～176。

16. 卿希泰〈道教神霄派初探〉,《社會科學研究》,1999 年,頁 35～40。

17. 唐代劍〈宋代道教發展研究〉,《廣西大學學報》,哲學社會科學版,1997年,第 4 期,頁 63～72。

18. 孫遜〈佛道「轉世」、「謫世」觀念與中國古代小說結構〉,《想像力的世界——二十世紀「道教與古代文學」論叢》,哈爾濱:黑龍江人民出版社,2006 年 6 月,頁 580～591。

19. 梁思樂〈事實與記述:五種范祖禹傳記的分析〉,《中國文化研究所學報》,第 50 期,2010 年,頁 41～68。

20. 郭茜〈論東坡轉世故事之流變及其文化意蘊〉,《河南師範大學學報》,哲學社會科學版,第 40 卷,第 6 期,2013 年 11 月,頁 147～149。

21. 陳探宇〈王旦與佛教〉,《宋史研究論叢》,第 10 輯,河北大學出版社,2009 年 12 月,頁 367～391。

22. 曾召南〈宋元明皇室崇信真武緣由芻議〉,《宗教學研究》,1996 年,第 2 期,頁 38～43。

23. 黃宇蘭、趙瑤丹〈論宋代的科舉夢兆——以《夷堅志》為中心〉,《雲南社會科學》2015 年 2 月,頁 175～180。

24. 黃守正〈《明悟禪師趕五戒》中蘇東坡的前世今生——從傳說、話本到小說的寓意探究〉,《有鳳初鳴年刊》第 8 期,2012 年 7 月,頁 457～474。

25. 楊宏〈郭祥正「謫仙後身」名號由來及內涵〉,《中北大學學報》,社會科學版,第 29 卷,第 2 期,2013 年,頁 67～72。

26. 楊梅〈敬惜字紙信仰論〉,《四川大學學報》,哲學社會科學版,2007 年,第 6 期,頁 58～65。

27. 楊宗紅、蒲日材〈敬惜字紙信仰的嬗變及現實意義〉,《重慶郵電大學學報》,社會科學版,2009 年,第 21 卷,第 5 期,頁 129～134。

28. 劉縉、嚴涵〈宋代衡山信仰探析〉,《宋史研究論叢》第 23 輯,2018 年,頁 155～167。

29. 劉長東〈宋太祖受禪的佛教讖言與宋初政教關係的重建〉《四川大學學報》,哲學社會科學版,總第 123 期,2002 年,第 6 期,頁 81～88。

30. 鄧小南〈關於「泥馬渡康王」〉,《北京大學學報》,哲學社會科學版,1995 年,第 6 期,頁 101～108。

31. 蕭登福〈文昌帝君信仰與敬惜字紙〉,《人文社會學報》,國立臺中技術學院,2005 年 12 月,頁 5～16。

32. 閻莉〈權威與信仰：以真武神性及信仰內容的衍變為視角〉，《弘道》，2011年，第 1 期，頁 33～42。

四、學位論文（依作者姓氏筆畫排序）

1. 仇玲玲《李彌遜詞研究》，山東師範大學，中國古代文學碩士論文，2010年。

2. 林韻柔《五臺山與文殊道場──中古佛教聖山信仰的形成與發展》，臺灣大學，歷史學博士論文，2009 年。

3. 邱高興《李通玄佛學思想述評》，中國人民大學，哲學系博士論文，1996年。

4. 姚政志《宋代東嶽信仰研究》，政治大學，歷史學系博士論文，2017 年。

5. 查彩虹《文殊信仰與宋代社會》，上海師範大學，人文與傳播學院碩士論文，2016 年。

6. 洪梅珍《李通玄及其華嚴學之研究》，高雄師範大學，國文研究所博士論文，2009 年。

7. 郝天培《李彌遜及其詩歌研究》，西南大學，中國古代文學專業碩士論文，2009 年。

8. 高裕昂《北宋五臺山文殊菩薩信仰研究》，河北大學，歷史學碩士論文，2014 年。

9. 張冬冬《崔府君故事流變論考》，河北師範大學，中國古代文學碩士論文，2010 年。

10. 張惠珍《蘇東坡故事形象研究》，東海大學，中國文學系碩士論文，2010年。

11. 莊嘉純《岳飛英雄形象與臺灣岳王信仰研究》，中興大學，中國文學系所碩士論文，2012 年。

12. 許善然《李通玄華嚴思想研究》，中興大學，中國文學研究所博士論文，2019 年。

13. 陳振禎《中國科舉徵兆文化研究》，福建師範大學，歷史學院博士論文，2011 年。

14. 傅瀞嬅《晚清狹邪小說中的謫仙、謫凡結構──以《青樓夢》、《繪芳錄》、

《花月痕》、《海上塵天影》為主》，政治大學，中國文學研究所碩士論文，2003 年。

15. 程海濤《《大宋宣和遺事》研究》，東北師範大學，碩士學位論文，2011 年。

16. 蔣沛綺《李師師之小說形象嬗變研究》，臺灣師範大學，國文學系教學碩士論文，2017 年。

17. 羅凌《無盡居士張商英研究》，四川大學，文學與新聞學院博士論文，2006 年。

五、會議論文

1. 周西波〈宋人前身傳說與佛道之關係〉，東亞文獻與文學中的佛教世界國際學術研討會，四川大學中國俗文化研究主辦，2016 年 10 月 28〜30 日。

六、電子資源

1. 《佛光大辭典》慈怡法師主編：
https://www.fgs.org.tw/fgs_book/fgs_drser.aspx

2. CBETA 中華電子佛典協會：https://cbetaonline.dila.edu.tw/

3. 佛學規範資料庫－人名規範檢索：https://authority.dila.edu.tw/person/

4. 漢籍電子文獻資料庫：http://hanchi.ihp.sinica.edu.tw/ihp/hanji.htm

附錄一　宋代文獻之宋人前身傳說分類

宋代文獻之宋人前身傳說分類：

人物類型	人物	前身	載籍出處	前身類型
帝王后妃	宋太祖 （927～976）	定光佛	朱弁《曲洧舊聞》卷一	佛教
		霹靂大仙	《大宋宣和遺事》	道教
	宋真宗 （968～1022）	來和天尊	張師正《括異志》卷一「來和天尊」 畢仲詢《幙府燕閒錄》 李昌齡《太上感應篇》卷二十 江少虞《事實類苑》卷第四十八「楊礪」 李燾《續資治通鑑長編》卷二十九 張端義《貴耳集》卷中 趙滔《養疴漫筆》 畢仲詢《幙府燕閒錄》 彭百川《太平治跡統類》卷三	道教
	宋仁宗 （1010～1063）	赤腳仙人	張師正《括異志》卷一「樂學士」 王明清《揮麈後錄》卷一 張端義《貴耳集》卷中 《玄天上帝啟聖錄》卷三「寶運重新」 陳葆光《三洞群仙錄》卷九 志磐《佛祖統志》卷四十四	道教
		東嶽真君	《道山清話》	道教

	南嶽真人	張師正《括異志》卷一,「南岳真人」、「衡山僧」	道教
	燧人氏 （王真人）	羅從彥《遵堯錄》卷四	歷史
宋徽宗 （1082～1135）	李煜 （937～978）	張端義《貴耳集》卷中 趙滔《養痾漫筆》	歷史
	長生大帝君	李綱《靖康傳信錄》卷上 祖琇《隆興編年通論》卷十八 志磐《佛祖統紀》卷四十六 王稱《東都事略》卷十四 楊仲良《皇宋通鑑長編紀事本末》卷一百二十七「道學」與「方士」 《大宋宣和遺事》元集	道教
宋欽宗 （1100～1156）	喆和尚	袁文《甕牖閒評》卷八	佛教
	天羅王	《異聞總錄》卷二 《大宋宣和遺事》貞集	佛教
明達皇后 （？～1113）	上真紫虛元君	蔡絛《鐵圍山叢談》卷五 袁文《甕牖閒評》卷八	道教
明節皇后 （1088～1121）	九華天妃	錢世昭《錢氏私誌》 王稱《東都事略》卷十四 袁文《甕牖閒評》卷八	道教
宋高宗 （1107～1187）	定光佛	朱弁《曲洧舊聞》卷八	佛教
	元載孔昇大帝	葉寘《坦齋筆衡》	道教
	錢鏐 （852～932）	趙與時《賓退錄》卷五 趙滔《養痾漫筆》 張端義《貴耳集》卷中 劉一清《錢塘遺事》卷一「夢吳越王取故地」 《大宋宣和遺事》元集	歷史
宋孝宗 （1127～1194）	崔府君	張淏《雲谷雜記》卷三 志磐《佛祖統紀》卷四十七「孝宗」 潛說友《咸淳臨安志》卷十三「顯應觀」	道教

	王旦 （957～1017）	僧人	范鎮《東齋記事》佚文 吳處厚《青箱雜記》卷一 李昌齡《樂善錄》卷七 宗曉《樂邦遺稿》卷下「通紀諸公前身後報」	佛教
	寇準 （961～1023）	僧人	釋文瑩《湘山野錄》卷三 李昌齡《樂善錄》卷七 宗曉《樂邦遺稿》卷下「通紀諸公前身後報」	佛教
	陳堯佐 （963～1044）	南庵修行僧	朱弁《曲洧舊聞》卷三 周輝《清波雜志》卷二「諸公前身」	佛教
	丁謂 （966～1037）	李德裕 （937～978）	楊億《楊文公談苑》卷六「呂洞賓」 胡訥《見聞錄》「李衛公後身」 江少虞《事實類苑》卷四十三	歷史
文臣	陳堯咨 （970～1034）	南菴菴主	李昌齡《樂善錄》卷七 宗曉《樂邦遺稿》卷下，「通紀諸公前身後報」	佛教
	楊億 （974～1020）	懷玉山道士	釋文瑩《玉壺清話》卷四 《錦繡萬花谷》前集卷十八 謝維新《古今合璧事類備要》前集卷三十二	道教
		武夷君	《錦繡萬花谷》前集卷十八 謝維新《古今合璧事類備要》前集卷三十二 李昌齡《樂善錄》卷七 宗曉《樂邦遺稿》卷下「通紀諸公前身後報」	
	王曾 （977～1038）	曾參 （前505～前432）	張舜民《畫墁集》卷八 俞文豹《吹劍錄外集》	歷史
	劉沆 （995～1060）	羅浮山玉源道君	劉斧《青瑣高議》前集卷一，「玉源道君」羅浮山道君後身 謝維新《古今合璧事類備要》前集卷三十二 陳葆光《三洞群仙錄》卷十三	道教
		牛僧孺 （779～848）	曾鞏《隆平集‧劉沆傳》卷五 王稱《東都事略》卷六十六	歷史

曾公亮 （999～1078）	草堂和尚	陳正敏《遯齋閑覽》 彭乘《續墨客揮犀》卷一「願為夫人子以報」 曾慥《類說》卷四十七「草堂和尚」 李昌齡《樂善錄》卷七 王日休《龍舒增廣淨土文》卷七「青草堂後身曾魯公」 宗曉《樂邦遺稿》卷下「青草堂後身為曾魯公」、「通紀諸公前身後報」	佛教
富弼 （1004～1083）	崑臺真人	劉斧《青瑣高議》前集卷二 周煇《清波雜志》卷二 李昌齡《太上感應篇》卷六 陳葆光《三洞群仙錄》卷三 曾慥《道樞》卷三十五 朱勝非《紺珠集》卷十一 楊伯嵒《六帖補》卷六「人物品題」	道教
王素 （1006～1073）	玉京黃闕西門侍郎	阮閱《詩話總龜》前集卷三十三 李昌齡《樂善錄》卷七 謝維新《古今合璧事類備要》前集卷三十二 《樂邦遺稿》卷下「通紀諸公前身後報」 江少虞《事實類苑》卷四十六	道教
張方平 （1007～1091）	瑯邪山僧人	蘇軾〈書楞伽經後〉 蔣之奇〈楞伽經序〉 惠洪《冷齋夜話》卷七 《禪林僧寶傳》卷二十九 陳善《捫蝨新話》卷十五 道融《叢林盛事》卷上 葉寘《愛日齋叢抄》卷二 志磐《佛祖統紀》卷四十五 胡仔《苕溪漁隱叢話》卷二十七 沈作喆《寓簡》卷五 李昌齡《樂善錄》卷七 正受《嘉泰普燈錄》卷二十二「文定公張方平居士」 宗曉《樂邦遺稿》卷下「張文定公前身為僧書楞伽」與「通紀諸公前身後報」	佛教

韓琦 （1008～1075）	紫府真人	劉斧《青瑣高議》前集卷一〈紫府真人記〉「殺黿被訴於陰府」 張師正《括異志》卷一「大名監埽」 趙與時《賓退錄》卷六 陳葆光《三洞群仙錄》卷五 楊伯喦《六帖補》卷六「人物品題」 朱勝非《紺珠集》卷十一 《玄天上帝啟聖錄》卷五「鄭箭滅龜」 李昌齡《樂善錄》卷三 陳伀《太上說玄天大聖真武本傳神咒妙經註》卷二 王巖叟《忠獻韓魏王家傳》卷十 蔡絛《鐵圍山叢談》卷五 周煇《清波雜志》卷七 江少虞《事實類苑》卷六十九 葉夢得《避暑錄話》卷上 李昌齡《太上感應篇》卷十	道教
	玉華真人侍者	蔡絛《鐵圍山叢談》卷五 周煇《清波雜志》卷七	
陳升之 （1011～1079）	白蛇	張知甫《可書》	動物
馮京 （1021～1094）	五臺山僧人	孫升《孫公談圃》卷中	佛教
王安石 （1021～1086）	秦始皇 （前 259～前 210）	張端義《貴耳集》卷中 孫升《孫公談圃》卷中	歷史
	李煜 （937～978）	趙彥衛《雲麓漫鈔》卷四	
	野狐	蔡絛《鐵圍山叢談》卷四	動物
	獾	邵博《邵氏聞見後錄》卷三十 趙彥衛《雲麓漫鈔》卷四 《錦繡萬花谷》前集卷十八「獾郎」	
鄭獬 （1022～1072）	白龍	孫升《孫公談圃》卷上	動物

郭祥正 （1035～1113）	李白 （701～762）	梅堯臣〈采石月贈郭功甫〉 鄭獬〈寄郭祥正〉 劉摯〈還郭祥正詩卷〉 潘興嗣〈戲郭功甫〉 張子平〈與郭祥正太博帖〉 胡仔《苕溪漁隱叢話》前集卷三十七 吳曾《能改齋漫錄》卷十「聖俞諸公以郭功甫為李太白後身」 王稱《東都事略》卷一百十五 謝維新《古今合璧事類備要》前集卷三十二「太白現夢」、「李白後身」	歷史
蘇軾 （1037～1101）	五祖師戒禪師	惠洪《冷齋夜話》卷七 《石門文字禪》卷二十七《跋東坡仇池錄》 《禪林僧寶傳》卷二十九 沈作喆《寓簡》卷五 何薳《春渚紀聞》卷一 陳善《捫蝨新話》卷十五 李昌齡《樂善錄》卷七 王日休《龍舒淨土文》卷七「戒禪師後身東坡」 葉寘《愛日齋叢抄》卷二 宗曉《樂邦遺稿》卷下「通紀諸公前身後報」、「蘇東坡前身五祖戒禪師」	佛教
	鄒陽 （前 206～前 129）	何薳《春渚紀聞》卷五,〈鄒張鄧謝後身〉、卷六,〈鄒陽十三世〉 俞文豹《吹劍三錄》	歷史
	奎宿星	曾敏行《獨醒雜志》卷一 張端義《貴耳集》卷上	道教
范祖禹 （1041～1098）	鄧禹 （2～58）	何薳《春渚紀聞》卷五 朱熹《宋名臣言行錄》後集卷十三「范祖禹」 黎靖德《朱子語類》卷一百二十六 《錦繡萬花谷》前集卷十八「夢鄧禹」 謝維新《古今合璧事類備要》前集卷三十二「鄧禹復生」	歷史

安惇 （1042～1104）	富陵朱真人	洪邁《夷堅志》支景卷六「富陵朱真人」	道教
張商英 （1044～1122）	李通玄 （635～730）	何薳《春渚紀聞》卷一	佛教
黃庭堅 （1045～1105）	女子	何薳《春渚紀聞》卷一 王日休《龍舒淨土文》卷七，〈戒禪師後身東坡〉 宗曉《樂邦遺稿》卷下，〈黃山谷前身誦蓮經婦人〉	佛教
	寒山子	黃庭堅《山谷集》〈戲題戎州作予真〉	
蔡京 （1047～1126）	玉清府左相仙伯	祖琇《隆興編年通論》卷十八 志磐《佛祖統紀》卷四十六 《大宋宣和遺事》元集	道教
蔡卞 （1058～1117）	僧伽侍者木叉	惠洪《冷齋夜話》卷十 魯應龍《閑窗括異志》	佛教
宋均國 （宋庠之子）	居和大師	孔平仲《談苑》卷一	佛教
郭宣老 （郭祥正之子）	歸宗宣禪師	《嘉泰普燈錄》卷三「江州歸宗可宣禪師」 《五燈會元》卷十二 《大慧普覺禪師宗門武庫》 《大慧普覺禪師語錄》卷上 《樂邦遺稿》卷下「宣禪師通郭祥正書求生」	佛教
趙仲湜 （？～1137）	文殊菩薩	葉紹翁《四朝聞見錄》甲集，〈恭孝儀王大節〉	佛教
李彌遜 （1082～1153）	遜道和尚	洪邁《夷堅志》甲志第六「李似之」、夷堅丁志第十二「遜長老」 張端義《貴耳集》卷中 宗曉《樂邦遺稿》卷下，〈遜長老後身為李侍郎〉	佛教
秦檜 （1091～1155）	雁蕩靈峰寺僧人	宗曉《樂邦遺稿》卷下〈秦太師留題雁蕩靈峰寺〉	佛教
陳康伯 （1097～1165）	羊毛筆菴主	宗曉《樂邦遺稿》卷下，〈陳康伯前身羊毛筆菴主〉	佛教

王十朋 （1112～1171）	嚴闍梨 （1059～1112）	王十朋《梅溪集》前集卷十九「記人說前生事」、後集卷二〈題石橋二絕〉其二 葉寘《愛日齋叢抄》卷二 宗曉《樂邦遺稿》卷下，〈王狀元前身萬年嚴首座〉	佛教
陸游 （1125～1210）	秦少游 （1049～1100）	葉紹翁《四朝見聞錄》乙集，〈陸放翁〉	歷史
魏了翁 （1178～1237）	陳瓘 （1057～1124）	張端義《貴耳集》卷下	歷史
陳塤 （1197～1241）	和尚	張端義《貴耳集》卷下	佛教
武將	狄青 （1008～1057）	真武	孫升《孫公談圃》卷上 周煇《清波雜志》卷二 《玄天上帝啟聖錄》卷二「馬前戲躍」	道教
	劉法 （？～1119）	蛇	邵博《邵氏聞見後錄》卷三十 《錦繡萬花谷》前集卷十八「大蛇壓帳」 謝維新《古今合璧事類備要》前集卷三十二「大蛇壓帳」	動物
	岳飛 （1103～1142）	豬精	曾敏行《獨醒雜志》卷十 洪邁《夷堅志》甲志卷第十五十七事	動物
		鵾鳥	岳珂《金佗粹編》卷四 《金佗續編》卷十七	動物

附錄二　後代敘事作品之宋人前身傳說分類

宋人前身傳說於後代敘事作品的展現：

人物類型	人物	宋代前身	後代前身	載籍出處	前身類型
帝王后妃	宋太祖（927～976）	1. 定光佛 2. 霹靂大仙	霹靂大仙	明・施耐庵《水滸傳》 清・錢彩編次《說岳全傳》	道教
	宋真宗（968～1022）	來和天尊	來和天尊	元・無名氏《湖海新聞夷堅續志》，前集卷一，人倫門，「來和天尊」	道教
	宋仁宗（1010～1063）	1. 赤腳仙人 2. 東嶽真君 3. 南嶽真人 4. 燧人氏（王真人）	赤腳仙人	元・趙道一《歷世真仙體道通鑑》卷四十八 元・無名氏《湖海新聞夷堅續志》，前集卷一，人倫門，「神仙應世」 元・念常《佛祖歷代通載》卷十八 明・施耐庵《水滸傳》楔子 明・馮夢龍《新平妖傳》第十四回 明・不署撰人《五鼠鬧東京傳》卷一 清・呂雄《女仙外史》第一回「西王母瑤池開宴」 清・呂撫《歷代興衰演義》	道教

			東華帝君	元‧趙道一《歷世真仙體道通鑑》卷五十三	道教
	宋徽宗 （1082～1135）	1. 李煜 2. 長生大帝君	長生大帝君	清‧潘昶《金蓮仙史》第二回「林靈素興玄談道德　呂洞賓護國滅妖邪」	道教
			長眉大仙	清‧錢彩、金豐《說岳全傳》卷一	道教
	明達皇后 （？～1113）	上真紫虛元君	紫虛元君	元‧趙道一《歷世真仙體道通鑑》卷五十三	道教
	明節皇后 （1088～1121）	九華天妃	九華玉真仙子	明‧周楫《西湖二集》卷二十	道教
			紫虛玄靈夫人	元‧趙道一《歷世真仙體道通鑑》卷五十三 明‧《道法會元》卷五十六「上清玉府大法」	道教
	宋欽宗 （1100～1156）	1. 喆和尚 2. 天羅王	龜山羅漢尊者	元‧趙道一《歷世真仙體道通鑑》卷五十三	佛教
文臣	馮京 （1021～1094）	僧人	玉虛洞尊者	明‧凌濛初《初刻拍案驚奇》〈金光洞主談舊變‧玉虛尊者悟前身〉	佛教
	蘇軾 （1037～1101）	五祖師戒禪師	五祖戒禪師	明‧洪楩《清平山堂話本》〈五戒禪師私紅蓮記〉。 明‧陳汝元《金蓮記》 明‧陳汝元《紅蓮債》 明‧蘭陵笑笑生《金瓶梅詞話》第七十三回「潘金蓮不憤憶吹簫　西門慶新試白綾帶」 明‧馮夢龍《喻世明言》〈明悟禪師趕五戒〉 明‧余公仁《燕居筆記》卷九〈東坡佛印二世相會傳〉	佛教
	秦檜 （1091～1155）	雁蕩靈峰寺僧人	鐵背虯龍	清‧錢彩、金豐《說岳全傳》	道教
武將	狄青 （1008～1057）	真武	武曲星	明‧施耐庵《水滸傳》 清‧呂雄《女仙外史》 清‧李雨堂《萬花樓演義》 清‧不題撰人《五虎平西前傳》 清‧小瑯環主人《五虎平南後傳》	道教

		大鵬鳥	明・熊大木《大宋中興通俗演義》	動物
岳飛 （1103～1142）	1. 豬精 2. 鵾鳥	大鵬金翅明王	清・錢彩、金豐《說岳全傳》	佛教
		張飛 （？～221）	元・苗善時編《純陽帝君神化妙通紀》卷六「宮中勸祟第八十二化」 明・徐道《歷代神仙通鑑》卷十九 明・馮夢龍《喻世明言》〈游酆都胡母迪吟詩〉 清・潘昶《金蓮仙史》「林靈素興玄談道德　呂洞賓護國滅妖邪」 清・西湖墨浪子《西湖佳話》第七卷「岳墳忠跡」	歷史

附錄三 《全宋筆記》收錄之書目與作者

　　大象出版社朱易安、傅璇琮等主編《全宋筆記》一至十編，共一百零二冊，收錄書目與作者茲表列如下：

編數	冊數	書名	作者
第一編 （2003 年 10 月）	第一冊	《北夢瑣言》	孫光憲
	第二冊	《清異錄》	陶谷
		《三楚新錄》	周羽翀
		《賈氏譚錄》	張洎
		《洛陽搢紳舊聞記》	張齊賢
		《南唐近事》	鄭文寶
		《江南餘載》	佚名
		《江表志》	鄭文寶
	第三冊	《廣卓異記》	樂史
		《江南野史》	龍袞
		《五國故事》	佚名
		《王文正公筆錄》	王曾
	第四冊	《南部新書》	錢易
		《近事會元》	李上交
		《江南別錄》	陳彭年
		《釣磯立談》	史溫
		《丁晉公談錄》	丁謂

	第五冊	《錦里耆舊傳》	勾延慶
		《宋景文公筆記》	宋祁
		《碧雲騢》	梅堯臣
		《儒林公議》	田況
		《江鄰幾雜志》	江休復
		《文正王公遺事》	王素
		《筆說》	歐陽修
		《歐陽文忠公試筆》	歐陽修
		《歸田錄》	歐陽修
	第六冊	《湘山野錄》	釋文瑩
		《玉壺清話》	釋文瑩
		《東齋記事》	范鎮
		《御試備官日記》	趙抃
		《春明退朝錄》	宋敏求
	第七冊	《涑水記聞》	司馬光
		《溫公瑣語》	司馬光
	第八冊	《孫威敏征南錄》	滕元發
		《韓忠獻公遺事》	強至
		《蜀檮杌》	張唐英
		《曾公遺錄》	曾布
	第九冊	《東坡志林》	蘇軾
		《仇池筆記》	蘇軾
		《漁樵閒話錄》	蘇軾
		《龍川略志》	蘇轍
		《龍川別志》	蘇轍
	第十冊	《塵史》	王得臣
		《晁氏客語》	晁說之
		《楊公筆錄》	楊彥齡
		《王氏談錄》	王欽臣
		《青箱雜記》	吳處厚
		《呂氏雜記》	呂希哲
		《月河所聞集》	莫君陳

		《茅亭客話》	黃休復
		《道山清話》	佚名
		《寇萊公遺事》	佚名
	第一冊	《家世舊事》	程頤
		《孫公談圃》	孫升
		《國老談苑》	夷門君玉
		《畫漫錄》	張舜民
	第二冊	《青瑣高議》	劉斧
		《夢溪筆談》	沈括
	第三冊	《補筆談》	沈括
		《續筆談》	沈括
		《澠水燕談錄》	王闢之
		《文昌雜錄》	龐元英
	第四冊	《談藪》	龐元英
		《海岳名言》	米芾
		《書史》	米芾
		《畫史》	米芾
第二編		《續世說》	孔平仲
（2006 年 1 月）	第五冊	《珩璜新論》	孔平仲
		《談苑》	孔平仲
		《聞見近錄》	王鞏
		《甲申雜記》	王鞏
	第六冊	《隨手雜錄》	王鞏
		《後山談叢》	陳師道
		《萍洲可談》	朱彧
		《侯鯖錄》	趙令畤
		《明道雜誌》	張耒
		《師友談記》	李廌
	第七冊	《錢氏私志》	錢世昭
		《岳陽風土記》	范致明
		《聞見錄》	邵伯溫

	第八冊	《東軒筆錄》	魏泰
		《豐清敏公遺事》	李朴
		《泊宅編》	方勺
		《青溪寇軌》	方勺
		《燕魏雜記》	呂頤浩
	第九冊	《宜州家乘》	黃庭堅
		《冷齋夜話》	釋惠洪
		《遵堯錄》	羅從彥
		《麟臺故事》	程俱
		《巖下放言》	葉夢得
		《玉澗雜書》	葉夢得
	第十冊	《石林燕語》	葉夢得
		《石林燕語辨》	汪應辰
		《避暑錄話》	葉夢得
第三編 （2008 年 1 月）	第一冊	《墨客揮犀》	彭乘
		《續墨客揮犀》	彭乘
		《洛陽名園記》	李格非
		《珍席放談》	高晦叟
		《遊城南記》	張禮
	第二冊	《唐語林》	王讜
	第三冊	《王氏談錄》	王欽臣
		《丞相魏公譚訓》	蘇象先
		《搜神秘覽》	章炳文
		《春渚紀聞》	何薳
	第四冊	《西畬瑣錄》	孫宗鑑
		《東觀餘論》	黃伯思
		《緗素雜記》	黃朝英
		《朝野僉言》	夏少曾
	第五冊	《靖康傳信錄》	李綱
		《建炎進退錄》	李綱
		《靖炎時政記》	李綱
		《靖炎兩朝見聞錄》	陳東
		《建炎復辟記》	無名氏

		《師友雜誌》	呂本中
	第六冊	《紫微雜說》	呂本中
		《家訓筆錄》	趙鼎
		《辯誣筆錄》	趙鼎
		《建炎筆錄》	趙鼎
		《肯綮錄》	趙叔問
		《懶真子》	馬永卿
	第七冊	《曲洧舊聞》	朱弁
		《西征道里記》	鄭剛中
		《松漠紀聞》	洪皓
		《欒城先生遺言》	蘇籀
		《中吳紀聞》	龔明之
	第八冊	《宣和奉使高麗圖經》	徐兢
		《北窗炙輠錄》	施德操
	第九冊	《墨莊漫錄》	張邦基
		《鐵圍山叢談》	蔡絛
	第十冊	《猗覺寮雜記》	朱翌
		《退齋筆錄》	侯延慶
		《卻掃編》	徐度
		《北狩見聞錄》	曹勛
		《東家雜記》	孔傳
第四編 （2008 年 9 月）	第一冊	《學林》（上）	王觀國
	第二冊	《學林》（下）	王觀國
		《碧雞漫志》	王灼
	第三冊	《西溪叢語》	姚寬
		《昨夢錄》	康譽之
		《經筵玉音問答》	胡銓
		《清尊錄》	廉布
		《默記》	王銍
		《可書》	張知甫
		《華陽宮記事》	釋祖秀
		《麟書》	汪若海

	第四冊	《步里客談》	陳長方
		《南燼紀聞錄》	辛棄疾
		《竊憤錄》 《竊憤續錄》	辛棄疾
		《靖康紀聞》	丁特起
		《續博物志》	李石
	第五冊	《寓簡》	沈作喆
		《高齋漫錄》	曾慥
		《獨醒雜志》	曾敏行
		《獨醒雜志》	吳宏
		《楓窗小牘》	百歲老人袁褧
	第六冊	《邵氏聞見後錄》	邵博
	第七冊	《雞肋編》	莊綽
		《桐陰舊話》	韓元吉
		《甕牖閒評》	袁文
	第八冊	《宣和乙巳奉使金國行程錄》	佚名
		《呻吟語》	佚名
		《甕中人語》	佚名
		《避戎夜語》	石茂良
		《建炎維揚遺錄》	佚名
		《北狩行錄》	王若沖
		《翰苑遺事》	洪遵
		《北邊備對》	程大昌
		《演繁露》（上）	程大昌
	第九冊	《演繁露》（下）	程大昌
		《演繁露續集》	程大昌
	第十冊	《程氏考古編》	程大昌
		《程氏續考古編》	程大昌
第五編 （2012 年 1 月）	第一冊	《五總志》	吳坰
		《中興禦侮錄》	佚名
		《裔夷謀夏錄》	劉忠恕
		《東京夢華錄》	孟元老
		《南窗紀談》	佚名
		《羅湖野錄》	釋曉瑩

	《雲臥紀談》	釋曉瑩
第二冊	《芥隱筆記》	龔頤正
	《梁谿漫志》	費袞
	《正隆事迹記	張棣
第三冊	《能改齋漫錄》（上）	吳曾
第四冊	《能改齋漫錄》（下）	吳曾
第五冊	《容齋隨筆》	洪邁
	《容齋續筆》	洪邁
	《容齋三筆》	洪邁
第六冊	《容齋四筆》	洪邁
	《容齋五筆》	洪邁
	《攬轡錄》	范成大
第七冊	《驂鸞錄》	范成大
	《吳船錄》	范成大
	《桂海虞衡志》	范成大
	《老學庵筆記》	陸游
	《避暑漫抄》	陸游
	《放翁家訓》	陸游
	《入蜀記》	陸游
第八冊	《家世舊聞》	陸游
	《齋居紀事》	陸游
	《淳熙玉堂雜記》	周必大
	《乾道庚寅奏事錄》	周必大
	《二老堂雜誌》	周必大
	《清波雜志》	周煇
第九冊	《清波別志》	周煇
	《北轅錄》	周煇
	《捫虱新話》	陳善
	《蓼花洲閒錄》	高文虎
第十冊	《陶朱新錄》	馬純
	《辰州風土記》	田渭
	《東園叢說》	李如箎
	《芻言》	崔敦禮

第六編 （2013 年 7 月）	第一冊	《揮麈前錄》	王明清
		《揮麈後錄》	王明清
		《揮麈第三錄》	王明清
	第二冊	《揮麈錄餘話》	王明清
		《投轄錄》	王明清
		《玉照新志》	王明清
		《摭青雜說》	佚名
		《厚德錄》	李元綱
	第三冊	《松窗百說》	李季可
		《省心雜言》	李邦獻
		《嶺外代答》	周去非
		《常談》	吳箕
		《采石戰勝錄》	員興宗
		《采石瓜洲斃亮記》	蹇駒
		《采石斃亮記》	佚名
		《煬王江上錄》	佚名
		《臥游錄》	呂祖謙
	第四冊	《北行日錄》	樓鑰
		《石魚偶記》	楊簡
		《雲麓漫鈔》	趙彥衛
		《重明節館伴語錄》	倪思
		《經鉏堂雜誌》	倪思
	第五冊	《過庭錄》	范公偁
		《耆舊續聞》	陳鵠錄正
		《使金錄》	程卓
		《緯略》	高似孫
	第六冊	《野客叢書》	王楙
	第七冊	《建炎以來朝野雜記》（甲集）	李心傳
	第八冊	《建炎以來朝野雜記》（乙集）	李心傳
		《舊聞證誤》	李心傳

	第九冊	《西疇老人常言》	何坦
		《涉史隨筆》	葛洪
		《中興戰功錄》	李壁
		《澗泉日記》	韓淲
		《準齋雜說》	吳如愚
		《襄陽守城錄》	趙萬年
		《四朝聞見錄》	葉紹翁
	第十冊	《賓退錄》	趙與時
		《經外雜鈔》	魏了翁
		《讀書雜鈔》	魏了翁
		《古今考》	魏了翁
		《貴耳集》	張端義
第七編 （2016 年 4 月）	第一冊	《雲谷雜記》	張淏
		《叢林盛事》	釋道融
		《諸蕃志》	趙汝適
		《燕翼詒謀錄》	王栐
	第二冊	《洞天清錄》	趙希鵠
		《善誘文》	陳錄
		《希通錄》	蕭參
		《宜齋野乘》	吳枋
		《蒙韃備錄》	趙珙
		《辛巳泣蘄錄》	趙與裦
		《蘆浦筆記》	劉昌詩
		《黑韃事略》	彭大雅撰 徐霆疏證
		《朝野遺記》	佚名
	第三冊	《履齋示兒編》	孫奕
	第四冊	《愧郯錄》	岳珂
		《桯史》	岳珂

		《藏一話腴》	陳郁
		《吹劍錄》	俞文豹
		《吹劍續錄》	俞文豹
	第五冊	《吹劍三錄》	俞文豹
		《吹劍四錄》	俞文豹
		《清夜錄》	俞文豹
		《螢雪叢說》	俞成
		《負暄野錄》	陳槱
	第六冊	《自警編》	趙善璙
		《考古質疑》	葉大慶
		《開禧德安守城錄》	王致遠
	第七冊	《行營雜錄》	趙葵
		《後村雜記》	劉克莊
		《樵談》	葉棐
		《枯崖漫錄》	釋圓悟
		《宣政雜錄》	江萬里
		《深雪偶談》	方岳
		《游宦紀聞》	張世南
	第八冊	《密齋筆記》	謝采伯
		《江行雜錄》	廖瑩中
		《坦齋通編》	邢凱
		《腳氣集》	車若水
	第九冊	《困學紀聞》	王應麟
	第十冊	《齊東野語》	周密
		《雲煙過眼錄》	周密
		《澄懷錄》	周密
第八編（2017 年 7 月）	第一冊	《浩然齋視聽鈔》	周密
		《浩然齋雅談》	周密
		《志雅堂雜鈔》	周密
	第二冊	《武林舊事》	周密
		《癸辛雜識》	周密

	《諧史》	沈俶
第三冊	《白獺髓》	張仲文
	《雞肋》	趙崇絢
	《學齋佔畢》	史繩祖
	《鶴林玉露》	羅大經
	《朝野類要》	趙升
第四冊	《東谷所見》	李之彥
	《閑窗括異志》	魯應龍
	《鼠璞》	戴埴
	《養疴漫筆》	趙溍
	《東洲几上語》	施清臣
	《東洲枕上語》	施清臣
	《潁川語小》	陳昉
	《佩韋齋輯聞》	俞德鄰
	《野服考》	方鳳
	《金華遊錄》	方鳳
	《隨隱漫錄》	陳世崇
第五冊	《都城紀勝》	耐得翁
	《就日錄》	趙□
	《對牀夜語》	范晞文
	《夢粱錄》	吳自牧
	《繁勝錄》	西湖老人
	《愛日齋叢抄》	葉寘
第六冊	《識遺》	羅璧
	《錢塘遺事》	劉一清
	《東南紀聞》	佚名
	《咸淳遺事》	佚名
	《昭忠錄》	佚名
第七冊	《稽神錄》	徐鉉
	《江淮異人錄》	吳淑
	《法藏碎金錄》	晁迥

		《昭德新編》	晁迥
	第八冊	《乘軺錄》	路振
		《五代史補》	陶岳
		《燈下閒談》	佚名
		《續翰林志》	蘇易簡
		《次續翰林志》	蘇耆
		《廣清涼傳》	釋延一
		《蠡海錄》	王逵
		《西齋話記》	祖士衡
		《麗情集》	張君房
		《乘異記》	張君房
	第九冊	《友會談叢》	上官融
		《楊文公談苑》	黃鑒筆錄 宋庠重訂
		《廬陵雜說》	歐陽修撰
		《東原錄》	龔鼎臣
		《倦遊雜錄》	張師正
		《括異志》	張師正
	第十冊	《使遼語錄》	陳襄
		《溫公日錄》	司馬光
		《溫公手錄》	司馬光
		《文酒清話》	佚名
		《林泉高致集》	郭思
		《人天寶鑒》	釋曇秀
		《林文節元佑日記》	林希
		《林文節紹聖日記》	林希
		郴行錄》	張舜民
		《真率記事》	佚名
		《范文正公鄱陽遺事錄》	陳貽範
		《言行拾遺事錄》	佚名
		《五色線》	佚名

第九編 （2018 年 3 月）	第一冊	《釋常談》	佚名
		《山水純全集》	韓拙
		《續清涼傳》	張商英、朱弁
		《漫堂隨筆》	吳幵
		《侍兒小名錄》	洪炎
		《林間錄》	釋惠洪
		《守城錄》	陳規
		《雲齋廣錄》	李獻民
		《秀水閒居錄》	朱勝非
	第二冊	《補侍兒小名錄》	王銍
		《續補侍兒小名錄》	溫豫
		《宗忠簡公遺事》	佚名
		《皇太后回鑾事實》	万俟卨
		《翰墨志》	趙構
		《閒燕常談》	董弅
		《侍兒小名錄拾遺》	董弅
		《鬼董》	沈某
		《睽車志》	郭彖
		《樂善錄》	李昌齡
	第三冊	《夷堅志》（一）	洪邁
	第四冊	《夷堅志》（二）	洪邁
	第五冊	《夷堅志》（三）	洪邁
	第六冊	《夷堅志》（四）	洪邁
	第七冊	《夷堅志》（五）	洪邁
	第八冊	《續釋常談》	龔頤正
		《碧湖雜記》	佚名
		《祛疑說》	儲泳
		《叢林公論》	釋惠彬
		《溪蠻叢笑》	朱輔
		《泛舟游山錄》	周必大
		《入越錄》	呂祖謙
		《醉翁談錄》	羅燁
	第九冊	《習學記言》（上）	葉適
	第十冊	《習學記言》（下）	葉適

第十編 （2018 年 6 月）	第一冊	《西山讀書記》（一）	真德秀
	第二冊	《西山讀書記》（二）	真德秀
	第三冊	《西山讀書記》（三）	真德秀
	第四冊	《西山讀書記》（四）	真德秀
	第五冊	《西山讀書記》（五）	真德秀
	第六冊	《黃氏日抄》（一）	黃震
	第七冊	《黃氏日抄》（二）	黃震
	第八冊	《黃氏日抄》（三）	黃震
	第九冊	《黃氏日抄》（四）	黃震
	第十冊	《黃氏日抄》（五）	黃震
	第十一冊	《新編醉翁談錄》	金盈之
		《琴堂諭俗編》	應俊
		《紺珠集》選二種	朱勝非
		《類說》選十八種	曾慥
	第十二冊	《說郛》選五十九種	陶宗儀